被窩是青春的墳墓

七堇年

致臺灣讀者之信

二〇一〇年在香港讀研究生時期，曾去臺灣環島遊。對墾丁之藍與花蓮之綠，印象非常深刻。我甚至到過枋寮，下了火車，走過那一條寂靜的，有一扇藍色大門的藝術家之巷。那天的風彷彿都是翠綠的。

青春也是如此，時間的單行道逐漸狹窄，細節如牆漆剝落，只在記憶中留下一些色塊。距離第一次出版長篇小說，已經過去了十年。三千日夜，一箭而去，離弓之初，其實並沒有確切的靶向。

《被窩是青春的墳墓》是我少年時期的作品合集。十多年過去，我早已脫離那個階段，甚至膽怯於回頭去看當年的文字。稚嫩也許是無可避免的，但一個人總要敢於面對自己的軌跡吧，如此想來，也算坦然。

書名這句話來源於高中老師的訓誡，本來的意思是叫我們「不要賴床啊年輕人，早起去上自習吧，你還要高考呢。」

可就像高考一樣，曾經覺得無比重大的人生一戰，回頭看，也不過輕如人生一站。

生活像一個蹩腳而吝嗇的老師，一次只肯教會我一點點新東西，更多的時候，只是讓我一遍遍複習。他照本宣科，陳詞濫調，念得我昏昏欲睡。然而每次考試的時候，卻花樣翻新，我還是考不好。

因為我一直沒法學會舉一反三地面對生活的狡黠。好在，所有的故事也都是這樣的。

這幾天被一句偶然拾得的話震盪著，久久不得安寧，據說出自紀德的《人間食糧》：「你永遠無法理解，為了對生活發生興趣，我們付出了多大的努力。」

比如去看電影，比如去旅行，比如去釣魚。還比如，去寫作。

寫作的好處在於，生活裡所有的廢墟都自成風景。

不管多麼愚蠢的錯誤，只要放到作品裡就對了。閱歷的垃圾堆積如山，想像的邊角料五花八門，被時間回收，變廢為寶。一直感到自己不可思議地幸運，能尋一事，終一生。

時間是一把篩子，篩不掉的作品，終歸篩不掉。那些應該被篩掉的，就由著它被忘卻吧。我更相信的是——世上原本有很多路，有的，走的人少了，就漸漸不成了路。

所以很高興，能在人跡罕至的風景中，提前下車，或者只是多站一會兒。借此，才能與你在紙上相遇。

對此我深感榮幸。

七堇年
二〇一七年八月

新版序言

人民文學出版社的編輯老師向我提出再版一些過去的作品的時候，我非常猶豫。此事就此擱置了很長一段時間，以至於差點就此再無下文。

只是後來突然有一天——在我已經參加工作，像一切普通的畢業生那樣告別學生時代，以清澈而稚嫩的身心，步入煙火人間，初閱生活種種、社會百態的時候——那一天，我收起陪了一整天的笑臉，收起電腦，肩背包，還有桌上的文件資料，關燈離開辦公室。在堵得水泄不通的路口，在濃濁的汽車廢氣和猙獰的鋼混建築之間，我突然不想回家，不想回到又一個疲倦而空洞的夜晚，卻不知何處可去……最終不經意的，走進了便利商店旁邊的一家書店。

那是一家新開的書店。店員姑娘殷勤地向我問好，而我陰著臉直走進去——估計太陰沉了，以至於我餘光感覺得到她愣愣地看著我。躲開，往深處走，路過一排書架。就有這麼巧，抬頭撞見舊版的《被窩是青春的墳墓》赫然在目齊之處。

我更加慌亂，草草看了一圈，就逃也似地離開了書店。留下自動迎送客鈴聲在背後清脆作響——它響得那麼天真而磊落，讓我更有一種強烈的自嘲感。

有多久沒有走進一家書店並且徘徊不已了？

天已經黑了，正值十月初秋，空氣清冽，我錯過了黃昏。

距離《被窩是青春的墳墓》中那些文稿寫就的年紀，已經過去了整整十年。它受到很多孩子們的喜歡，卻讓已然長大成人的我自己一直羞赧。這也是為什麼，我起初一直不願再版它的原因。畢竟，寫作相對於成長是絕對滯後的。人們常常從你十年前的作品中管窺蠡測，以此衡量現在的你，甚至妄加定論——而這是當我還在乎別人的看法的時候。

到了今天，到了內心已經逐漸平淡和強大到幾乎可以無畏人言的時候，我回過頭去看那些青澀筆記。汗顏之餘，我驚訝於我也有了一種長輩的心態：那些多愁善感的年紀——多麼可笑，但，多麼可愛。

是的，我曾經因為整個八〇後青春文學所遭受的詬病和指摘而感到困悶，在很長一段時間，極度刻意避免任何傷春悲秋。可是，粗糙而暴躁的現實生活背後，我們的內心是否還有一絲敏感和稚嫩遺存？

所以，我忽然可以非常釋懷地面對青春年少：我知道那時的我多麼不開心，我知道為什麼有很多那個年紀的孩子們多麼不開心，如歌詞裡所唱：

知道嗎我總是惦記
十五歲不快樂的你
我多想把哭泣的你
摟進我懷裡

不確定自己的形狀
動不動就和世界碰撞
那些傷我終於為你
都一一撫平

……

就像我後來說的，如果可以，我想穿越回去告訴15歲的自己：十年後的你很幸福，再堅持一下。

「被窩是青春的墳墓」這是我親愛的高中母校同學之間流傳的一句鼓勵彼此刻苦攻書，要早起晚睡的話。那時的我們，為了一根莫須有的高考指揮棒，除卻戰勝叛逆時期的家庭隔閡，各種情感矛盾，還需要忍受莫大的課業壓力，迎頭對付應試教育的殘酷——換做一個四十歲的自己，這一切或許只是笑談雲煙，可對於十幾歲的肩膀，它真的很重。

高中三年的苦熬，也僅僅是換來了一個讓我痛哭一場的結果，若不是命運待我寬厚，暗中打開了另一扇窗，我也不知今天的我會在哪裡，會成為什麼樣的人。幸運的是，而今高考已經不算是唯一出路，留學，創業……那些如今已經四散天涯的舊日同窗，全球都遍佈他們的足跡。「世界是我們的，也是你們的。但終究是你們的。」

我已經不知道九〇後、〇〇後的青春期是什麼樣子，什麼心情……是否會為我們當年的苦惱而苦惱，是否會為我們當年的快樂而快樂。然而我冥冥中相信，所有的「我們」，都會在經過很多失落和慶幸，經過很多選擇和後悔——或不後悔之後——成為了現在的自己：平凡，痛並快樂著，勇敢生活。

總有一些事情，是共有的記憶，或者說，將成為共有的記憶。

要謝謝時光，謝謝命運，謝謝所有讓我快樂或痛苦的人與事——

黃昏無霞，何以為黃昏。

青春無你，何以為青春。

七堇年

二〇一二年十二月十一日

自序：為了忘卻的紀念

……即使明日天寒地凍，路遠馬亡。

——題記

回首那些錯把傾訴衝動當成創作才華的無知年生，在兵荒馬亂的晚自習上，在熄燈的宿舍裡，我們總是在一堆堆耀武揚威的習題和試卷的縫隙間，在應急燈漸漸微弱下去的光線中，一手撐著深不可測的夜，一手寫下無處傾訴的話。

那是一種盲目的、消耗的狀態，照管自己的生活，打理那些千頭萬緒的雜念，喝自己沖的咖啡、睡自己鋪好的被窩、吃自己餐盤裡的飯菜、寫自己的作業、考自己的試、做自己的夢……世界的悲傷與災難都太多，我們活在平靜遙遠的角落，無力憐憫。人間既非天堂又非地獄，而末日尚遠，我們只能維護著自己的天地，「埋頭做著功課做著世間的榮辱」……就算是洪荒滔天，也總有他人去擔當……文字，成為內心的形而上的依靠。

那些執念，那樣的舊時光，一晃就過去了。

而今彷彿是站在一個青黃不接的尷尬路口，失去的是招搖撞騙的痛快訴說；未曾獲得的，是筆走天涯的洗練淡定。已經再也不能隨心所欲地寫字，因為心裡有了羞赧和躊躇，對紛繁複雜的眼之所見有了懼怕。不知道我應該怎樣寫，寫這無法書寫的自我，怎樣訴說，訴說這無法訴說的世界。

回過頭去看看那些浸透在白紙黑字上的生動的悲喜，切膚地感覺到，在那樣一個唯唯諾諾的苟且年紀，傷情似乎是裝點生命的勳章，好像只有憑藉那些幻覺般的，被我們脆弱的主觀承受力無限誇大的非難，我們才得以擁有熱淚盈眶的青春。

儘管，生命中的溫暖一直都與我們遙遙在望，而我們只不過是拒絕路過。

黃碧雲寫：「之行，如果有天我們湮沒在人潮中，庸碌一生，那是因為我們沒有努力活得豐盛。」二十歲的時候，讀到這樣的句子。寫這話的人又說，「世界之大，我卻不知其折或遠。」

在我腳踏的這片狹小天地，經歷的，不過是尋常的青春，看到的，不過是平凡的世界。在過去心高氣傲的年頭上，因不懂得該如何聰明地活著，所以總覺得連生命都是身外之物，「好像這個世界說不要就不要了。」

前些日子在英文泛讀課上看了一篇美國作家寫的散文，他說：「傑弗遜總統在獨立宣言裡告訴我們，『每個人都有追求幸福的權利』，但很多人把這句話誤讀成『每個人都有幸福的權利』。」

讀到這裡，我為這樣一個美國式的小聰明笑了起來。這篇散文不過講述了一個古老的真理，即幸福本身就是虛妄，它只存在於追求幸福的過程中。在所謂的終點你是看不到幸福的，因為它不存在。

我因此想起了曾經不知天高地厚的年歲，因為一些小事躊躇滿志，連走路的步伐都快了起來，彷彿急於直面人生；但是，當鞋裡摻進了一顆硌腳的石子兒，便又會呼天搶地，倒戈棄甲，覺得世不容我。但是終於——在其後的其後——我漸漸承認，活著的價值，在於要有一個飽滿的人生。隱忍平凡的外殼下，要像果實般有著汁甜水蜜的肉瓤，以及一顆堅硬閃亮的內核。這樣的種子，才能在人間深處生根發芽，把一段富有情致的人生傳奇流傳下去。因知道若干年之後的人世，再也不會有人惦記我們的存在，因此，這段飽滿的生命，是我們以生之為人而驕傲的唯一見證。

這些年的時間，為著實現這樣飽滿的人生，斷斷續續地做著一些代價高昂的遙遠的夢，斷斷續續地寫些不叫文字的文字，斷斷續續地被生活的遺憾所打岔，跌入低谷，並且拒絕任何搭救，自己慢慢摸索著爬起來繼續走。這青春，與世間任何一段青春無異——年月裡那些朝生暮死的悲喜，也就這樣野花般自生自滅地燃燒在茫茫命途上，裝點了路人的夢。

故人對我說，「要有最樸素的生活，與最遙遠的夢想」……說這話的少年，早都成了記憶深處的那些花兒，走上了更遠、更美的路。只是這樣的話，我一直都唯唯諾諾地記得。我也是這樣感激涕零地知曉，我何其所幸——「如果不是因了你們，我何以能這樣平安成長，漸漸變成一個健全的人呢。」

記錄這旅途的大部分文字，從高一到高三畢業，用了整個成長的時間來完成它。印象深刻的，永遠是書寫它們的時候——某個十六歲的晴朗的秋天下午，某個心緒不平的高三的晚自習，某個畢業之後的夏天的深夜——而經過了這一切，我常常不解的是，為何我們而今常常慚愧當年的種種矯情，但卻又暗地裡明白，當初身臨其境的時候，我們的體會的確是真實而切膚的。於是這只能歸結為這樣一個冷靜的解釋，那是因為我們長大了。那是因為好多年前如錐子一般刻在我們心底的，所謂時光斷裂的聲音，成為了永遠的回聲。年華裡，我們失卻的是一種心情。

未曾想到，在這樣的一個過程中，我們的出生年代，成為了一個字正腔圓的集體烙印，被用作追捧和詬病的代名詞，無論我們有著多麼迥然不同的生存姿態。但是我仍然相信這些千姿百態的理想和悲哀，功名和敗落的後面，有著本質上相同的，對世界和生命的勇敢詰問。這正是我們為何要緊緊抓住語言的權利去表達內心的最初的動機。無論是寫作者還是閱讀者，這都是光榮的事情。至少，我們有很多的孩子，願意去思考和表達，即使無論這思考和表達的方式與內容怎樣。我始終相信這是另一種意義上的殊途同歸。

所以。

因了成長本身的不完美，我希望這些如原石一般尚經不起雕琢的文字，能夠以一種最接近成長的本質的真實形式——即充滿了熱淚、過錯、遺憾、美好、希望和絕望的姿態——紀念我業已逝去的那段珍貴歲月。那些我們等待著下課、等待著放學、等待著長大的少年時代。那曾是，也將是屬於我們大多數孩子的一段最清澈最美好的時光，如同所有，所有——所有踏過了中學歲月，踏過了高考，踏過了命運的沼澤，在險些陷下去的時刻，被意志和希望重新拉回到一條更值得堅持下去的路上的孩子們——所親身經歷過的那樣。

看，在這個充滿愛與被愛、傷害與被傷害的世界裡，生命對我們是吝嗇的，因為它總是讓我們失望；可是，生命又是這麼慷慨，總會在失望之後給予我們拯救。

我想，因了這生命的慷慨，我們必須尊嚴地過下去。就如同生命本身，尊重我們的存在。

之所以將本文集的名字命名為「被窩是青春的墳墓」，是因為這個名字對於我而言的重大意義。我非常懷念它。

這是一句暗號。我們那些彼時笑容燦爛，而今四散天涯的孩子們，永遠都會記得它。借這樣一個溫暖的名字，我只願如此誠懇地，表達我對所有正在成長中的孩子們的祝福，就像我一直被祝福的那樣……

要有最樸素的生活，與最遙遠的夢想。
即使明日天寒地凍，路遠馬亡。

七堇年
二〇〇七年七月二十八日

目錄

清明 157

少年殘像 283

驚蟄

遠鎮

七堇年。

這是父親給我取的名字。他說，那是因為在他的家鄉，每年暮春時節會有漫山遍野的三色堇綻放。那種樸素的花朵有著能夠彌漫一生的寂靜美感。

當我長到能聽懂他這些話的年齡的時候，我已經記不清楚他的樣子了。唯剩如影集裡的一張黑白照片。那種邊緣上有小鋸齒的老照片。母親說，那是我一歲的時候。我看到一張天真無邪的幼兒臉龐，稀疏的毛髮，瞳仁深黑而且明亮。父親抱著我，目光無限深情與嚴肅，帶著拘謹的淡淡笑容。他有著突出的顴骨與瘦削的兩腮和下巴。輪廓分明，面若刀砍斧削一般英俊。穿一件潔白的襯衫。很多年之後偶爾翻出來看到，凝視著定格在這張照片上的兩張面孔，感到陌生。這些在當時鄭重其事的，卻在今日早已被遺忘了拍攝目的的舊照片，給我留下輕微歎息。

我知道有些人是無法忘記的，即使在你成長之初他們就已經消失。但是他們被鐫刻在你的生命線上，無法磨滅。讓我們終其一生為了這些印記做兩件事情：懷念，或者尋找。

那年春天註定是段糟糕的日子。連綿的陰雨連續十幾天不斷。日照開始漸漸變長，天亮的時候聽見這個城市開始蠢蠢欲動的各種聲音——那時候，生命的每一天都是一模一樣的：睜眼看見雪白的天花板，知道自己又離死亡近了一天。廚房裡，母親在給我準備早餐，有叮叮噹噹的聲音輕微作響。樓上有人放著帕格尼尼或者柴可夫斯基的弦樂。聲音透過牆，變得氣若遊絲，卻格外柔韌。很快我就必須醒來，穿衣洗臉梳頭吃飯上學，並且於這機械化的行動中昏昏欲睡。下樓穿過花園，穿過馬路，人行道旁邊種著常青灌木，圖書館門前許多老人在打太極。上班族神色慵倦地等公車。有和我一樣匆忙的孩子馱著書包，像一匹匹騾子。我是什麼時候開始懷疑這一切的真實意義的。我也記不清楚。我只是不願意將生命浪費在拷貝一樣的日子中。盤古樂隊唱著——

死亡不是最可怕的事，有比死亡更可怕的事。你們每天這樣工作生活，就是比死亡更可怕的事。

我們在高三。

每天進教室，總會看到有人捧著一本封面上印著「題網恢恢，疏而不漏」或者「題海無涯何作舟，某某幫你不用愁」之類字樣的參考書在啃。教室裡格外擁擠，寒冬時節不開窗，空氣格外混濁缺氧，讓人覺得彷彿身處一座玻璃囚房。我深知自己將最美麗的年華埋葬在這裡。無可選擇。悄無聲息。

在數學課最昏昏欲睡的時候，望見窗外的陰霾天色。南方的陰雨氣候總是綿延不絕，津台霧鎖，目及遠處是一排高大喬木在風中微微搖晃。這種時候會想起一些遙遠的路，想起父親。思緒像蚊香一樣蜿蜒擴散，觸到某個隱忍的傷口，猛地收回來，疼痛不已。四下只剩那滿滿一黑板的字讓人盯到眼睛發酸。

或許我們的生活中，任何事情都不可知。

晚自習開始之前的黃昏，偶爾地，十禾和我會跑到教學樓樓頂上去看日落。幻滅的雲霞和微弱的光線，有種世事無常的意味，彷彿目睹一場漫長的落幕。直到晚自習的鈴聲尖銳響起，她才回過頭來，說，走吧，回去了。

此時已經夜幕低垂。偶爾有一兩顆明亮的星宿遺落天邊，寂靜閃光。

3月17日

我發現我無法專注於做任何事情。我想也許真的走不下去了。晴朗的黃昏，堇年陪我一起看落日。血紅的雲霞，一直延伸到天空深處。遇到不好的天氣，她就和我一起站在走廊上，看墨魚他們打籃球。他打球的樣子很好看。但我想他大概永遠也不知道我們在看吧。這是一個人的遊戲。

心情很好或者很不好的時候，我和堇年在後山的荒草之中奔跑。今天居然在草叢中遇到一條菜花蛇，盤踞在石頭後面。我們在那些高草之中躲藏，奔跑，累了就倒在地上喘氣，世界安靜得只有自己狂莽的心跳和呼吸。我們就這樣倒下去不起來，看黃昏裡的雲們不知去向，最後只剩一片絳紅的天色，無限壯麗。天地廣闊到你感覺微不足道；生命短暫，無人問津，與這些叢雜荒蕪的野草並無二致。

回家之後，迎接母親的嘮叨。有些話已經聽了十八年，像生活的背景音樂。我關上書房的門，一個人在黑暗的房間裡踱步，頭腦因為疲倦而無法集中精力，於是常常打開窗戶透氣，坐在窗臺上看看夜景。風大的時候，感覺自己被懸掛在二十米高的水泥森林上，有搖搖欲墜的感覺，令人惶恐，產生想放聲大吼的欲望——卻發不出聲音。眼前是夜晚雨後，濕漉漉的城市燃起萬家燈火，像一張張急於傾訴的嘴，有多少窗口就有多少故事。

我對自己說，一切都會好的，一切都會好的。

其實也沒有那麼多時間可以浪費。作業做完總是很晚了，打開書房的門，準備回臥室。發現門前放了一張凳子，上面有一盤水果，一杯牛奶。母親卻早已睡了。

我的母親在為她勤奮讀書的女兒準備水果和夜宵，甚至不忍心打擾她。而事實上，我一直坐在窗臺上，沒有做任何事情。

我望著那些水果和牛奶。一句話也說不出來。

那天國文老師上課的時候複習唐宋詩詞。這個年輕的師範畢業生凡事要比那些老教師來得特立獨行一些。他說，書寫青樓豔遇也是宋詞的一大題材，上至歐陽修、蘇軾、辛棄疾，下至柳永、晏幾道……但我確定宋朝有名詞人當中有一位是絕對沒有狎過妓的，那就是李清照。全班響起一陣持續的笑聲。旁邊的十禾卻毫不理會，在仔細研究一張CD的封套。我感覺擁擠的教室很缺氧，昏昏欲睡，趴在課桌上，聽見十禾重複哼著Pink的歌。

Goodbye, the cool world. I'm leaving you today. Goodbye, goodbye goodbye.

Goodbye, all the people. There is nothing you can say, to make me change my mind, goodbye.

窗外有雨過天晴的跡象。大概終於要放晴。

3月21日

吳爾芙說，生命的內核一片空蕩蕩，就像一間閣樓上的屋子。我近日在讀她的作品，比如《奧蘭多》。我這樣喜歡這個天才的靈魂。有湖泊般的深深孤獨。她在遺書最後寫著：

「假如還有任何人可以挽救我，那也只有你了。現在一切都離我而去，剩下的只有你的善良。我不能再繼續糟蹋你的生命。」

就這樣，我看到在春日的英格蘭鄉下，淡淡陽光帶著矢車菊的辛香，鋪滿整間房屋。鵝毛筆與厚厚紙張摩擦，發出輕微的悅耳聲響。這個終生在愛與死之間作繭自縛的天才，最後是在精神崩潰、幻聽幻想的折磨之中死去的。她在尋找生命的內核，但是只找到一間空屋，盛滿了孤獨的疾病。

我從書的扉頁上剪下她的照片。其實看不懂她捉摸不定的意識流風格，但命途亦是捉摸不定的東西。誰都不能看懂。

他們又開始吵架了。我隔著房間聽他們激烈爭論。

我的天。

四月。清明。原本雨紛紛的時節，天氣竟然放晴。多日不見的和煦陽光格外珍貴，天空呈淡藍色，雲朵一絲絲凝固。不知從什麼地方飛起的風箏，遙遙遠遠地望著我們。那個晚晴的黃昏，被雲霞拉得無限漫長，優美得像穿越指間的一場電影。夜幕初臨，純淨的深藍色在暗紅的霞暉中，漸漸顯影成形。這是人間四月天，春曉煙花的季節。時間依然是不緊不慢地流逝，卻像極了一群沉默的暴徒漸漸逼近，讓我有一種手無寸鐵的慌張——決鬥的末日就要到了。

等我們慢吞吞地走進燈光煞白的教室，大家早已在埋頭刻苦攻書做題了。班導師站在門口，看著我倆不情不願的樣子，像趕兩隻不想回羊圈的小羔子似的，一邊歎氣一邊在我們的背上拍了幾下。她的新口號是什麼來著，對了：「只要學不死，就往死裡學。」跟別的口號不同，每個人都在嘴上反抗，卻在行動上回應。

終於結束自習回到家裡，一如平常：洗澡，看書，在六十瓦的檯燈下做題。被一道數學題卡住，心情煩躁，於是起身，吃母親送來的水果，喝牛奶。回到桌前，讀了一小段閒書，企圖安撫身心，結果卻是更加令人煩躁。此時已經夜深。大概是因為有雲，星辰很少。樓上的大提琴聲隱約傳來，脆弱而拘謹，斷斷續續，如泣如訴。大約拉琴的人性情克制而且孤獨。放棄令人頭痛的卷子，就著琴聲入眠。

一天又過去了。

我開始知道生命的脆弱，也是從這個萬劫不復的季節開始。

晚自習複習到「布拉格之春」的時候，悶熱的天氣驟變，黑色的雲層壓下來，天邊是慘白的亮，一場暴雨在即。坐在窗邊，冷風灌進單薄的衣服，碩大的雨點擲地有聲，淋漓痛快，讓人產生想衝出去的欲望。下課的時候，十禾拉著我的手衝下樓去，跑進大雨中，天色大暗，雨滴沿著她光潔的面孔下滑，頭髮濕透，每一絲碎髮都服貼地黏在額前。她踩著積水跑了很遠，張開雙臂在大雨中站定。

她的背影有種讓人不忍打擾的孤獨，令人憐憫。

一個人回到教室，剛進門，突然停電。整個教學樓頓時人聲大嘩，教室裡亂作一團。黑暗中的鼎沸，幾乎掀翻屋頂。班長站起來維持紀律，大聲喊，安靜！安靜！——只是沒人理他。直到班導師走上講臺，大家才收斂了放肆，安靜下來，黑暗中窸窸窣窣地摸索著，站定。「今天停電特殊狀況，提前放學回家，路上注意安全，回家不要偷懶，繼續用功！」講完，她便轉身走了。

「真希望一直停電停到高考，一了百了……」背後一個女生懶懶地說。我笑笑，收拾東西準備回去。

陣雨剛停，空氣清透如洗，彌漫著雨水和植物的辛香。我在黑暗的校園中搜尋十禾的身影，卻沒有見到她。

怎麼也沒有想到，我差點再也沒見到她。

真是個萬劫不復的四月：大約是春天太美好，連詩人都走失在這樣的季節——第二天早上十禾沒有來。我盯著她的座位正在發愣，突然間班導師衝到我面前來：「出事了你知道嗎？她沒對你說什麼嗎?!你怎麼不告訴大人？你們這是為什麼……」班導師急匆匆地轉身走了，我感覺心被擊中，卻找不到槍手，像個失魂的木偶一樣跟著她走了出去。

到了十禾的家裡。她的父親在客廳裡抽煙，神色極其煩躁。像一頭被重創的獸，奄奄一息地隱忍著暴烈。她母親對我們說，六點的時候叫她起床沒有回應，去喊她的時候房門又反鎖，屋內沒有聲音。他們很恐慌，撬開了門，看見她這樣睡著，怎麼也叫不醒。家裡的安眠藥瓶已經空了。

我站在十禾旁邊，凝視這個沉睡的嬰孩——她好像就這樣沉睡了十七年。

十禾的母親幾乎崩潰，她喊：「你怎麼能這麼任性！」

4月7日

母親：謝謝你養育我這麼多年。只是我們彼此都這麼累，真的沒有必要再勉強了。當你對我說，「我真是一念之差生下你，一念之差！」的時候，我瞬間感到我終於失去最後一個值得堅持下去的理由，竟痛得釋然了。希望沒有我以後，你可以擁有如你所願的生活，我們都不再會是彼此的負擔。我真的不希望你是因為我，而沒法好好對自己，並且又為此心懷怨恨。我也覺得，我的存在是個錯。

父親：我不知道為什麼你和母親之間總是有吵不完的架，希望我的離開能夠使你們都原諒彼此。

菫年：我不求你理解我這樣做的原因，這個解釋我就欠著吧，來生再還你。只是我真的疲倦極了。想去休息一下，長長地去休息一下。你要好好的。好好地過下去。

很久以後，在漫長的旅途之中我反覆回憶她這段話。她善良得多麼孤獨，這個世界真的不適合她。但我知道她不會就這樣離開。肯定不會。大概許多年過去之後，我們現在所感受到的痛苦會因生命的通貨膨脹而貶值得無足掛齒。可是現在，活在當下的我，只想問問她，在她決定離開這個世界的時候，心裡想到的是什麼？

後來我們把十禾送去醫院，醫生說，已經在藥效峰期，洗胃也無濟於事。過度的神經中樞抑制會出現什麼後果依病人自身狀況決定，我們也不知道。只有等。如果幸運，四十八小時能夠醒來，如果沒有，那麼我們也無能為力。請諒解。

我輕輕撫摸著她安靜的睡容。或許我將再也看不到她，這不是不可能。於是我想在此刻銘記她的容顏。永遠。銘刻在我的記憶裡。

第二次模考剛過，我不知怎麼考得一塌糊塗。高考已經非常迫近，我只覺得心灰意冷。我想，高三最痛苦的，其實不僅僅是讀書做題本身；而是周遭的同學、老師、家長……帶來的巨大壓力和無形磁場，讓你感到你完全無路可走：少看一分鐘書都是錯，多睡一分鐘都該死。

可是要我怎麼心無旁騖呢？在教室裡，只要一看見旁邊空著的十禾的座位，我便覺得心慌如焚，完全看不進去書。回到家裡，母親憂鬱地看著我一夜夜無法入睡，束手無策。她的擔憂和忍耐我十分清楚。生命開始被拖進黑暗的迷宮之中，我感覺自己對所謂前途，所謂高考，已經沒有任何期望。

「堇年，我擔心你。你這樣下去必然毀了你自己。」我反鎖房門，躺在床上望著天花板。聽見門後面傳來母親的聲音。此時是凌晨一點。

「……行，你可以不開門。你聽我說。我一個人拉扯你這個孩子，其中辛苦，你長大後才會明白。我只是想你能自己對得起自己。我這幾十年是真正見過悲歡離合的過來人，我不可能看你這樣去走彎路。這些是你聽膩了的空話，只有等你自己體驗到冷暖炎涼的時候你才會醒悟。就像我當初一樣。」

我輕輕起來，打開門，是母親憔悴的面容。彼此對視，我忽然心中一陣酸。

我不是不知道，每個夜晚，母親猶猶豫豫地站在門外，聽我的動靜，勸我早點睡覺；夜裡過來看我是否掀了被子，怕我著涼。畢竟這些日子我幾乎總是徹夜失眠，聽見母親起床並走過來，我立即關燈，閉上眼睛裝作沉睡。

我能夠感到母親輕輕撫摸我的臉，為我拉好被子，偶爾自顧自說一些令我錐心般難受的話。她起身回主臥室，我卻每每忍不住鑽進被窩裡哭，卻一絲聲音也沒有。那天大概是想著心事沒有關燈，被母親察覺。

我緊緊抱著母親，分明感到洶湧的淚水自胸腔底部奔湧出來。自父親離開之後，母親獨自帶著我與歲月世事周旋，日漸堅忍。多年不見她的眼淚，只見她以我成長的速度迅疾衰老。

模考過後，母親看到我一塌糊塗的成績，起初會失去控制地罵我，像小時候偷懶不練琴被她發覺後遭痛打那樣，後來她漸漸不了。我想，那是她對我放棄希望了罷。班導師總是找個別同學單獨談話，我自然逃不脫。那日她找到我，從晚自習開始一直談到下晚自習，也正好是十禾出事之後不久。我情緒極不穩定，對班主任的態度不算恭敬。可是她很和氣，是長輩的姿態。她問我有什麼打算，我反問她，你說我有什麼打算？我能有什麼打算？我一進教室看見那些不要命的「學霸」我真想吐。我真沒騙您。我一看書就氣緊。你說我怎麼辦？你以為我不想好啊。

說到後來我簡直泣不成聲。我以為照她的脾氣肯定一個耳光給我抽過來，但是她特別鎮靜地聽我說完。她說，都罵出來，都罵出來，罵出來你就好多了……我知道你心裡沒別的，你就是積鬱太久……好了沒事了……

那晚班導師特意送我回家，怕太晚不安全。她在車上輕輕撫摸我的頭，說：「你這孩子，什麼都好，只是……太倔了。」

我心中其實充滿感激，可是不知怎麼表達，只能窘迫地將頭轉過去，看車窗外的夜色一閃而逝。

回到家的時候，我推開虛掩的門，母親坐在黑暗的客廳中，坐成一幀靜默的剪影。良久之後，我說，媽，我回來了。

母親扭亮燈，我看清她鬆散的髮髻。她說，廚房裡有熱牛奶，喝了快去洗澡。該睡了。

我說，好。然後轉身進廚房。眼淚一下子就落了下來。

十禾醒來的那天，我去醫院看她。幾天未進食，臉上蒼白沒有血色。她說，腳一沾地就頭昏，完全站不穩。趁著她父母出去了，我在床邊坐下來。突然找不到話說。幾日不見，彷彿隔了很多年一樣。我們看著窗外一點點沉下去的天色，彼此之間靜得聽得到呼吸。

我尚且還知道你是誰。也知道我們過去必定非常親密，有過許多事情。因為看到你我覺得熟悉。可是我們過去具體有些什麼事，我已經不怎麼想得起來。真的。那天早上我昏迷之中感到人們拉我，使勁推搡，最後被拖下床，我知道我的頭撞在床頭櫃的稜角上，卻不疼痛。這些是母親告訴我我才想起來的。

毫無知覺地沉睡。我感覺到我的靈魂浮在身體上面，貼著天花板，幾乎能夠俯視一屋子的人，推打我的身體，非常用力。他們還在罵。但我什麼也聽不到，感覺不到。真是瀕死的體驗。

我的痛苦消失了。而痛苦的不存在，竟然讓我如此地不適應。本來以為抹去記憶是一件美好的事情。而現在覺得，它比背負記憶還要令人手足無措。

那天，整個病房裡只有十禾一個人在說話。她的目光一直落在窗戶外面。我就這麼一直聽她說。她似乎是想把她還記得的話都要說完似的……

其實我想，她大概已經不太記得所有的「我們」了。她不會知道這些日子以來，我們一起看過的長長落日，不記得荒草地裡，我們奔跑過後的急促呼吸，不記得那一場停電之前的大雨。我有種失去她了的感覺。

康復之後，她沒能如我希望的那樣回到學校，反而退了學。我傷心得好像在硝煙彌漫震耳欲聾的戰壕裡，剛剛痛失一位戰友。她真的就這麼走了，留下我一個人，要我好好地過下去。好好的。

她的母親來學校收拾東西。我幫她把十禾的書一本一本整理好。伯母對我說謝謝。我看著她吃力地提著一大袋書，忍不住上前說，伯母，需要我幫你嗎？她看著我，說：「謝謝。不用。你快回去上課。」

過了一會兒，伯母又猶豫地說：「十禾的……日記……在你那裡吧？替我們保存好。十禾對我們說過，只有你才從來沒有讓她失望過。她是真的很喜歡你。我替她謝你了。」

連書本都清空了之後，旁邊就真的只剩下空蕩蕩的座位了。「要好好的。好好地過下去。」

到了第三次模考。有時候寫題目寫累了，困倦之中一抬頭，看到鈷藍色的天幕沉沉落下。目光很久都收不回來。我知道，再沒有另外一個人陪我一起看落日了。

在故去的黃昏裡，母親拉著我的手在長滿苜蓿和青萸的小徑上散步。夏日清朗的空氣中彌漫著植物辛辣飽和的香氣。夜色極處出現清淺的銀河。星辰以溪澗在流瀉中突然靜止的寫意姿態凝固。縹緲似一切孩童夢境中的忘鄉。

那是十年以前空氣污染並不嚴重，且我的視力沒有被書本腐蝕的時候。能夠清晰辨認出天狼星的時候。現在的我，戴著啤酒瓶底一樣厚的眼鏡，用力抄寫黑板上滿滿的複習提綱，真希望自己盲掉。我常常想，為什麼必須得這樣呢？我，你，我們所有的人，在最美好的青春時光裡，困於明知以後不會再碰的書本、習題與考試，一片黑壓壓的人頭，順從於指揮棒的奴役——無人質疑的事，是最可怕的事。

當然……像我這樣把時間和心思花在質疑這一切和抵觸這一切上面，總沒有什麼好的結果；而不好的結果，更加令我質疑和抵觸這一切。這樣的惡性循環，總是能在開完家長會的時候醞釀到極致。

那天，母親回家來已經是一張如被冰霜的臉。家裡氣氛一下子變得不寒而慄。她看著我，然後抖著手把那張成績單扔到我的臉上。

「我對你，真的仁至義盡了。你知道你都幹了些什麼嗎？你就這樣傷害我嗎？」然後她一腳踹在我的小腿骨上。一陣劇痛。良久的對峙之後，母親見我又忍著不說話，一個耳光抽過來，一陣耳鳴。我最終還是說：「行了，媽媽，你別打了……你別打了……我是你女兒……你別打了……」

記憶中自父親離開之後，很長一段時間，母親情緒很壞。那時我不過七歲，放學很早，回家之後見到她煩躁的表情，就小心翼翼地去洗米、洗菜。不敢出一點紕漏。不敢看電視。不敢聽音樂，哪怕是古典鋼琴。不敢說話。任何一點噪音都會令她煩躁，喝斥我關掉。安靜。只需要安靜。這是我孩提時代非常深刻的印象。以至於在我長大之後，依然對嘈雜與人多的環境充滿恐懼和警惕。

那時家附近是長庚宮的遺址。某日黃昏，松柏蒼鬱的碑林。她突然對我說：「如果以後媽媽又莫名其妙罵你，打你，你就對媽媽說，媽媽我是你女兒。一定要記著提醒媽媽，記住了嗎？媽媽情緒不好……有些事情真的對不起你……你要原諒……」母親說著說著開始流淚。隱忍地，言不由衷地抽泣。我驚慌失措。那年我僅僅七歲。後來我才知道，成人世界的遊戲比我們想像的複雜。太多事她獨自背負多年，無人分擔。人情世故，亦不過是冷漠。

我不知道孩子與成人的交界處，有多少東西握在自己手中。

父親在我兩歲的時候去了北疆的油田。那個遙遠的地方叫做庫爾勒。母親每個月總會花某個下午的時間握著我的小手寫信給父親。新疆庫爾勒。這是三歲的時候就熟稔的字。幼稚園的阿姨驚歎一個幼童能寫出這麼複雜的字。

小學拿到第一個一百分的時候，收到父親送我的一整套精美的俄國進口製圖儀器。包括千分位精確度的遊標卡尺和好幾種專業圓規、矩規。鍍銀的儀器鑲在帶有凹形槽的天鵝絨盒子裡。有著厚實非凡的意味。母親笑父親完全不講實際，把這樣的禮物送給一年級的孩子。而十多年後，這份鄭重其事的禮物，突然讓我在高中立體幾何的課堂裡，感到了一個父親的樸拙的愛。

每個月母親會帶我去郵局打長途電話。在那個時代，通訊的落後不曾阻撓人們渴望親近的願望，與今日拿著手機卻不敢接電話的城市病形成鮮明對比。那個講東北話的接線員已經能夠聽辨得出我的聲音，總是熱情地跑很遠去叫我的父親。聽筒裡，父親的聲音從千里之外傳來，帶著顫抖的雜音，我總是乖巧地大聲喊，爸爸，好好注意身體。我和媽媽都想念你！

父親後來對我說過，每次聽到我的聲音，他總是潸然淚下。

生命中有愛，是我們堅持走下去的全部意義所在。路途中一瞬間的愛，竟然賺取了我們去活一生，對那一瞬間的甜蜜之後龐大而又隱循的苦難甘之如飴。

然而，由於長期的距離和隔膜，我已經完全不習慣任何一個除了母親以外的人以任何形式走進我的生活。每次父親回來，都對我感到失望，因為現實中的我並不像電話裡面那樣溫順乖巧。我總是躲在母親後面，不與他親昵。

大約由於我的原因，父母的爭吵多了起來。這些是在我長大之後才漸漸明白的事情。因為長期分離，他們彼此迥異的生活和性格，連磨合的機會都沒有，各自懷著種種內心艱難，給彼此帶來痛苦——儘管他們是我見過的世上最為善良和勤勞的人。

人總是難免因為孤獨和軟弱而希望對方多體貼和撫慰自己，但是忽略了彼此共有的性格缺陷，且忘記了給予的前提。加之我又是一個受家庭負面影響深重的孩子，一條不夠有力的紐帶，所以後來，本來很難得的探親假，變成了家裡最吵鬧的時候。

我記得過錯仍然是我的。那次父親好不容易得到探親假的機會回來。晚上我洗澡，父親堅持要進來給我沖熱水，擦背。雖然我明白那是父親在嘗試融解我們之間的生分，但是我們確實相隔天涯多年，他形式笨拙的關愛，令原本就與他生分的我，更加無法接受。他想要進來，我不讓，最後他略帶惱怒地推門進來，我忽然感到非常羞恥，衝動地揮舞著毛巾，蠻橫地趕他出去。

父親臉上有不可置信的失望。因為我甚至失手用毛巾抽到了他的臉。

那天晚上我沉睡之中突然醒來。聽見隔壁在吵架。父親責怪母親沒有教育好我，母親則委屈而憤怒地指責他，不體諒一個女人含辛茹苦養孩子何等艱難。

我躲在自己的小房間裡，蜷起身體鑽進被窩。努力不讓自己再聽見什麼。我知道自己犯了大錯。眼淚流下來，枕頭濕了，被子也濕了。後來不知不覺睡過去，夢中依稀可見清朗的夏季夜空，綿亙的星河璀璨。我甚至聽得到母親教我唱的歌。

長亭外，古道邊，芳草碧連天。晚風拂柳笛聲殘，夕陽山外山。

這曲悲歌伴我度過凜冽的年紀，像一個熟稔的背影，在離途上顧盼不舍。

第二天醒來，見母親已經坐在我的床邊。眼睛紅腫。

爸爸呢？

爸爸走了。他生氣了。

媽媽，我錯了。

沒有，不關你的事。這是大人的事情。不怪你。你只要聽話，媽媽活著就有期盼。懂不懂，啊？……什麼時候你才能長大……

然後我不敢再說話。母親泣不成聲。

第二天，父親中午突然回來。進門之後開始沉默地收拾東西。他簡直忽略我的存在。收拾了三個黑色的大提箱，然後直起身子，定定地看著我。以後聽你媽的話。跟她好好過。懂事點，別跟你媽找麻煩。然後他撫摸我的頭。目光無限深情與嚴肅。似要落淚，亦有所冀待——我最終沒有像別的孩子那樣哭喊著那句「爸爸你不要走……」

我甚至咬牙不准自己哭。

我的這個家庭，每個人都是善良至誠的。卻有著固執與強硬的性格，從來不善表達。困於愛彼此，卻讓彼此感受不到愛的怪圈。由於表達的障礙，一直缺少溫情。這麼多年我一直在後悔，如果當初我說爸爸你不要走，我求求你了，結局或許不是如此。但是這又有什麼不同呢？

父親真的走了。在我成年之前，這竟然是我最後一次見他。母親從法院回來，餐桌上，昏黃的燈光映著她極其慘然的面容。亦是從那天起，我察覺到了母親的迅疾衰老。她說，今後就和你媽媽過。要乖。我的喉嚨哽得厲害，勉強發出含混的聲音算是回答。然後把頭埋進飯碗裡，眼淚一下子就被熱氣蒸乾了。

這一年，我七歲。

在應該被寵溺的年紀，我就開始懂得並做到自立自知。被所有師長稱讚為善解人意、成熟懂事的好孩子。我總是很厭惡聽這些話。因為成為這樣的孩子，並非我願意。有些事情，是凹凸有致的碑銘。關於愛或者恨。如同暮春時節漫山遍野的山花爛漫，在無人的寂靜中生長，蔓延，凋謝。在我懂事之後，分明地察覺到了這些印記在我生命中產生的支配性力量。我已經在性格中暴露出明顯的父輩的特徵。血脈為緣。歲月為鑒。

這年。我十七歲。

第三次模考的成績帶給我母親很大的刺激。她不再對我抱有太大期望。拿成績那天晚上，我們就這樣僵持，母親一直發火。直到十二點。後來我躺在床上思考我的出路：如果質疑當下，那該怎麼安排自己的生活。三點的時候，我頭腦清醒至極，起來想喝杯水。發現母親坐在客廳。我輕輕扭亮直立式檯燈，在她身邊坐下。

已經很多年，我們不曾面對面進行一次冷靜而認真的談話。

媽。我不想再讀下去了。

良久，她說，那你想怎麼辦？

媽。這些日子我老是想起小時候的事情。以前你每天帶我去學院的後山散步。也想爸。我整整十年沒有見過他。我想去見他。我覺得我從來就沒有讓你滿意過。不管我覺得自己已經多麼努力。你和爸一直都很自負。我也覺得，我和你們一樣，剛愎自用。這不算什麼優點，可至少我從來不會懷疑自己的才華與頭腦。即便是現在。

她沒有什麼反應，只是靜靜聽著。

我繼續說，我覺得你太累，我也累。我不想在這裡待下去。十禾的事，你是知道的……我都快成年了。想出去走走。不是什麼闖蕩。我對那些東西沒有野心。只是想去旅行。

母親沒有說一個字。我們這樣沉默地在黑暗中靜靜坐著。竟然直到天亮。

最後母親對我說，以前只希望你不要走彎路。可是你不自己去走，怎麼知道什麼是彎路。你自己挑的，以後自己承擔。我已經懶得再管。好自為之。但你需要清楚生活是這樣現實。你可以去旅行。但是以後，你自己維持生計。

五月。陽光充沛。每一場大雨過後，空氣就無限清朗。夜晚闃靜的街道，隱約有著樹葉遁走的聲音。

就這樣我開始漫長的旅行。去北疆。去有父親的地方。臨走的前夜，我又聽見樓上抑揚的大提琴。斷斷續續。於是我起身上樓，輕輕敲門。琴聲戛然而止。之後打開門，隔著防暴鏈條，一個輪椅上的男子，手裡還拿著琴弓，疑惑地看著我。

你是誰？什麼事？

我突然不知道該怎麼回答。我說，你的琴拉得很好。

……再見。

然後我匆匆跑下樓。

翌日，天尚未亮。我背起沉重的巨大行囊，與母親道別。天亮之後陽光非常強烈。擠在人群中，竟微微無力而暈眩。

在擁擠簡陋的月臺上等待，終於上了火車。在轟鳴的鐵軌上飛馳。風聲過耳。我慶幸地知道，生活與理想十幾年的分野終於在今日彌合。

我從車窗外回望。鐵軌消失在地平線。與家漸行漸遠。心中突然有孤獨和恐懼感。我赴往未卜的前途與叵測的命運，像一個渴望重生的囚徒，將年華和記憶棄之彼岸。

沿寶成線至寶雞，一路上都是大陸腹地單調的景致。深夜睡在窄小的鋪位上，感受車輪與鐵軌之間規律地震動。車廂有昏暗的腳燈。睡我上鋪的那個女子整宿坐在車窗旁的簡易座位上，望著窗外。微弱燈光使她看起來格外憂鬱，模糊的容顏上覆滿愛情的灰燼。那天是漫長旅途的第一夜。我幾乎一夜未眠。狹窄而陌生的車廂裡，有此起彼伏的鼾聲。坐在窗前的女子紋絲不動，我猜測著，她如何對生活充滿原諒和默許。有時候沿著一個陌生人的生命脈絡向深處追溯，就清晰地感到每個人靈魂深處的雷同。

想起十禾明媚的面容。懷念如輕風徐徐而來，又如花朵，次第綻放。

清晨，車廂裡非常安靜。那個女子開始收拾行李，似乎要下車。我注視著她有條不紊地清理衣物、食物、水果刀，裝進行李箱；收拾完之後，坐在我下面的鋪位上。喝一杯水。繼續看一本陳舊的書。

我關注她的熱情，簡直如同經歷一場愛情。直到她的背影消失在簡陋的小站月臺，我才回過頭來，閉上眼睛。

在寶雞換車，上蘭新線。一路上是單調的戈壁。見到了胡楊。蒼茫的戈壁綿延至地平線，然後轟然沉入落日的餘暉。漫長無盡。時光開始漸漸靜止下來。

到達庫爾勒的時候是早上，日光充沛。我下車，覺得非常疲倦。在小街上找了一家旅店。髒而且亂，走廊盡頭的公共廁所散發出強烈臭味。我猶豫了很久，不得不走進去，找老闆訂房間。那個中年婦女看著我說，就你一個人？我說是。說完就後悔，可能不該告訴這樣的資訊給陌生人。但也許是我多慮了，很快我就發現她的意圖僅僅是為了將我安排在一個只有女客人住的房間。

這個旅館其他的房間都是男女混住，五湖四海，大多是來探親。我想將背包放下，轉念想想，覺得不安全。於是又背起來，決定找個地方吃飯。

飯館裡的菜非常鹹。努力使自己吃飽，以便有力氣走路。回到房間，我問老闆怎樣才能去庫爾勒石油大隊，老闆說很遠，最好到城西的遠程車站去搭車。

在庫爾勒住了一夜。因為疲倦，我竟然睡得很沉。睡眠中卻不忘緊緊抱著背包。早晨吃了點乾糧，決定去找車。還未到車站的時候，我看見街邊停著一輛東風大卡車。駕駛座的車門上印有拱形的「新疆庫爾勒石油大隊0537」字樣。於是我走過去找那個在車上打盹的司機。

門打開。我看到那個司機有著一張驚人的英俊面孔，典型的維吾爾族男子。面頰的輪廓優美，如同海岸線。古銅的膚色，有黑色的捲髮，濃眉深入鬢角。眼神落拓不羈。這是一張誘人的面孔。

你會漢語嗎，師傅？什麼事？他說。

你是石油大隊的司機嗎？你的車什麼時候回去？我想搭你的車去大隊，可以給錢。

他問，你為什麼要去那裡？

我父親在那裡。

你父親是誰？

就這樣我坐上了他的車，他告訴我他和我父親是故交。我心中高興了一瞬，然後突然就恐懼起來，這些和拐騙人口的報導文學中一模一樣的情節，讓我後悔不該這樣隨便搭人的車。但是我更不知道現在該怎麼說又不坐他的車了。於是我想，如果他是惡人，我又有意上當，那麼，這是命中註定的事情。

上車之後他說他去買包煙，馬上就可以走。我看著他下車去對面的雜貨鋪。發現他非常高，偏瘦。這個男子骨節接榫處明顯凸起。穿淺灰的卡其布夾克。我不得不承認他的笑容這樣迷人。

開出市區，駛上柏油馬路。開始時沿街還有雜貨攤或者簡陋磚房，見得到蓬頭垢面的異族婦女抱著小孩無所事事地坐在路邊，或者裹著厚帽子的老人在抽旱煙。不久之後便開始進入荒涼的路途，人煙稀少，大路坦蕩。

已近暮春，西域乾旱。焦灼的土地塵土飛揚，氣溫卻很低。乾冷而且風大，使人真有風塵僕僕的感覺，進而確信自己在路上的真切體驗，疏離了城市中精緻安穩的平淡生活。一個月前尚在燈光煞白的教室裡寫模擬考卷的記憶簡直恍若隔世。生命進入一種本質狀態，並將以不斷告別和相遇的方式繼續下去。

我遙望著黑色的柏油馬路延至大地盡頭。胸中似乎有烈風掠過一般激切。我想起一部叫《振盪器》的日本電影。其中有個抑鬱的女作家登上了一個陌生男子的卡車。但就此過早死去。

我想，要後悔也遲了，不如先享受這一路吧。

旁邊這個不停抽煙的維吾爾男子，我幾乎愛上了他的面孔。對他那張面孔之下的故事充滿了天真的好奇。我陡然發現自己原來依然停留在可以幻想的年齡。真好。

什麼時候可以到？

太陽落山之前吧。

我們已經坐了多久的車？

大概才四個小時。

不久，他將車停在馬路邊上，說吃點東西再上路。我立刻緊張起來。看見他跳下車，從遮著綠帆布的車斗裡找出一個箱子。打開來，裡面是軍用水壺和新疆最常見的饢餅。他分給我兩個餅和一壺水。我說謝謝。

因為怕上廁所，所以我不敢喝水。勉強咽下半個乾硬的饢餅。手裡拿著剩下的，不知所措。

不喜歡吃？

不是，我吃飽了。

飽了？那麼給我。

我遞給他，然後他大口大口咀嚼，像個孩子一樣。

他站在路邊抽一支煙，我在副駕的位置上觀察他不經意之間的各種小動作：用大拇指和食指夾煙，猛吸。是個落魄而且拘謹的抽煙姿勢。也許他並不是有良好習慣的乾淨的人，但他的生活裡應該有許多的女人，憑他這張幾乎是原罪一般英俊面孔。但他也許只不過是想要一個溫柔賢淑的妻子，再偶爾邂逅某個目光熱辣的維吾爾女孩。他的生活肯定充滿各種糾纏。

我暗自笑自己不著邊際的猜測。

如果不是遠行，怎麼會瞭解遠方陌生而綺麗的生命軌跡。當你蝸居在城市裡，為著尚不可知的未來奮筆疾書的時候，遠方的人們，他們在做什麼？他們或許正在夢鄉，在清真寺禱告，在中東的戰場上包紮傷口，在北極圈的冰天雪地裡等一場極光，在守候著垂死的親人，在部落裡面接受男孩的成年禮，在薔薇盛開的小巷裡吻別……世界這麼大，我們互相等待，等待著有一天以過客的身分出現在某時某地，裝點自己的旅行，裝點別人的風景。

真是局詭異的棋。

整個下午我昏昏欲睡。車上有濃烈的煙草味道。醒來的時候看見大漠的黃昏。比我和十禾在教學樓上看到的要開闊與壯麗得多。在遙遠的地平線上，金色的光線凝集並與天相接。天空之中已見稀疏星辰。黑色巨大的鳥在盤旋，不祥而憂鬱。

目極之處落滿父親的氣息。司機已經開了十多個小時的車了。新疆與家鄉城市已經有明顯的時差。天黑非常晚。九點半，黃昏正濃。

我問他還需要多少時間？他說，不要著急。應該很快。你可以睡一下。醒來就到了。

覺得他應該是個善良的人，從他平淡鎮定的語氣來看，讓人非常踏實。我再次睡過去，顛簸的時候，夢境就被驟然打斷。

天色漸晚時，他叫醒我，說，看，到礦區了。透過擋風玻璃我眺望，看見不遠處矮小的磚房，沿著大路排列。再往前，見到一盒盒被廢棄的鐵皮屋，像是集裝箱那樣，已經鏽跡斑斑。都是以前石油工作者住的地方。我父親也住這樣的鐵皮屋，冬天很冷，夏天很熱。很快我們見到了人影，司機和他們打招呼，用我聽不懂的維吾爾族語言。

半個小時後，卡車已經開進了車隊。他說他要把車停到庫裡去，於是讓我下車。他告訴我，你父親在第四中隊，從這裡可以一路問過去，這裡的人們都很熟。我對他說謝謝，他明朗地笑起來。自然而且直白。忽然他說，以前隊長經常收到你們母女的音訊，怎麼後來都沒有了呢？大家還吃過你們母女送給隊長的柑橘呢。他無意問，我卻感到難過。我什麼也沒有說，只是道再見。看見他爬上貨車去卸貨物，矯健如同翻牆翹課的快樂少年。真讓人難忘。

我終於找到了父親的住所。和父親信中提過的那樣，不過是間小鐵皮屋，正面和背面各有一扇小窗。沒有開燈，裡面也沒有人。於是我在小屋前面的空地上坐下來。靜靜等待。

彼時天已經完全黑了。塞外的夜空非常純淨。是純正的暗藍，有絮狀的縹緲雲絲。我從未見過這樣多的繁星。依稀記得幼年的夏夜，父母帶我在學院後山乘涼時，偶爾得以見到這樣星光墜落的夜晚。銀河瀉影，樹蔭滿地。影子隨習習涼風微微變幻。古老而神秘。耳畔有親切的童謠。那些跳躍的小調，似故土長出的藤蔓，纏繞在我的血肉裡，屈曲盤旋並不斷沉澱，析出時光的歎息。那時母親常對我講歐．亨利的短篇。印象深刻的有《最後一片藤葉》。父親時常教我辨認天空中的各種星座。這些事件是這樣真實具體地存在過，但回憶起來的時候，像是在羨慕一件自己沒有得到過的禮物。是什麼時候，我們就倏忽而過這樣的純白年代。

就這樣，我終於等來了父親。

我看見他從黑暗處走來，如同偶爾夢境之中的情形。我知道那一定是他。我甚至如此熟悉他走路時漫不經心的姿勢。絲毫沒有改變。漸漸走近的時候，我又見到了他的面孔。在闊別了整整十年之後。

這張面孔時而會在某個混亂的夢境中閃過。我深知它從未離去。想念是一種儀式。真正的記憶是與生俱來的。父親更瘦了。他的面孔有明顯衰老的痕跡。稜角更加突出。眉目之間有著經歷孤獨之後的隱忍。他穿著工作制服，異常詫異地看著我。

我們對視很久沒有說話。然後我突然就掉淚。胸中有巨大的隱痛噴薄而出。

我喊他。爸。我來看你。

父親難以置信地慢慢走近，蹲下，凝視我的臉。伸出手撫摸我凌亂的頭髮。小心翼翼似乎是在為一件脆弱的瓷器拭去灰塵。我已經與他近在咫尺，卻懷疑這一切的真實。這是十年前離開我的父親，這個善良的，愛我的父親。他本來有著與天下一切初為人父的男子那樣沉重的愛，但是生活令他變成另外一種模樣，他最後選擇告別。

我看見他眼睛裡閃動的光。他說，你怎麼一個人來。你媽呢？

我說，我一個人來，你不高興嗎？話到這裡，我已經泣不成聲。

父親牽我起來，我發現自己已經與他一樣高了。他亦激動地說，你都長這麼大了。

我分明看到我們之間長久的隔閡之後已經完全疏離的感情。感情雖然愈見深刻，但是表達的障礙卻前所未有地深重。我完好地繼承了他們的性格。我們沒有抱在一起痛哭，沒有講不完的話。我們十年之後的重逢，平淡得彷彿只是一個假期之後的相聚。

父親說，進來吧。我悶聲答應。

他拉了燈繩，六十瓦的電燈下，我看清了這個簡陋的住所。父親就是在這裡度過了十年漫漫歲月，廝守著西域大漠裡日複一日的熹微黎明和沉沉落日。在這背後，隱忍了怎樣龐大的絕望和妥協。我非常心疼。

父親問我近年來同母親的生活如何。我說很好，她是在用全部生命愛我，可是我不爭氣。他又問，你今年是不是該高考了？怎麼跑這裡來？我說，我已經打算放棄高考，我撐不下去了。於是父親歎著氣。沉默不語。方才談話間，他為我倒保溫瓶裡的水，讓我洗臉。

環視這個小屋，一張彈簧床，一隻鐵櫃子，用來裝衣物。另外一頭有盥洗架，搭著毛巾。寥寥數物，卻讓房間擁擠。鐵製的地板踩上去發出空殼的響聲，聽著心生寂寞。

父親斷斷續續地說話，直到三點。他說，是不是睏了？我不該和你說這麼多。你睡吧。明天好好睡個懶覺，難為你走這麼遠的路。我說你呢？他說他不想睡，可以坐在椅子上看書。我因為疲倦，倒頭就睡著。躺下的時候，看見床頭櫃上放著兩個簡易的黑色相框。其中一張照片是小時候我與母親抱在一起的樣子。幸福的表情。記得是小時候隨信一起寄過去的。另一張卻是一個陌生女子。我承認是個非常漂亮的異族女子。笑容明媚。心中明白了一些。但我已經什麼也不想思考。父親關了燈，我沉沉睡過去。

這是這個旅途中睡得最香甜的一夜。邊疆夜晚有呼嘯的風聲，荒涼得能感到細小的沙粒落在眼睫上。那夜有著各種各樣雜亂的夢。許多人許多事情錯綜交織，卻都是模糊的。也夢見遙遠的家。

早上醒來，父親已經上班去了。床頭櫃上留著一張字條：爸爸去上班。早餐在小桌上。不要隨便出門。這裡有幾本書，你可以看書打發時間。我拿著字條凝視溫暖的字跡，多年不見。床頭櫃上那個陌生女子的照片已經被他拿走了，只剩下我和母親的那張。小桌上有饅頭和饢，一杯牛奶。我吃完後幫他清理衣櫃，打掃屋子。感覺這樣陌生，像是在偷盜別人的東西一樣。坐下來的時候已經將近中午。翻開桌上的書，有一本是講解各種植物的科普讀本。我饒有興味地看，不多一會兒，父親就回來了。

他說，走，去食堂吃飯。

於是我跟著他出去，一路上有穿工作服的人跟父親打招呼，他們都新奇地打量著我，說，這是你的女兒？長這麼大了！五湖四海的口音。我甚至看到了那個司機，和一群人在角落裡抽煙，笑談。

隨父親在員工餐廳吃飯。這裡都是漢人，有豬肉吃。父親和同事們閒談，我感到餓，只是靜靜吃自己的，不說話。午飯過後四處走走，沒有走遠，就在礦區的辦公樓附近。鑽井架尚在更遠的地方。四處是陳舊的樓房，水泥都已經變色。或者就是一盒盒鐵皮屋，非常單調。

第二天走遠了一點，走出生活區，就真正踏在了大片的荒漠之中。風沙非常大，我的嘴唇和皮膚全部乾裂蛻皮。那種渺無人煙的荒漠裡，彌望四野，突然感到真正的絕望和孤立。

村上春樹說，人的一生應該走進荒野，體驗一次健康又不無難耐的絕對孤獨。從而發現只能依賴絕對孤單一人的自己，進而知曉自身潛在的真實能量。

隨工人們走回生活區，父親焦急地站在大門口等我，見到我就責備我不該一個人跑那麼遠，沙漠裡容易迷路遇險。下次去要穿上工作背心，萬一走丟了，救援的人才能很快發現你。

在父親那裡待著的日子，我沒有任何事可做，每天穿上鮮紅亮黃相間的工作背心去鑽井區附近的沙漠裡行走。黃沙湮沒我的每一步足跡。回來的時候翻閱地圖，發現阿爾泰山腳下一個叫禾木的小鎮。突然我就告訴自己我想去這裡，憑直覺確信這裡是我想要去的地方。

就這樣，在父親這裡逗留了五天之後，我告訴他我準備繼續旅行。

是個倉促的決定，畢竟這裡的乏味枯燥超出我的想像。夜晚關上窗子會悶死人，但是打開窗戶會有風沙灌進屋子來，感覺灰塵落在你的眼睫上。更讓我不心安的是，父親也睡了幾天地鋪了，他執意以這種方式償還心中的內疚。

臨走的那晚，我和父親進行長長的交談。在黑暗中用言語安慰靈魂，彼此清楚在天亮之後就要告別。父親像天下一切小人物那樣無止境地向我訴說他不幸的生活。

你母親沒有再婚？

沒有，她一直很獨立。

你生活中沒有什麼困難吧？當初本來我有義務負擔撫養費。但是你母親對我說，各自的生活都不容易，孩子她可以獨立撫養。她堅持不要任何撫養費。我告訴她今後萬一有什麼意外或者你上學需要錢，她可以隨時找我。你母親真的很不容易，這麼多年，她從未找過我尋求任何幫助。

她也許是找不到你。我輕輕說。

我的話帶給父親一陣沉默。

你明天真的要走？

是。我不喜歡在一個地方停留太久。

回家還是……？

不。暫時還不打算回去。在新疆旅行之後再考慮回去。

父親歎著氣。你還是這麼倔強。然後他從抽屜裡拿出一些錢，說，路上小心。我告訴他不用，母親給我相當一筆錢。

拿著。他語氣非常堅決。

後來我們又陷入沉默。晚上無法入睡，走出小屋，夜風正緊。晴朗的夜空，星光抬眼可及。心中充滿深淵一樣闃靜的悲。不知道什麼時候起，在這個世上，我只對離別抱有無限熱情。

巧的是，那個司機又將去烏魯木齊，於是父親讓我再搭他的車。我上車的時候，他那樣明朗地朝我微笑，說，才過幾天啊你就要走。我沒有說話，坐在越野車的副駕駛座上，看著父親向我道別。引擎轟鳴，車窗為了防沙緊閉著，我已經聽不見他的聲音。唯見他動情的面容。這一離別，不知道又何時才能相見。我轉過頭，心中非常不捨。有衝下去的欲望。手握著車門把，顫抖不已。但是我最終沒有打開門跳下車。車開走的時候，我回頭。看見父親還站在那裡，一身孑然。他顯得那麼老。

車開往烏魯木齊，我們的談話漸漸多了起來。他開始和我聊很多瑣碎的事情。我儘管情緒不好，但還是儘量應付他的談話。他說他是維吾爾人，從小在烏魯木齊長大，所以會講漢語。他說，漢人姑娘非常漂亮。我詫異地說，怎麼可能，維吾爾女子是所有民族中最漂亮的。漸漸我們開始比較隨意，我在車上放心睡。有美麗風景的時候他就推醒我，讓我往哪邊哪邊看。非常孩子氣。

他帶給我一片前所未有的視野，身上有濃厚而狂放的男子氣息，卻天真赤誠，是我十幾年狹隘的城市生活中不曾體驗過的。我聞到他身上濃烈的煙味，似有熱氣騰騰。線條完美的側面。他和這片土地一樣精彩，這是坐在空氣污濁的教室裡讀書做題時所不能想像的。

天色陰沉，似要下雨。退化的草原上，有牧羊人趕著羊群。遠山之巔有皚皚白雪，眼前異常開闊。他說，也許會下一點小雨。要不要下車去休息一下？我都餓了。

我們拿了水壺和饢，跳下車。隨他往出走，過度的放牧已經使草原完全退化，草非常淺。見到一個孩子趕著一大群馬。這個男子呼喊著向馬群跑去，馬群被驚嚇得四處跑散。他展開雙臂奔跑的樣子，如同高原的天空深處盤旋的黑色鷹隼。我坐在地上遠遠看著他狂放天真的姿態。伸出手在眼前比劃一個取景框，像我的繪畫老師帶我去寫生的時候教我的那樣。從取景框中窺看，非常具有畫面感。突然間，我真想把這個男子畫在我的速寫本上。

不久之後真的下起了小雨。大地中蒸發出植物和泥土的濃烈氣味。但是很快黑雲就飄走，雨停了。天邊出現極淺極淡的彩虹，逐漸隱沒。我驚奇地發現地上長出了許多白色的菌菇。這些荒涼的生命竟然擁有如此感恩的情懷，一場小雨就可以讓他們競相萌發。

我們上車繼續趕路，我又抱著背包沉沉睡過去。醒來的時候，發現他已經把車停靠在了路邊，正要跳下車去。我問他，你去哪兒？他說，天已經黑了，你在車裡睡。我睡車斗裡。明天還要趕路，你要休息好。

然後他重重地關上駕駛座的門。

他走了之後我突然清醒起來，預感到長久的失眠。深濃的夜色之中只見遠山的粗獷輪廓，連綿的姿態鬼魅得像一段靡麗的傳奇。極度的安靜。沒有絲毫聲音。

我摸索到他放在儀表板上的煙和火柴。擦亮火花，四下陡然被照亮。微弱的火光在跳動，而我就這樣突然在這千里之遙的大漠腹地，在這深濃的夜色裡，想念起父親母親。像某個童話中的小女孩一樣，陷入對溫暖和寧靜的深沉冀待。

我抽他的煙。辛辣的味道重新刺激我的肺。想起自己以前曾經在沉悶的晚自習期間，逃離教室去透氣，向男生借煙，然後和他們一起躲進頂樓的閣間裡抽。其實我一點都不覺得，抽煙真的會讓精神要好一些。那時候我們都很傻，不斷用最醒目的形式，標榜自己的痛苦，以為痛苦如果得到了表達，就會消失。事實上，抽了煙又怎麼樣呢？一樣要走回教室繼續趕做數學模擬卷。

又想起我的一個繪畫老師。她的面孔蒼白瘦削。只穿大衣或者睡袍畫畫，顯得優雅，冷漠而迷人。盛夏的時節外面有濃郁的樹蔭。我坐在寬敞明亮的畫室裡反覆描繪那些石膏。她在旁邊踱步，或者蹲下來修改我的線條。她畫畫的時候總是叼著一支炭筆。我曾經對她說，你這個習慣很不好。她說，不，我是在戒煙。以前畫畫的時候留下的惡習。我現在打算改變它。想抽的時候我就咬這支筆。喏，你看。她把那支筆給我看。我看到上面深淺不一的牙齒印。很多個夜晚我在畫室裡逗留，看到畫室角落裡堆放的頭像、胴體、軀幹、腿、腳、手……在黑黢黢的房間裡恐怖至極。於是我們關燈，在畫室裡玩恐嚇，累了就坐在窗臺上一起分抽一包煙。

在那些年輕得危險重重的年紀，我們是這樣容易浮躁。妄圖以一切叛逆方式反抗這個世界，傾其所有要與別人不同。在衣食無憂的環境裡，非把自己弄得異常落魄。比如我跟那個老師在一起的時候。直到今日，回想起來，才知道自己不可救藥的幼稚。那些蒼白的反抗之後，有著更蒼白的妥協接踵而來。

就像我今日再看到那些拙劣的水彩和素描，以及速寫本上偶爾出現的文字的時候：我明白我是義無反顧的。總有理想將解救出來——在十禾離開我的那一刻我就明白。

生命若給我無數張面孔，我永遠選擇最疼痛的一張去觸摸。

十禾出事之後，有時我依然會在下了晚自習之後看那些在操場上打球的男生。一個人站在暗處。那天墨魚突然跑過來，滿臉是汗水。問我，十禾不來嗎？我按捺著心裡的驚訝，說，對，她不來了。

她到底是怎麼了？

我說，不關你的事，說不清楚的。

我突然想，也許，墨魚早就注意到我們總是這樣看他打球。真是……太丟人了。於是我站起來，拍拍身上的灰，轉身走。墨魚跑過去拿了書包，大聲喊我。

我送你回家。他說。汗水順著額頭滴下來。我們不說話，一路走著。快到我家的時候，他說：「你等一下，我有東西送給你，把手伸出來。」我發現我伸出手來的時候非常不自然。

「把眼睛閉上。」他又說。我有點不耐煩地看著他，說：「你多大的人了……」

他不說話，從書包裡掏出一個球，放在我的手上。是一只木球。藍色的，七號。圓滾滾的厚實的味道，一握大小。帶著他手上滑滑的汗。

我心中溫暖了很久。我問他，你從哪裡得來的。他說，我做的。你的名字裡有七這個字，我想你可能喜歡……雖然，後來我才知道……真正的七號球其實不是這個顏色的。

在哽噎的燈光下面，我們就這樣站著不說話。我透過他白色的濕棉衫看見他纖細的少年的鎖骨。非常好看。我在他面前安靜地笑，為他好看的鎖骨。他不自在地說，那我就走了，再見。

我捏著那只木球。捏出黏濕的汗水。白色的飛蛾在亂撞，我看著他走進陰暗裡。少年的輪廓和線條。

但是從那天過後，我就休了學。

走的時候我去找過他。去的時候是放學。我一直坐在操場邊上看他打球。不遠地方還有低年級的小女生。我一直等著他，看他過人，三分投籃，不免耍帥。小女生在旁邊尖叫。夕陽消失很久之後，籃框也看不清楚了。他們準備回家，我喊住他。

他說，走，我送你回去。好像我們已經很熟的樣子。

他送我到社區的門口。那裡有常春藤和玉蘭花高大的枝幹。花朵潔白。他站定，說，我有話對你說。

好，你講。我望著玉蘭花的花苞。目光落在枝間。沉默了半天，他突然放下書包，從筆袋裡找出一支筆，抓起我的一隻手，在下臂上寫字。寫下第一個字之後他短暫停頓了一下，說：「你閉上眼睛。閉上。等我叫你睜開的時候你才可以睜開。」

我忍不住笑出來。他似乎只會說這樣的話。但是我此刻心情很清澈，甜美。

手臂上很癢，默默數，大概寫了十個字。然後我聽見他背起書包走遠的聲音。他急切地跑開，然後喊：「好了！睜開眼睛！」我只看見一個快樂的少年消失在林蔭深處。背影被植物盛情包容，似一個甜美的、倏忽而過的夢境，卻因千百次的記憶而深刻起來，帶著經久不散的醇香。

我努力辨認他的字。這個漂亮的少年對我說——

我喜歡你。希望你也一樣。

從那天起，我再也沒有去過學校。這是我見他最後一面。我沒有告訴十禾。那是十禾出事之後的事情。我已經沒再見到她了。

後來不管走到哪裡，我的背包裡裝著這只七號木球。我收到的最乾淨溫暖的禮物。但我不知道他是不是早就把我忘記了。

世間有太多感情，經過漸次否定，最終在時光的陰影中漸漸失血。剩下蒼白的輪廓。但我們知道它存在過。乾淨得像枝間的玉蘭花瓣，潔白似精美的瓷器。不可觸及。我知道我在夢境之中見過他。他永遠不變的少年的單薄輪廓。有很多人，你原以為可以忘記，其實沒有。他們一直在你心底的一個角落。直到你的生命盡頭。在那裡你會懷念所有黑暗之光，因為他們組成你的記憶與感情。但是你已經不能擁抱他們。只能在最後明白，成長是一個念念不忘的失去的過程。

這樣的少年，生命中沒有第二個。

我們開得很慢，坐了連續三天的車。然後到達烏魯木齊。分別的時候我跳下他的車，我說，謝謝，再見。他說，一路順風。然後他關上卡車的門，隔著窗戶向我揮手。我凝視他高高在上的面孔，知道這不過是一次微不足道的告別。可是我為什麼突然捨不得呢？我以為這個世界上已經沒有我捨不得的分別了。

在烏魯木齊的青年旅社裡住下來。感受這座城市與南方某個中等城市並無二致的風情。除了偶爾感受到吹刮過的風要更加猛烈一些外，沒有任何區別。索然無味。在回族人聚居的社區閑逛，滿街零碎的廉價手工藝品。婦女的頭巾、小吃、特產，擠滿了整條街道。清真寺的圓頂隨處可見。彩色的牆上寫滿了異族的經文，文字和圖案一樣精美繁複。常常見到驚豔的維吾爾族少婦，明媚羞澀的眼神。天生的寵兒一般乾淨清澈。我打量她們，她們便熱情地用我聽不懂的語言向我推銷商品。

在烏魯木齊住了兩天，因為交通不便，最終決定拼團旅行。汽車在一個景點一個景點之間長途跋涉。隨伊黎河北上，見到塞外江南的山清水秀。同團的一個高而精瘦的女大學生，一路上一直撿垃圾。巴士的司機停車時就將垃圾全部掃出去堆在路邊，她不聲不響拿出紙袋耐心地將垃圾全部裝進去，待到有垃圾站的地方再丟。

我一直很想認識她，但我始終沒能鼓起勇氣。

在那拉提草原上看見彌漫到天邊的綠色。起伏的小山丘，間或生長著一片片針葉植物。遠處山脈上白雪皚皚。陽光純淨明亮。我租一匹馬上山，馬蹄踏過清澈溪澗，踩在柔軟的草皮上。站在山頂，寧靜的綠色異常明亮，層層疊疊，鋪到天邊。

我幾乎感到身體在舒張。呼吸暢快。久違的愉悅，讓人想要大聲喊出來。

下午六點的時候還在往伊寧趕路。旅行社總是充分利用這裡日落非常晚的特點，常常是十點鐘還在趕路。

路過高山湖泊，真正的大地眼淚一樣的湖泊。湖水湛藍，冰冷至極。湖心有兩個小島，島上有兩座精巧的亭子，傳說是一對長相廝守的忠貞情人化作的。這是一個極其寬廣的湖泊，十幾平方公里。因為海拔高，這裡的日照非常強烈，烈風一直吹刮著。溫度卻非常低。我站在湖邊凍得發抖，陽光刺進眼睛。風從四面八方湧來，像是在激烈舞蹈。寒冷讓我的手腳全部麻木。

晚上十點的時候才趕到伊寧。黃昏剛過，大約是內地七點鐘的光景。住在伊寧非常安靜的小旅館裡。我和那位大學生一起住。她一直在安靜地寫遊記。我簡單沖了一個澡。在十二點的時候我們都還精神很好，我提議出去吃夜宵。於是我們走出來，在外面的小吃夜市裡找了一家生意紅火的小店坐下。有許多旅客在吃東西，肥羊肉串、饢、啤酒。老闆是一家子維吾爾族，非常爽朗熱情。那一頓吃得很飽。那種串在長鐵扡上的大串羊肉，肥而油膩，沾著辣椒胡椒，吃得我們眼淚都流出來。四十瓦的電燈泡被大風吹得搖晃個不停，塑膠棚也一直嘩啦啦響。

我們很晚才回旅館。坐在冷清的小街邊上，有一句沒一句地閒談。回房間的時候，已經是三點。睡下去的瞬間，突然想念起母親。非常。我出來已經有一個多月。不知道她現在過得好不好。

翌日又是不停地乘車，導遊按照大家的建議臨時更換了路線，於是我們的車在杳無人煙的山間行駛。植被荒涼的岩山。盤山公路屈曲回繞。風異常大，乾冷而且凜冽。下山的時候坡度減緩，山坡上有當地人廢棄的石頭房子，更顯荒涼。隨著山路的轉彎，河流忽隱忽現，岸邊開滿了黃紅紫相間的野花——我從未見過這樣美麗而繁盛的野花——像是維吾爾族少女的羞澀笑容，明豔並且色澤飽滿，充滿了生命的質感。我們停下車來，所有人都擁向這片野花。它們在開闊而乾燥的土地上一直燒到天邊，在這塞外的六月陽光下，呈現出前所未有的蓬勃茂盛。我替那位小姐姐照了一張相。她拘謹地坐在地上，笑容淺淡。陽光和她身邊的野花一樣，兀自撒歡。

我突然想起一部伊朗的電影叫《天堂的顏色》。電影裡有中東的沙漠上大片紫紅色的野花，兩個盲小孩天天採集這些野花，裝在籃子裡帶回家碾碎，製成天然的染料。奶奶在家織出精美的掛毯，用花的汁液染色，在集市上出售，被旅行者帶到很遠的地方去。

突然直視生命中這麼純真的一面，幾乎令人感懷得落淚。

後來我們就進入了烏一號和烏二號冰川地區。在雪線以上的陡峭山脈間小心行駛，窄小的公路上時刻有翻車的危險，遇到迎面而來的卡車，小心翼翼地倒車，錯車。你可以看見懸崖邊上的碎石滾落下去。也許一個不小心，我們就會從三千七百米的山上滾入谷底。

十幾個急轉彎之後，我們終於望見山川之巔積覆的冰雪。

下車，陡然感到寒冷的烈風穿透自己的身體一般，迅猛地進入胸腔。站在懸崖邊上俯視鐵灰色的崇山峻嶺，絲帶一樣盤繞的公路，以及近在視野中央的銀白色冰川覆滿整整一面高山。只穿了一件短袖，零度的氣溫讓我冷得嘴唇發紫。

站在這樣的懸崖邊上，有搖搖欲墜的倉皇快感。彷彿生命可以以這樣一種壯烈而寂靜的方式斷裂。於是，突然於這六月的雪山豔陽下瞻仰起生命最本真的脆弱與闃靜。你不由得懷疑起經歷它的目的與意義，感到滿目冰川一樣寒冷的絕望，轟然墜落。

這是我在新疆印象最深刻的地方。無論是後來我踩在五十度的火焰山上，還是在天池的水邊，都不及冰川，給我這樣的峰極體驗。

新疆是這樣一片豐富的土地。有著塞外江南最陰柔的脂粉和大漠孤煙最陽剛的汗液。你看見青山綠水之中的溪澗，以為自己身在不為人知的江南小鎮；但是走出綠洲，你又見到大片大片黃沙漫延的悲情荒漠。歷史與景象交錯。它們在維吾爾女子的一顰一笑中歌舞昇平，豐美盛極。你幾乎能見到從阿爾卑斯到西伯利亞，從盛唐遺風到現代商業區的全部景觀。在這旅途的夜晚，仰望這裡最純淨的深色天幕上面佈滿星辰，突然覺得能在這裡生活，是神的賜福。

我結束了十五天的行程，在烏魯木齊休整了一天，和那位小姐姐一起，繼續乘坐北疆線，在奎屯下車。從奎屯，至克拉瑪依、烏爾禾、吉木乃、哈巴河，然後國道終止。那位小姐姐在這裡終止旅途沿原路返回。我繼續向北。向阿爾泰山區深入。

這些路程花費了近半個多月的時間。沿途風景優美，許多牧民和村舍，令你懷疑身處阿爾卑斯的村落。但長途坐車，聽不懂語言，夜晚來臨時非常害怕。極致的孤獨，使我面對並且自省本我。

幸好一路上我和那位小姐姐是很好的旅伴，在夜晚露宿的時候，她讓我先睡，她守夜，然後凌晨叫醒我，我來守夜，她接著睡。她只睡不長的時間。她告訴我長期的旅途使她異常堅定，有時候一個人，還不是得徹夜地熬過來。

在哈巴河我們分手。各自踏上旅途。

我已經對這樣的行走著迷。

一路上小心詢問駐守邊疆的士兵。大概清楚了去禾木的方向。在阿勒泰的林區工作人員有很多是漢人，他們大多很久沒有回過家了。我甚至遇到了一位同鄉，一個四十多歲的林業管理員。我和他說起老家的事，他忍不住掉下眼淚。但是我亦不敢在那裡停留，問了路就匆忙行走。臨走的時候他給我一件軍大衣，說這麼冷的地方，你一定熬不住。這是以前一個朋友的，他大概永遠用不著了。你帶上。

我說，謝謝。

抱著陌生的溫暖，心懷感激。

在路上又過了一個月。走走停停。七月末，我到了禾木。

這個村寨有十幾戶人家。在阿勒泰的山谷裡。額爾齊斯河有細小的支流養育這裡的人。風景如畫。每家每戶有自己的一群牲畜。生活非常原始。這是我後來才知道的。

我記得我剛剛到那裡的時候，已經將近黃昏，搭乘採金礦的工人的拖車。下車後自己走了幾里路。天色漸晚，林區的黃昏迅速寒冷起來。我在遠處望見童話一般的小木屋零星點綴。我在艱辛的行走之後累得不行。走向最近的一間木房子。敲門。這彷彿是某部神話或者電影裡的情景。門被打開的時候，我驚訝至極地發現站在門口的是一個白種女孩。但似乎也有東方血統。非常清澈的面孔。淺棕色的長髮編成辮子垂至腰際。高寒地區的人們普遍高大，但從她的身形依然看得出來是非常年輕的少女。衣著和當地人一樣樸拙。我看著她藍色的眼眸，如同旅途之中見過的高山湖泊。寂靜並且清澈。非常熟稔。心生好感，覺得安全。我比手畫腳地向她表示，我可不可以在這裡留宿？

她微笑著說，好。

我沒有想到她還會講漢語。後來的交往中我知道她會說一些簡單的漢語。

балалайка。請叫我балалайка。

拉拉衣加。三弦琴的意思。這是你的名字嗎，衣加？真美。

就這樣，我隨她進屋。非常窄小而溫暖的屋子。我在房間裡四顧：正屋的牆上掛著一把三弦琴，我知道那是俄羅斯古老的民族樂器。她對我說，這是外祖母的寶貝。她是俄羅斯人。所以我的名字就叫拉拉衣加。就這麼簡單，沒有其他。

房子全部用原木搭建而成。散發著森林的清香。窗子和牆縫透進一束束細細的昏黃光線。由自家手工製作的寬大毯子，手感溫厚。她把我領進她的臥房，極為簡陋。兩張木床之間剛好側身通過。她說平日裡她和外祖母一起睡。外祖母不久就會回來。我把行李推到床腳邊的角落裡。和她一起走出去。

我們坐在灶邊，衣加忙著燒火煮食。跳動的火光映在她溫潤的臉龐上。我們不說任何話。

不久，衣加的外祖母便回來了。她扛著一大袋馬鈴薯，看到我略微震驚了一下。我拘束地站起來，向她行躬身禮——除此之外，我真的不知道自己可以怎麼做。衣加走過去接過袋子，用俄語向老祖母說著一些話。外祖母向我微笑。真正的俄羅斯老太太。臃腫肥胖的身體，面色紅潤，大辮子發白。

老祖母走到我面前，用我聽不懂的語言熱情地說話。衣加說，外婆很歡迎你。她很喜歡你。

那晚我們一起吃飯，席地而坐，手抓牛肉和馬鈴薯泥。非常美味。饑餓太久，我狼吞虎嚥地吃著。抬起頭來發現外祖母憐惜地望著我。喃喃自語。衣加的面容憂鬱起來。

晚上非常寒冷，我與衣加睡在一張床上。外祖母發出均勻的呼嚕聲。我非常疲倦，卻整夜無法入睡。輕輕一動，木床就發出嘎吱嘎吱的巨響。我不敢輾轉反側，怕吵醒衣加和外婆。凌晨的氣溫大概只有幾度。我不得不拼命裹緊棉被蜷縮身體。窗下有牛兒低聲叫喚。

思維平行著像鐵軌那樣往深處延伸。觸及遙遠的有關家的事情。

我暗自計算，離開家已經兩個多月。母親是否會苦苦等待我的歸來？是否會在每一聲門鈴響了之後都欣喜地站在門口以為是我？是否像我一樣體驗了真正的絕對孤獨之後開始懷念親人的意義？父親又在哪裡呢？十禾呢？

我就在這邊境的村莊，在這寂靜無聲的夜晚裡想念你們。

有時候明白人的一生當中，思念是維繫自己與記憶的紐帶。它維繫著所有過往。悲喜。亦指引我們深入茫茫命途。這是我們宿命的背負。但我始終甘之如飴地承受它的沉沉重量，用以平衡輕浮的生。

我這樣想念你們。

清晨，遠鎮有著熹微的晨曦。霧靄繚繞在林間，視線因此迷離起來。衣加和外婆先後起床，開始忙碌各種事情。我侷促地站在一邊，問，有沒有什麼事情我可以幫忙？衣加笑著說，沒有，不過願意的話，我們可以一起去放馬。

就這樣，我們帶上手抓飯和馬奶，隨馬群行走，跨過湖澤和草甸、樹林與野花。如同在歐洲的童話裡，向神秘王子的城堡前進。

禾木有很多高大的樺樹，樹幹雪白，樺葉漸次變黃。恍若油畫上斑斕的色彩，肆意蔓延。清晨天氣很涼。到處有零星綻放的野花。未上鞍的馬兒低頭吃草，鬃毛被鍍上金色。都是我從未奢望得見的景象。寧靜如同兒時睡前母親在耳畔唱過的歌。在這片不食人間煙火的淨土上，難以想像我是從另一個遙遠的世界而來的。在那個世界，我們貧窮得需要出賣靈魂以求生存。在充斥著壓抑氣氛和粉塵的污濁教室裡做著習題。面對著心口不一的嘴臉。與身邊同樣不知道哪裡來也不知道哪裡去的人們一起，度過一天又一天。

而現在我在這個風景如畫的遠鎮。看時光靜止。記憶搖曳多姿。多麼好。

一個星期之後我和衣加一家漸漸熟悉，力所能及地為她們做一些事情。我喜歡這個家庭，祥和並且神秘。她們的善良讓我這樣溫暖。夜裡，衣加喜歡牽著我的手入睡。有時，會有節奏緩慢持續的對話。

你媽媽呢，衣加？

她去找我爸爸了。很久沒有回來了。

那你爸爸呢？

以前他會每年都來看我們。可是後來，他漸漸不來了。

你想他嗎？

我很想他。爸爸是很好的人。

那你外祖母呢。她為什麼會來這裡？

……這些事情太遠了。真的很遠。

你看見牆上的三弦琴了嗎？外祖母年輕的時候和外祖父一直在一起。外祖母喜歡彈奏三弦琴。她是村裡彈唱得最好的姑娘。我沒有見過外祖父。但是外祖母告訴我外祖父是第一批來中國勘探礦產的俄國人。那個時候，外祖母懷上了我母親。她因為想念而隻身來到新疆，被隊友們告知外祖父罹難，成為蘇維埃的烈士。外祖母承受不住打擊，險些流產。同事們送她回國，在邊境上外祖母身體不支，差點死去。當地人救了她。兩個月之後，早產生下了我母親。由於大雪封山，無法行走，外祖母在這裡停留了下來。來年化雪的時候，她已經決定不回去了。因為她要和外祖父一起。

就這樣，外祖母在這裡定居。俄羅斯是讓她傷心的地方。因為那裡充滿了戀人的氣息。我的母親與外祖父很相像。外祖母非常愛她。母親後來遇到一位來這裡勘探的漢人，也就是我父親。母親陷入戀情。她不顧一切。在他離開之後，母親固執地留下了我，以此紀念他的愛。在我一歲的時候，父親來過這裡。後來父親曾經很頻繁地來看過我，教我漢語，給我帶來衣物。五歲的時候父親又來過一次。卻從此再也沒有來過了。母親在等待了兩年之後決心去找他。

直到今天，我再也沒有見過父母。

我們一直說到天亮。我看見衣加的眼睛，像星星一樣閃爍著。我伸出手小心觸摸，唯恐驚嚇了這個幼小的嬰孩。我撫摸她的長髮，漸漸抱緊這個可憐的小孩。衣加把頭埋在我的脖頸之下。我感到她灼熱的眼淚滾過我的皮膚，幾乎將我燙傷一樣疼痛。

十一月。阿勒泰下了第一場雪。

天地間只有一片雪白，那種真正的漫無邊際的皚皚白雪。紛揚的大片雪花欲要原諒一切。不停地飄落。我從來沒有見過雪。於是站在木屋的門口，心中寂靜如這空山，只被大雪覆蓋。很多個夜晚，衣加向我訴說她的父親和母親。我只是安靜地聽，卻說不出來任何話。忽然感到生命的韌性可以如此頑強。遙遠的邊疆，有遙遠的故事。我忍不住想永遠留下來，守護可憐的衣加，還有外祖母。

在我自以為痛苦的城市生活中，從未曾想過，時時刻刻都有不幸的事情發生。而你能與他們擦肩而過，並在此刻只是聆聽這種殘忍，已經是多麼龐大的幸運和福祉。

我吻衣加的額頭。衣加，我想一直留在這裡。陪伴你們。

家裡儲存了一冬的糧食：馬鈴薯、青稞、蕎麥麵粉、醃肉。由於不適應這裡的飲食，沒有蔬菜和瓜果，我的牙齦潰爛，流膿流血。鼻血不斷，皮膚有道道皴裂的血痕。衣加心疼地冒了大雪走很遠給我摘來一種果子。青紅顏色，非常酸。我感動地不知道說什麼好。吃了兩天的酸果，病很快就好轉。

家裡沒有什麼事情可做了，每天給馬廄加草料，煮食。那些日子裡感覺自己一不小心就成了關心糧食和蔬菜，餵馬劈柴的詩人。夜裡很早便睡去。禾木的當地人非常好心，常常有人給衣加一家送來糧食和禦寒的獸皮。這些壘木為室、狩獵為生的人，知道衣加她們無法打獵，好心地送來獸皮，讓一家人過冬。

阿勒泰的冬天這樣漫長。黃昏的時候，天黑很早。天空是純淨的鈷藍。夜幕下的雪也是藍色的。美麗得無以言表。廣闊的林海成了一片雪原，額爾齊斯河凍結。我們在溫暖的小木屋裡生火，取暖，煮食。聽外婆彈奏那把三弦琴。唱著俄羅斯憂傷的民謠。

我凝視著燃燒的柴火，映著外祖母蒼老慈祥的容顏，伴著憂鬱的琴聲，看見愛情最深沉動人的面容。優美至極。

生命在這樣的瞬間，顯得充滿尊嚴和永恆。那亦是愛。永無止息。

衣加坐在我旁邊，神情平靜。我輕輕撫摸她的臉。

衣加。你在想你的母親嗎？

是。我非常想念。還有我的父親。

我會一直陪著你的，還有老祖母。

不用說這麼絕對的話。我已經十五歲。完全習慣了。我只想好好陪外祖母，一直生活下去。

外祖母擔憂地抬起眼睛。看著我們。

大雪封山，皚皚白雪好像永不會消融。我已經在禾木待了六個月。

這已經是我十九歲這一年了。

二月，阿勒泰的春天還沒有來。在這些安靜的時日裡，除了幫衣加和外祖母幹活，其餘的時間，就和衣加聊天，或者寫些文字。我的背包裡有兩支上好的炭筆，一本速寫本。我畫了幾幅素描。一幅是衣加，長長的辮子，眼神清澈。靠在一匹馬身上。甜美無知疼痛的微笑。還有一幅是外祖母。她坐在火爐邊彈奏三弦琴。最後一幅是木房子門前的溪流、野花。層層疊疊鋪到天邊。衣加最喜歡的那匹小母馬，低頭吃草。

其餘的白紙上，有凌亂的文字和詩句。

衣加曾小心翼翼地問，我可以看嗎？我說，這本來就是送給你的。她看見我畫的人物肖像，驚喜地問，是我嗎？是我嗎？我有這麼漂亮嗎？

我說，衣加，你和你母親，還有外祖母一樣，都是這世界上最漂亮的人兒。

然後她天真的淡淡笑容，徐徐綻放。

禾木的冬天裡，安靜的夜裡偶爾聽得見冰雪壓斷樹枝發出的裂響。劈劈啪啪幾聲，寥落地在大山裡反覆回蕩。春天來臨的時候，額爾齊斯河的冰大塊大塊地崩裂，浮冰在生機勃勃的流水中撞擊，如同遠方的鼓聲。雪漸漸融化，湛藍的天空之上，偶爾見到候鳥優雅遷徙。土瓦人高亢的歌謠，同春曉之花一起綻放。一個新的季節來臨。一轉眼，就快一年了。

衣加和我忙碌起來，砍柴，餵馬，幫外祖母織毯。木房子簷上覆蓋乾草用以保暖，屋頂上又有空洞用於通風。獨特的房屋結構。我嘗試修葺熬過了一冬的老木屋，尋找新的乾草換掉已經腐爛的那些。勞作的感覺異常充實快樂。

我們放馬的時候，漫山遍野奔跑。我採摘野花，插在衣加淺棕色的辮子上。她穿長的布裙子，被風吹得裸露出膝蓋。羞澀地笑起來。

初夏來臨的時候，山區才漸漸轉暖。陽光漫過重重山林千里迢迢而來。帶著森林的清香。草長鶯飛。溫暖如同童年夢境中的花園。外婆織了整整一冬的掛毯終於快要完工。上面是西伯利亞最常見的雪景。俄羅斯廣袤的雪原深處，零星閃爍的溫暖燈光。與繁星一起熠熠生輝。天空猶似海洋的夢境一般。充滿了故鄉的氣息。

這竟是我們最後的夏天。

五月。我出來整整一年。那天清晨，我和衣加起床，卻發現外婆依舊躺在床上。以往她總是醒來很早的。我輕輕走過去，推推外婆的肩。然後看清她的臉，嚇得不輕。大概是中風或者腦溢血之類，只見半邊臉抽搐，口水從嘴角流出來。手腳都抽著筋。我抓住床沿，努力站定，控制自己不叫出來。衣加走過來問發生了什麼事。我緊緊抱著她，攔著她不讓她看見，拼命擋住她的視線。衣加，你不要看了，祖母只是生病……衣加……聽話……不要過去……衣加大哭著拼命掙扎，用俄語大聲喊，老祖母，老祖母——她的手肘戳在我的肋骨上，一陣劇痛。我放開手，衣加衝了過去，跪在床邊，淒厲叫喊。她推搡外婆的身體，非常用力。我衝出門去找鄰居，本來就不會說當地語言，這下更是語無倫次。哭著敲門，門打開。是一個來送過毛皮的鄰居，我話音未落，那個男子抓起我的手臂就跑向我們的木屋。他進了房間，看見老祖母，然後喃喃的，表情很難過。他把哭得快要閉氣的衣加扶起來，徒勞地勸慰著。

我站在一邊，心慌如焚，手足無措。

那把三弦琴還掛在牆上。剛剛織好的精美掛毯上還留著她的溫厚摩挲。

衣加幾天沒有進食。她只會坐在外婆床邊，凝視一個方向。

我笨拙地煮來蕎麥麵，加上鹽，給衣加端來。她依舊堅持不吃。整個人表情呆滯。我放下碗，緩緩靠近她。

衣加。吃一口。不要這樣了，我求求你。走過去緊緊把她抱在懷裡。親吻額頭。漸漸用力，似乎想把她全部藏進我的懷中。這個可憐的孩子，怎麼會在成長之初就遭遇這麼多。衣加漸漸恢復知覺似的，緩慢伸出手，猶猶豫豫地抱著我。我心中快慰許多，這一夜之間，衣加開始長大。

按照當地人的習俗，鄰居們幫忙安葬了外祖母。宰殺牲口。祭祀儀式悲壯而繁瑣。他們燃起篝火，飛揚的黑色灰燼被風吹起，向天空深處飄落。在葬禮上，牛角的奏鳴低沉悲哀，我忍不住落淚。不知道該怎麼過下去。心中很歉疚沒有好好照顧她們。寨子裡的人無論老小，看見我和衣加，都悲戚不已。

木屋陡然空了。那張大床就這麼空空如也地等待著一具已經不存在了的身體。深夜裡，我們因為懼怕相擁而眠。她的確比我小，能夠很快陷入沉沉睡眠。而我整夜目不交睫。黑暗中，長久凝視衣加的安靜睡容。

一個月之後，我們的生活和情緒漸漸恢復正常。衣加真是堅強可憐的孩子。我們每天照樣勞作，夜裡靠得很近。互相取暖。

有一個夜晚，她顯得精神很好，很久都沒有睡著。她試探著碰碰我，問：睡了嗎？沒有。我睡不著。我想外祖母了。衣加，老祖母是很幸福的。她去很遠的地方。我們應該祝福她。如果太想念她，她就會在路上頻頻回頭看我們。那樣會耽誤去天堂的路。

我該怎麼祝福她？

衣加，和我一起好好過。這樣，外祖母就會得到安慰。她可以見到外祖父。

衣加，跟我走好不好？我們離開這裡。或許你會見到你的母親父親。如果你不喜歡外面，我們就回來。好不好？

外面是哪裡？

我一時說不出話來。

衣加最後說，如果我不喜歡外面，你保證和我一起回來？

我保證。相信我。

過了些天，我們便開始收拾東西，準備上路。衣加固執地要帶上三弦琴和掛毯。她只帶了這兩件東西。我將牲畜交給隔壁的大叔，挨家挨戶道別。土瓦婦女們善意地給我們食物，送我們走很長一段路。

就這樣我踏上歸途。我想先帶衣加到我父親那裡，再作商計。

沿著一年前我艱辛跋涉過的路程往回走。一路上是熟稔的風景。身上還有父母給的錢，不至於挨餓。從林區出來，上國道，長時間地行車。衣加從來沒有坐過車，暈車非常厲害。我們不得不一再停下來，休息，徒步行走，累得不行，然後又攔車。在診所買到了暈車藥給她吃，情況好多了。

車子漸漸駛進大漠的邊塞城市，新奇的景象是衣加從來沒有見過的。她驚奇觀望周圍一切事物，幼童一般天真。始終緊握我的手，生怕被遺失。她這些缺乏安全感的小動作令我非常心疼。只要有食物，我總是讓她先吃飽。看見她像以往一樣甜美的笑容，心中很快慰。路上衣加睡覺，將頭枕在我的腿上。我昏昏沉沉地望著車窗外的景色。想起遺忘中的人們……母親，父親，十禾，送我來這裡的那個維吾爾男子。明媚的面孔。海岸線一樣迷人的線條。我輕輕笑了起來。

此去經年，我的那把黑色吉他應該佈滿了灰塵，鋼弦上沾著斑駁鏽跡。掛在牆上的景物寫生應該開始褪色。我的朋友應該將我遺忘，一如我不經意間就遺忘了他們。

三個星期之後，終於又到了庫爾勒。晚上。我帶著衣加朝父親的鐵皮屋走去。我在遠處就能看見鐵皮屋在夜色之中閃著寂靜的光。疲憊而溫情，是屬於一個父親的內斂感情。打開門，父親帶著疲倦的神情站在門口。他驚異地看著我，然後把目光投向了衣加。

爸爸！衣加突然大聲喊。

我感覺微微暈眩。繼而努力確認衣加撲進父親懷裡，父親嚴肅鎮定地將她攬入懷中並輕輕撫摸的情景——是真實的。

一瞬間我就什麼都明白了。我低下頭。衣加天真地喊，你怎麼知道我爸爸在這裡？我努力鎮定地說，衣加，我也不知道，也許我們只是碰巧有同一個父親。衣加依舊不懂，只是沉浸在歡喜之中。父親無限隱忍與尷尬的表情，重重烙在我心底。

進房間之後，衣加新奇地參觀房間。父親安頓好我們，讓我們上床睡覺。睡前衣加驚喜地看著床頭那張陌生女子的照片說，媽媽！

——爸爸！你有媽媽的照片？衣加激動至極。

父親已經明顯很尷尬，他悄悄過來，說，其實……

我微笑著打斷他，說，不，什麼事也沒有，真的。我理解。但是衣加的外祖母已經死了。我希望你去找到衣加的母親。她母親沒有來找你嗎？她們的生活有多可憐，你完全無法想像。我與她們生活了將近一年時間。我很瞭解她們需要什麼。父親直視我的眼睛，我們之間已經明顯有了成年人的對峙。這讓我非常難過。

那夜我依舊與衣加相擁而睡。她善良單純，我不忍心對她多說一句話。月光傾瀉進來。我又感到風沙落在我的眼睫上。我看見父親站在小窗旁邊，猛烈地抽煙。黑暗之中，他不過是再平凡不過的普通人。

我們在一起度過了三天平靜的時間。衣加情緒良好，單純快樂。與父親相處融洽。我知道父親非常疼愛她。這讓我放心。

三天之後的夜晚，夜色深濃如酒。衣加仍然在沉睡，父親已去值夜班。我起床收拾行李。輕輕拿開衣加握著我的手。她習慣不論何時都牽著我。

我留了一張字條。放在衣加母親的相框下面。

父親，衣加：

我打算回家去。我很想念母親。你們好好過。父親，務必好好待衣加，她母親來找你，沒有下落。

堇年

我放紙條的時候，端詳著衣加的母親。發現衣加有著與她非常相似的面孔與神色。都是天真而且明媚。但唯一的不同是，衣加臉上清晰浮動的，還有父親的影子。

我起身，拿走了我和母親的那張合影。看著沉睡中的衣加，心中非常不捨。她原來是我的親人，我非常愛她。我在她額頭上親吻，像從前那樣。但我已經不能擁抱她，因為這樣她會醒來。我要她永遠在這場夢境裡。永遠不要醒過來。我寧願減去十年壽命，換取她在仙境裡漫遊，直到長大，直到老去。

如旅途的開始，在同樣的凌晨，我踏上歸途。

列車駛過之處，有西域的黃沙柔軟淪陷，塵土飛揚起來。落日一成不變。我在列車上蜷縮著身體，用睡眠打發時間。混亂的夢境中不斷出現衣加的影子，還有老祖母、父親、母親、十禾。他們都在招手。這些搖搖欲墜的夢境，早已在生活中與我相遇了又相遇。就像我在高三的時候看過的一句話：

我只是好笑這些結局的雷同。這是早該料到的結局，卻走了這麼遠的行程來探索它的意義。我們的路途，不過是在毫無意義地上演一個鬧劇的圓。

當我真正以一個旅人的姿態回到城市的時候，我肩上的旅行包顯示出我與城市裡那些趿著鬆糕鞋、穿吊帶短裙、妝容複雜的女子們的本質不同。從街邊咖啡廳的巨大落地玻璃上，我看見自己風塵僕僕的行容一閃而逝。

我恍惚地想起西域憂傷的春天，山區的茫茫大雪。還有我的親人。我知道這個世界上時時刻刻都有比你意想中偉大得多或者悲哀得多的事情發生。而且，不只是愛情和死亡。

這個南方小城在暮色四起的時刻，平靜地迎接我的到來。我站在熟稔的街道上，於火樹銀花的暖暖夜色之中又見此去經年的繁盛記憶。沿著暮色深濃的小街回家，想起在高三下晚自習從這裡經過時，一路撫摸牆上被夜風吹得簌簌抖落的灰塵。哼著小調。默默用英文念出印象深刻的電影臺詞。

那還是十七歲的我。在下雨的時候獨自赤腳蹚過嘩嘩積水的小小少年。有著溫暖的夢境與凜冽的成長。

而如今我不過是以在幻想和回憶之間流盼的浮躁姿態，向死而生。

就這樣我站在我家的庭院裡，看見她耐心修剪花草的背影。素淨，平然。是經歷過悲歡離合之後不帶任何悲喜的鎮定。她明顯老了，終究不可避免地衰老下去，以和我成長一樣的迅疾速度衰老。

我把巨大的背囊甩在地上。

媽。我回來了。

北方

我讀著史鐵生的散文，零碎地牽扯起我生命中不曾出現過的記憶，一如北方的黃山厚土之中倏忽而來的憂傷的信天遊[1]，那些燦若信仰一樣的陽光以及陽光下虔誠的子民，幾百年幾百年地生死相繼。我想有一次遠行，於細碎流淌的時光與路途之中，觀察所有遙不可及的生存方式，以及其中的人們。我發現我愛上了北方，中國的北方。滿含蒼涼的氣息：那些皸裂而貧瘠的黃土地，乾涸焦灼似靜脈一般延伸的河床，那些皮膚黑皺似柏樹老皮的農民……人與大地皆有著原始而樸素的容顏，映照著平凡的歷史。

我希望去北方。北，是一個念起來平實厚重的字，它懷抱有一大片憂鬱的土地，包括那些荒村、鄉野和人群，或者飛雁。它們由來已久，在日光的撫摩和歲月的親吻之下，亙古不變，

1 大陸西北地區的民歌、山歌。

生死枯榮輕得無從察覺。但是我感受到他們的存在，就像我能觸手可及那華實蔽野的田野上掠過的風。

真想伸手撫摸焜黃華葉的季節，撫摸朱漆脫落的舊日宅門，撫摸灰藍蒼鬱的高遠無比的天空，乾燥的空氣和清闃的街道，冰糖葫蘆的甜甜香氣，以及隱隱傳來孩童嬉戲之聲的舊胡同……

這些自在的生命和事件，永遠這麼不緊不慢地投奔茫無終點的未來，悠然像老銀杏的葉子晃晃悠悠飄落的那幾年。而他們背後卻可以隱藏無盡龐大而又詭秘的故事，無論是一個年輕人的愛情，還是老人的死去。

也一直喜歡七、八〇年代的感覺：比如每天下午按時出現在一條陋巷的那群調皮男孩和他們的小球賽；或者某個大學的樹林裡，牽著手散步的年輕人，穿著的確良[2]或者卡其布，腳上是帆布的軍綠球鞋，雙手羞澀地搭在一起。再或者舊的辦公樓，漆著半人高的綠色石灰，地面是摩擦得發亮的水泥地板。我像一個有戀物癖的人，一遍一遍地思忖，如何將這些意味深長的物象放進某部電影裡，讓它們組成我的意念，我們永遠不變的，對未來的奢求，和挫敗之後追悔不迭的回憶。

在那樣的電影裡，一生就這樣過去了。比一朵花開，要來得沉重與短暫。

我做著這些夢，活在一個不適合做夢的關隘上。

夢。

是黃昏的時候等待在荒無一人的原野上，看日落的時刻：風吹草低之間，時光漸漸凝固；夢是在深夜裡看Stephen Daldry的電影，鏡頭裡充滿克制的關懷與安慰；夢是第二天去遠方，去海邊，聽小鳥用希臘語歌唱，海風微鹹，時光慢得像祖母手裡的針線活；很認真地花一個下午的時間準備一頓晚餐，請當地一個棕紅色頭髮的女孩來一起享用，然後去散步，找一隻身體透明的寄居蟹，坐下來和它一起玩耍，度過整個黃昏。穿一件有著淺藍色條紋的棉衫，吹兩千年前撫過海倫的頭髮的風，腳泡到水裡直到感冒。晚上有星光彌漫，在沙灘上寫詩。一隻大海龜悄然泅離。

如果可以，就乘一隻大桅杆的帆船，去地中海最西邊看伊比利的美麗女子，那些被地中海灼熱的土地和充滿神話氣息的空氣所灌溉的黑色玫瑰，摘一枝比她們的睫毛還要芳香的花，因為不知可送誰人，於是最終還是留給了自己。看著它在水杯中一日日枯萎下去，這個感覺很像《蘇菲亞的選擇》裡面梅莉．史翠普的哭泣。牽著她的手，和她一起步行到快要倒閉的電影院，看第一百零七遍上映的《胡洛先生的假期》，聽裡面超級難懂的法式發音，然後睏得睡過去，醒來之後回家，夜色濃郁得像油畫上的凝彩。小心路上的小偷。

還有托斯卡尼的藍色丘陵，或者盧米埃兄弟的咖啡館，一片落葉順著塞納河的左岸飄到我的小船邊，它來自阿爾卑斯的牧場。中世紀的城堡裡有公主在用意第緒語寫情書，落魄的畫家

---

2 八〇年代流行的一種化纖布料，又稱化學布。主要做成襯衫，以白色，藍色居多。

向我乞討。我去瞻仰了萊尼．里芬斯塔爾的墓，順便捎一束雛菊給保羅．克洛岱爾，還有德瑞克．賈曼，那個真正的電影詩人，他淺吟低唱，叫我去看後花園裡的石頭上亮晃晃的月光。

……愛琴海的珍珠魚……溫柔的海浪沖洗著死亡之島……丟失的男孩子……永遠地睡熟了……緊緊地擁抱……

鹹鹹的唇相吻……我們的名字將被人忘記……沒有人會記住……於是我在你的墓前放下一株飛燕草……一片藍色……

這是賈曼的詩歌，Shania曾為這部電影寫道：「結尾螢幕上就只剩一片藍色，毫不妥協地堅持到最後一秒，這是大海、天空和飛燕草的顏色，也是自由、夢想、愛的顏色，還是一塊屍布下裹著的一個驚世駭俗的天才的生命的顏色……」他的藍色的生命柔軟似普羅旺斯的薰衣草地裡掠過的微風，為了祭奠他，我偷了一把安東尼奧．史特拉第瓦里的小提琴，在黃昏的時候把它送進了愛琴海，米諾斯的怪獸也安靜了，這琴聲像海倫的吻，像晚風。

……離開的時候和一群孩子去廣場上跳舞。等到她出現在第二街區，就笑著跑過去親吻，晚上回家共進晚餐，聽她癡人說夢，生活像一隻光輪。等她入睡，對她悄悄說再見。

起來，睡下。斗轉星移。

這將是一場夢。這也曾是一場夢。

維吉尼亞．吳爾芙，憂鬱的天才，她在遺書中對丈夫說：「記住我們共同走過的歲月，記住愛，記住時光。」

她就走進英國北部索塞克斯郡的一條河流中，將石頭裝滿了外套的口袋，永遠地和水裡的魚兒講故事去了。電影裡的那條河流，清澈歡快，兩岸植物蔥郁，水草彌漫，她穿著魔法師一樣的尖尖的紅皮鞋，走了進去。

讓我們記住我們共同走過的歲月，記住愛，記住時光。

某些晚上，我因失眠而讀《聖經》，渴望使自己疲倦，順利如夢。然而越看越清醒，想起十禾說：「我想去相信一個人，非常想。」但我不是不知道，每個人在這個世界上忙著生，忙著死，所有人都是如此窘迫的姿態，令我不忍心再向別人索求關懷，如果期待被給予絕對的原諒與溫暖，那將會是捕風捉影之後的一無所獲。如果我們想不對人事失望，唯一的方法就是不要對它寄予任何希望。堇年，記住，這不是絕望，這是生存下去的唯一途徑，亦是獲取幸福感的前提。

後來。

經過七月流火，經過高考，我終於終於到了北方。因為這一切的姍姍來遲，我已經模糊了當初的熱切期待。我聽見呼嘯的鳴笛劃過中原古老的土地，穿越山巔，偶見積雪的秦嶺，道路兩旁常常是低矮破舊的民居，老人和孩子目送著一輛輛呼嘯而過的列車，他們靜默的站立的姿態，讓人蒼涼地想起他們祖祖輩輩對這山嶺的愛情。也許在他們看來，每一列穿越山嶺的火車，都是奔向葬禮的載體，就如這些不聲不響流逝的歲月，劃過他們的一生，只留下蒼老的身軀和日漸淡滅的記憶。

我看到黃土高原上蒼茫的落日，黃河像撕破大地的綠色肌皮之後汩汩流淌的鮮血，綿延不盡的溝壑，如同大地蒼老的皮膚褶皺，錯落，滄桑，而給人以嚴肅、從容的撫慰。目極之處落滿父親的氣息。而穿越華北，眺望溫潤的田野上充滿生命的跡象，鮮明飽和的色澤卻會讓你的視覺疲憊。我想起史鐵生的遙遠的清平灣，那些紙上的文字漸漸變得鮮活，路途也因此擁有了更深廣的延伸。

這些土地和在這土地上生活的人們，似乎有足夠的堅忍去抵禦光陰似箭與人世變幻，他們平淡原始的生活，是一種結局與回歸。

彷彿徹底離開整個少年時代，我投奔北方，投奔茫茫的命運。再沒有比命運更殘忍的事情。它在我們感情充沛的悲喜之中沉默，然後在世界的陰影裡悄悄閉上眼睛。但我們還要繼續行走，穿著它給的流浪的鞋子。幸好，我們許諾的時候，並未固執地等待它的實現。亦就無所謂失望或者傷害。

PS：我終於站在很多年前十禾出走的城市。冬天它會落下大雪，覆蓋此去經年裡人煙阜盛之中的悲歡。沒有人知道這裡曾經有過一個離開家的孩子。

她有著清澈的面容與墨菊一樣的漆黑長髮。站立的時候有著充滿奔離欲望的寂靜姿勢。

她說那次她在大雪之中走了很遠，找到一個郵筒，給我寄了一張明信片。

可是我沒有收到。

在哪兒呢？

花朵之藍

曾經有那麼一屆新概念[1]裡面，出現一篇非常有名的文字：〈站在十幾歲的尾巴上〉。這個冰淇淋一樣在甜美的同時讓你感到冰冷的名字，反反覆覆被很多人引用。張愛玲站在十幾歲的尾巴上——準確說是十九歲——寫下了這樣一個句子：「生命是一襲華美的袍，爬滿了蝨子。」

1

昨天的大學語文通識課上，三百人的階梯教室裡面彌漫著悶人的汗味，我特意挑選了一個靠窗的座位，因此得以歆享了北方九月的荒涼陽光以及熱烘烘的新鮮空氣。這種平凡得不能再平凡的一個文科生的下午，我依舊是昏昏欲睡。趴下去的時候我看到桌面上很淡很淡的字跡，寫著，站在十幾歲的尾巴上。旁邊還有一些作弊用的選擇題答案以及凌亂的算式。我突然愣住，不知道自己怎麼了。

我不知道自己究竟是怎麼了，比如說——

二〇〇五年六月，高考結束的第四天，收拾書櫃的時候，突然莫名其妙地從最頂層掉下來一本二〇〇二年六月的《中外少年》[2]砸在我的頭上。綠色三葉草圖案的封面，最後一篇是〈天亮說晚安——曾經的碎片〉[3]，那還是一個高三少年的文字，那些熟稔的獨白式的青春，遺失在這樣一個開頭裡——我叫晨樹，生活在中國的西南角……

綠色的解析度很低的印刷效果，細圓字體。大十六開的紙張。讀起來的時候，讓人感覺心裡好像有一隻笨笨的橡木球在地板上咕嚕咕嚕滾動——那種踏踏實實的令人沉溺的鏡頭感：抽屜裡面的CD，半夜在街上晃的少年，車燈打在臉上，桌上的參考書耀武揚威地望著我，突然離開的林嵐[4]，說給全世界聽的晚安，最終還是掉下來砸在自己一個人的頭上。

這是我第一次看到這個少年的文字，那年我初三，我在連續第三遍看完那篇文字的時候，心情激越地提起筆給他（她）寫了一封信，寄到富順二中。我在信封上寫，請一定轉交。但是

1 中國專門辦給30歲以下的青年參加的文學獎，每年舉辦一次。
2 中國專門給青少年閱讀的綜合性月刊雜誌，雜誌主旨是「科學閱讀」。
3 作家郭敬明的文章篇名。
4 中國藝術家。

最終還是不出我所料地杳無回音。因為我知道那個孩子剛剛畢業。如同我。給心愛的作者寫信這樣的事，大約只有少年人才有那份清澈的真誠。

十年過去。他已經成為全中國最著名的年輕人之一。而我，也遺忘了這樣一些幼稚而甜美的過往——當三年後這個少年直接給我發簡訊對我說：「你的〈花朵之藍〉還要修改才能用」或者「有沒有興趣給下一期的〈島〉寫個專題」的時候，而《中外少年》已經停刊了。那篇文字後來被反覆見於他的文集當中（並且印刷清晰字體方正）。我後來也開始收到很多陌生讀者的信件——完全如同當年自己給他寫信那樣，充滿了樸拙的期待以及熱情……於是，我從你們的字跡，知道自己長大了。

長大了，於是我們走上了完全不同的道路。我們走進了完全不同的世界，走向了，自己所選擇的，完全不同的人生。

我們感恩。我們報答。然後揮手作別，踏上完全不同的道路。

迅速地重新翻了一遍回憶，目光碾過那些佚名的斷章。最後將這本雜誌放回書架最頂端。無動於衷地仰望這個畢業的夏天裡漫長的、漫長的陽光。

最終就那樣走過了高三，懶懶地睡在千辛萬苦換來的，並不理想的大學課堂上。那個聲音非常催眠的老師在照本宣科地念著一篇大師作品的創作背景，而我懨懨欲睡地翻到教材幾十頁後面去，看到十九歲的張愛玲寫的文字。這個天才說，生命是一襲華美的袍，爬滿了蝨子。

我穿著這爬滿蝨子的袍，已有十九年。在接近十幾歲的尾巴的時候，轉個身，便高興地看到經歷過的青春越來越長，進而掩耳盜鈴地忽略剩下的青春越來越短。你看我用高三歲月換來的夢寐以求的北方，陽光與土地一樣荒涼。

顧城說，人生很短，人世很長。我在中間，應該休息。

2

在每一段赤誠的敘述或者回憶開始之前，都是困頓。

猶如花朵之綻放。我的小學語文老師總是非常喜歡給我們重複一句冰心的話：「成功的花兒，人們總羨慕她的豔麗；卻不知她的芽兒，浸透了奮鬥的淚泉，灑遍了犧牲的血雨。」

就在前天，小學同學會舉行到最後，夜色逐漸深沉，許多孩子們陸陸續續離開。只剩下我們最後幾個。在喧鬧的KTV裡面，我窩在沙發上聽著他們唱那些很老很老的流行歌：〈光輝歲月〉、〈真的愛你〉、〈真心英雄〉、〈朋友〉、〈我無所謂〉……

我已經有三年沒有聽過流行歌了。我已經有六年沒有見過他們了。我透過那些闊別的少年們日漸稜角分明的面孔，清晰看到成長給我們的臉龐留下了怎樣的吻痕。

我聽著聽著覺得內心突然空曠起來。耳邊嘈雜的聲音漸漸安靜。眼前畫面靜止。如同過去的剪輯手法，廢膠片失落地從剪刀的縫隙間掉落下來。有那麼些喝多了的朋友，興致不減地端著滿滿的酒杯，大大咧咧地說，班長！乾！於是我擺出照畢業照時，需要保持的僵硬笑容陪著他乾杯。他頗帶滄桑感地對我說，班長啊，六年啦。然後又晃晃悠悠地上別處敬酒去了。十一點半，接到媽媽第三個催我回家的電話。我站起來對他們說，我要走了。大家挽留我不成，那個男孩便提議大家最後合唱一曲〈同桌的你〉。於是我們就都站起來，扔掉麥克風，聲嘶力竭地唱：

明天你是否會想起，昨天你寫的日記
明天你是否會惦記，曾經最愛哭的你
老師們都已想不起，猜不出問題的你
我也是偶然翻相片，才想起同桌的你
……

我模模糊糊聽到了那句話：「總說畢業遙遙無期，轉眼就各奔東西……」一瞬間我就感到眼中熱淚沸騰，蹲下來，眼淚嘩嘩地掉。埋下頭，我覺得我哭得五臟六腑都快嘔出來。我被自己這樣的激動樣兒嚇得不輕，似乎已經是幾年沒有哭過。

身邊的男孩子們都像哥們兒一樣拖起我，手臂挽著手臂，肩膀貼著肩膀，邊哭邊喊：誰娶了多愁善感的你，誰安慰愛哭的你，誰把你的長髮盤起，誰給你做的嫁衣……

乾杯，青春。

十二年前，我興沖沖地走進教室，點名之後被老師告知，我走錯了，是隔壁班的；九年前，我踩扁了同桌的鉛筆盒，他沒有告我的狀；六年前，在六年級一班的教室裡面舉行畢業典禮，大家給國文、數學老師買了兩件白色T恤，在上面簽滿了四十五個名字，這是我的創意。

三年前，在初三三班的畢業典禮上面，我收到一件沒寫姓名的紀念禮物；

兩週前，高三七班的畢業聚會，我沒能參加；

一個小時前，我重逢一些闊別了六年的面孔；

現在，他們對我說，乾杯。

這就是成長嗎？像一頁頁翻書的感覺。

看到畢業照片上已經叫不出名字的笑臉，看到做滿了糾錯筆記的參考書，看到覆蓋著厚厚粉筆灰的講桌，看到寫在黑板角落裡的最後一個值日生的名字，看到空曠的教室，沉默了的日光燈，看到不再顯示倒數計時的液晶螢幕。它們，都是沉默忠誠的夥伴，如此不動聲色地陪伴我們轟轟烈烈前赴後繼地踏過命運的沼澤。而今，對於我們的不辭而別，不訴離傷。

然後我們就這樣走出高考的考場。穿過初夏蟬聲聒噪的操場，穿過白色的教學樓，穿過十八歲的軀殼，穿過在高三艱難的歲月裡，幻想過無數次的所謂自由……

熟稔的城市優雅地朝我們遠遠微笑，笑容含義不明，以至於無從揣測我們即將獲得動章還是訃告。我看到那些三三兩兩的還在不斷議論著那道選擇題究竟是選C還是選D的孩子們，消失在西沉的夕陽裡面——他們的確是這樣走了，我如此切切實實地看到他們就這樣走進太陽裡面去了。就如同一切剛開始的那些個九月天，他們從晨曦的光線之中走出來一般。紊亂交錯的腳步像命運那樣不可抵抗。

在這個夏天，所有的等待逐漸在命運的顯影液下漸漸清晰並且成像。但最終，只看到曾經的希望走過來對我說再見。時光對我說再見。你對我說再見。

這的確是一件矯情的事兒。我們興師動眾地與時間為敵，要將所有日後註定會變得語焉不詳的記憶，全都一絲不苟地鐫刻在一張膠質畫片上。我在聽到〈同桌的你〉的時候能夠哭得出來，事後狠狠地高興了一把——原來自己還能夠矯情矯情啊。

我害怕自己就只能窩在沙發裡面看著大夥兒唱歌，傻盯著螢幕上閃動的歌詞，喝兩杯別人買單的啤酒，打幾個哈欠，看看錶，然後說拜拜。

因為人就是這麼老下去的。

這是小學。那麼國中呢？那麼高中呢？那麼四年之後呢？我彷彿已經不再能夠準確回憶起過去的畢業典禮是怎樣的場景。我只知道最近的這次，因為時間關係沒能趕回來照高中畢業照。他們將沒有我的畢業照片寄給我。我凝視空白的面孔。花朵之藍。缺省的記憶。遙遙無期。我是不喜歡照相的人。在藏區有部分人認為，人不能照相，因為若有影像留在人間，便不能獲得來世。

畢業前每個人都在瘋狂簽畢業紀念冊的那段日子，文具店生意好得不得了，但是我很偏執地不給他們留照片，為此朋友們大聲地在電話裡衝我叫嚷，幹嘛啊，這麼不耿直啊，一張大頭貼都不給，畢業照也不來照……我嘻嘻哈哈地敷衍，心裡卻在想，若明知要被遺忘，需不需要努力留下痕跡？看到費盡心機想要記住的東西被不可避免地忘掉，是件多麼尷尬的事情。我是真的不想看到，三十年後，你指著照片上的我，卻半天叫不出來我的名字。所以，寧願沒有我。這樣，我們便都不會尷尬。

3

高二的孩子們開始找我們要舊書舊筆記。我細心整理書本，交給一個認識的學妹。看到她如獲至寶的樣子，我突然心酸難忍。我開始捨不得這些印記。

九月臨行之前，又將一些空白的參考書和試卷整理了送給其他的學弟學妹，整理的時候我隨意翻開，看到一道很白癡的選擇題——下面哪種岩石屬於沉積岩？

但我發現我已經想不起這些曾經背得滾瓜爛熟的知識。我輕輕闔上書。笑了笑。

明天。我將要離開。收拾好了行囊，和少年時代最要好的朋友十禾告別。很不巧的，十禾在舉行她的第三場畢業聚會。她已經是那個高中裡面VIP級的人物。男朋友比朋友還多，朋友比同學還多。是那種讓人過目不忘的女孩兒。不是最漂亮，卻是最奪目的。難以描述的魅力和好人緣。和國中時代疏離桀驁的形象判若兩人。

再次是在KTV裡面。所有那些有請必到、不請自來的男孩兒們，眾星捧月一般，在包廂裡面興致昂揚地又喝又唱。我都不認識他們。他們也不認識我。只知道，其中有一大半都喜歡十禾。為了應酬，十禾忙到沒有辦法招呼我。我隨遇而安地縮在角落裡面，興味索然。不喝酒，不唱歌。只是漠然地看著所有的男孩女孩都已經喝多了，東倒西歪，窮形盡相。唯獨十禾千杯不醉地站在角落，捧著麥克風，獨自吟唱張惠妹最老的經典情歌。十禾連續唱了五首，其實我知道她是唱給我聽的。因為在國一的時候，很喜歡聽這些煽情得不得了的情歌。那個時候，真的很可笑。

彼時我看著她多少有些自我陶醉的專注神態，恍恍惚惚想起三年前，十五歲的十禾，裹一件男式毛衣，素黑的短頭髮，冷峻桀驁到無人接近。儘管怕冷，還是和我一起站在教學樓的樓頂上，觀望日復一日的暮色。烈風拂過頭頂。然後，無動於衷地說，走吧，回去了。

這個場景，因為印象太過深刻，在我的文字中出現過很多次。

這樣一個少年時代的十禾，現在在包廂的暗處角落裡，和那些神志不清而又情緒激動的男生們擁抱或者親吻。儘管我清楚，她並不愛他們。靠近，只是因為害怕孤獨。或許她已經孤獨得只能沉溺在被異性簇擁的幻象之中不可自拔。我默然看著，只是感覺有些捨不得。並且遺憾。

那晚她很歉疚地對我說，看，你都要走了，我還沒招待好你。光顧著那些狐朋狗友。你看到這樣的我，是不是難過？

我面對這樣的問題，啞口無言。於是她也就不動聲色地笑笑。端起兩杯酒，遞給我一杯，輕輕碰一下，哽咽而猶豫地說，我……知道……你會記住我。

我心裡陡然被戳了一刀。十禾難道以為，我會忘記她嗎？會忘記我們的少年時代嗎？然後她暗自走開。轉身對那邊的一個朋友笑臉相迎。

於是我抽出一張補歌單，就著包廂裡提供的筆寫下一張字條：

你經過這麼多的人，聚聚散散，分分合合。以後還會有。

但是你要記得，最後留下的，永遠都是我。

20050826

我將字條塞進她的錢包。然後不動聲色地離開。

我知道這幾句話又矯情又濫俗。但是這種話，就是因為想說它的人太多，才變得又矯情又濫俗的。

那天我獨自走路回到家，卻看到她坐在我家門口。我驚訝得一句話都說不出來。十禾站起來，對我說，發現你突然走了，我扔下他們打了車趕過來。我們再次像十五歲那年的離別那樣，簡單地輕輕擁抱。她問，三年前畢業，你要去讀高中，那次我怎麼給你告別的？這次，你走得更遠，要記得……好好照顧自己。

十禾伸出手，將我零亂垂落在前面的頭髮撫上去。

褪盡了虛榮，此時站在我面前的，仍然是十五歲的十禾。瞳仁清澈。神情凜冽。如同那枝熟稔的、主莖頎長的矢車菊。

4

翌日我在清晨背上裝滿了衣服的登山包，提上一個沉重至極的旅行箱，最後一遍檢查好了火車票和學校報到要用的通知書和證件，對媽媽說再見。固執地不讓她送我一步。因為中耳炎不敢坐飛機，所以我堅持獨自坐火車去北方。鐵路沒有經過我的城市，還得先去成都上火車。到了成都已經是下午，我像個打工仔一樣邋邋遢遢地坐在行李上，等著曲和來接我。那天晚上我請她和另外一個從英國回來的同學吃了一頓必勝客。撐得心滿意足，然後又去little bar坐坐，聊天。在成都度過三年的時光，卻因為極少出校門而完全沒能體驗這座城市的寵愛。甚至，這次是我第二次坐成都的公共汽車。

火車是明天下午的。當晚借宿在曲和家裡，見了她的哲學家貓咪——路德維希．維特根斯坦；在床邊用電腦看了張ＤＶＤ；半夜才睡下去，又一起臥談到凌晨。我知道，一天又這麼過去了。

第二天曲和以及另外一個要去香港浸會大學的死黨一塊兒送我去火車站。我們穿過熙熙攘攘的混亂人群，擠到了月臺上。以一種非常艱苦樸素的傳統姿態告別。曲和在嚴肅時刻一向是這麼沉默並且善良的實踐者，手腳利索地迅速把我的行李抬到了架子上，細心叮囑我不要上當受騙。然後她們倆便離開車廂，站在月臺上等著列車離開。車廂的窗戶不能打開，於是我就在窗臺邊上看著她們倆低著頭給我發簡訊，咫尺之遙，我用手機拍下了這兩個站在月臺上的影子。她們不抬頭，所以我才敢面朝她們的身影微笑。

列車啟動的時刻，兩個孩子終於抬起頭來望著我，輕微揮手。於是該我埋下頭來。我伸出告別的手，壓在玻璃窗上。再次是鐵軌的聲音有頻率地逐漸加快，她們的影子，很快就消失。如同這個夏天的漫長的、漫長的陽光，倏然而過。

再見。我知道，若沒有離別，成長也就無所附麗。

春別

一九九九那年冬天的尾巴，我與青淮停留在一個叫做鈴溪的古鎮。之所以得名鈴溪，是源於環繞鎮子的一條小河，因清澈湍急，流水聲酷似銀鈴。

我從來不知道，一個古鎮可以有如此美妙的名字。

在鈴溪的時候，我們每日中午都在古老的大戲院天井裡面坐著等聽戲。在一排排的長板凳中，我們選擇靠後的位置。安靜地曬著中午令人生倦的太陽，等著戲班子的人馬姍姍來遲。說不準什麼時候戲班子開始表演，但是只要條凳上坐了十來個老人和孩子，他們就會開始唱戲。

遠遠地看著幾個身著彩衣的戲子從閣樓上下來，穿過窄窄的廊梯徑直走到後臺。稍後便有銅鑼銅鑔的聲音響起，接著便是戲子們鏗鏗鏘鏘地跨過虎度門，吊著嗓子呀呀咿咿唱起來。

其實我從來沒有聽懂過他們在唱什麼。我幾次試圖問青淮，唱詞究竟講的什麼，但是我每次都發現，青淮早就靠在紅棕色的柱梁上懨懨欲睡了。於是我也就不忍心打擾她。她像是一隻上了年紀的懶貓，和鈴溪古鎮上的那些慵懶的老人一起，邊聽戲邊打瞌睡。孩子們的嬉笑聲則無比遙遠。一株蠟梅散發著幽香，氣味蘊繞在天井裡，正如同蠟梅樹屈曲盤旋的虯枝。

我們在鈴溪鎮的一處只有三間客房的小旅棧裡住了十五天。每日不過是在客棧的樓臺上仰望古鎮背後的鈴溪山，中午聽戲，下午在鈴溪邊徘徊，然後在晚飯之後伴著乍暖輕寒的夕陽，一遍又一遍地重複逛著呈十字交錯的那兩條小街。溫厚的日光已經把生命撫摸得非常柔順。

那是一九九九年的事情。我們在同一所高中。在高一的寒假來臨之前，同桌的青淮對我說，我們去鈴溪怎麼樣？於是我就跟著她去了。我始終覺得，有些人對我來說，總是值得我一再相信並且跟隨其上路。後來證明她的確是神奇的旅伴。我跟隨她走過的路途，一直都是那麼的美好。

在學校的時候，和我坐在一起，上課常常會拿著課本看著看著就突然埋下頭嘻嘻笑起來，或者將課本立起來擋著，然後把筆袋裡面的筆拿出來一一修理。起初我會一再提醒她聽課，但是後來我覺得這樣的提醒對於她來說簡直是徒勞的，索性也就不再做傻事。

我是這所寄宿高中裡的外地學生。每個週末，同學都咋咋呼呼地被父母接回家，而我總是等到教室空無一人之後，才整理好書包，獨自走到校門口，在一個用自行車載著外國正版ＣＤ的小販那裡挑ＣＤ，有時候滿載而歸，有時候又什麼都不買。總是不知不覺地，天色就變得那麼暗淡。我的書包裡背著作業和題庫本，還有那些令人愉快的ＣＤ，慢慢地穿過空曠無人的操場，以及光線暗淡的教學樓走廊，聽見自己清晰的足音敲擊著寂寞的鼓點，最後心滿意足地回到宿舍，在安靜得令人心神不寧的宿舍獨自泡一碗泡麵，扭亮小檯燈，然後塞著耳機，一邊吃一邊仔細翻閱從別人那裡借來的電影雜誌。如此稍作歇息之後，我就會收拾好飯盒、ＣＤ和雜誌，然後從沉沉的書包裡面拿出作業，在已經暗淡下來的夜色之中做題。常常就這麼不知疲倦地做到很晚，然後值班老師過來提醒我快要熄燈了。我對時間的流逝一向不敏感，總是以為它還會給予我足夠的光明，於是經常正好在伏案疾書的時候毫無準備地被關掉了電源，然後就這麼束手無策地被扔進黑暗。彷彿身處路途的盡頭，或者陷入了一處幽暗無邊的深淵。

那種時刻，我常常會覺得渾身無力直到站不起來。我想要在黑暗之中鼓勵自己勇敢，但是每一次我都找不到合適的措辭。往往要過很久，我才摸索出手電筒，獨自用剩下的熱水洗臉洗腳，然後爬上床去，長時間地輾轉反側，最終疲倦地睡過去。如果依然還不能夠入睡，我就起床來寫信。但是那些信都沒有寄達的對象，因此也就從來不會寄出。我只是借著手電筒的微光在白色的信紙上千篇一律地重複這樣的開頭：

你好，最近過得好嗎？

「跟我去小興安嶺吧。」一九九九年的四月一日，高一的下半學期，青淮在數學課上對我說。我非常鄙視地白了她一眼說，愚人節快樂。青淮卻認真地回答我，我沒有開玩笑。我無可奈何地回答她，我們不是在假期，我們還在上課……怎麼可能去旅行？

令我難以置信的是，第二天，青淮就沒有來上課。我想，她或許真的是去了小興安嶺。我旁邊的座位空了十五天之後，青淮回來了。她像一個普通的慣於遲到的孩子那樣，若無其事地走進教室，從抽屜裡面拿出在她離開的日子裡發下的一大摞試卷和作業本放在桌面上，然後輕然坐下，拿出課本。不久之後又打起了瞌睡。而我則繼續勤快地記著筆記。

那天晚上，青淮卻興致勃勃地來到我的宿舍，手裡拿著兩顆桃子，一顆給我，另一顆她自己已經咬了起來。她要對我說旅途之中的事情。我耐心地放下筆，聽她高興地講起來。她從列車上的奇聞講起，一直說到小興安嶺的林海。一個小時之後我終於按捺不住了，我說，青淮，我還有作業要做。

氣氛明顯是尷尬的。青淮對我說，對不起。

我望著仍舊是大片空白的數學試卷，不知作何回答。

青淮輕輕關上了門，走出了我的寢室。從室友們煩躁的翻書聲中，我知道她們對青淮的打擾非常不滿。青淮離開的那一刻，我心裡莫名地覺得很難過，我想要跟出去對她說一聲我並不是故意的，但是我始終鼓不起勇氣。於是我懦弱地轉過身，在內心大片的空落當中繼續做題。十分鐘之後突然就關電源了，我又毫無準備地被扔進了黑暗。

第二天，我收到青淮從小興安嶺的某處兵站[1]給我寄來的明信片。郵戳上清晰的地址充滿了驕傲的誘惑。我拿著明信片，對青淮說謝謝。她微笑起來。笑容如同明信片上的蒼翠林海。

在此後的日子裡，我已經對她的這種出走習以為常了。身邊的座位時不時就空了。當我仍然在擁擠的教室裡面，勤快而規律地聽課抄筆記做題的時候，我知道，她又踏上了旅途，在鈴溪悠閒地聽戲閒逛，或者在小興安嶺艱難地跋山涉水。她是一隻沒有家鄉的候鳥。永無止境地遷徙，始終找不到家。或者說，是因為沒有家，所以永無止境地遷徙著。

而她回來之後也再不會來找我聊旅途中的趣事。只是把遊記留給我，說是讓我看看。唯獨假期的時候她仍舊會邀請我一同出去旅行。那是高一的暑假，我和青淮在新疆。我們乘坐火車，在漫長的行進當中我發現旅途上的青淮話非常少。我們基本上不會交談，只是獨自長時間地眺望列車窗外的風景，或者在自己的鋪位上看書。我看著青淮瘦削而安靜的臉，覺得她是一隻那麼快樂而寂寞的鳥。

在新疆的土地上，我們從南到北，一路前進。如果想要在哪個地方停留，就住下幾日。非常之悠閒。幾次扛行李的經歷，亦是青淮帶給我的獨一無二的體驗。那是從喀什到伊犁的那段路，我們睡在運西瓜的卡車車廂裡，頂著漫天散落的星光，一路顛簸。塞外的夏夜清涼如水，我們睡在西瓜堆裡，一直無言。我心潮澎湃，伴隨著隱隱的擔憂，一直無法入睡。而回頭看身邊的青淮，才發現她早已帶著甜蜜的睡容進入夢鄉。睫毛上竟然像野外的花草那樣結上了露水。我在顛簸中，間或抬頭，看見漸次隱沒的大地坦蕩如砥，星光覆蓋。如同一艘鼓帆的船，借著故鄉那飽含風信子之香的南風，劃過月色下迷霧茫茫的銀色海面，前往不知名的宿命。

一九九九年的夏天被我們揮霍在旅途上。高二開始之後，我父母就不再同意讓我出去旅行了，他們說，你應該參加學校的課後輔導班補課，或者你應該在家更好地複習。再或者，他們直接告訴我，家裡正在儲蓄你上大學的費用，拿不出那麼多現金。

我看著父母因過度的殷切而倍顯漠然的目光，數著他們年輪般刻在額頭上的皺紋，很輕很輕地點頭。

所以我繼續按照命運的旨意重複平靜而刻板的生活，在清晨時擁擠的操場上伴隨著喇叭的口令機械地做廣播體操，在緊湊而沉悶的課堂上認真地捕捉老師的每一句話，在夜晚教室的日光燈之下勤奮地做完一本又一本的題集，為考試不理想而難過，為父母的輕聲埋怨而內疚。而青淮還是在課堂上對著課本突然神秘而天真地嘻嘻竊笑起來，依然放肆地睡覺，依然不斷

1 中國大陸的軍方補充、轉運組織。

地旅行，深入邊遠地區的山川平原，獨自一人。而我卻總是忍受著勤奮的懲罰，一次次地被關掉了電閘，然後毫不留情地被扔進了黑暗。眼睛總是不能很快地適應黑暗，於是在那近似於盲的幾分鐘裡，我一次次看到完整而龐大的黑暗，如同一張不透風的密網，一絲不漏地罩住我的青春，直至它在蒼白的掙扎之後，漸漸痙攣著陷入最終的窒息。

我總是能夠忍住疲憊的眼睛失控般滴出的淚水，不讓它掉出眼眶。

因為如果眼淚滴落了，那麼，我的忍耐就將被驚醒。

校園裡的白樺黃了又綠了，在明亮的窗外窸窸窣窣地抖動，釉質飽滿的碎小葉片將陽光折射得充滿了歡快。金黃色的陽光被教室的窗櫺切割成規則的形狀，撒落在貼滿了標準答案和高考資訊的白色牆壁上。知了的叫聲被熱風吹得一浪高過一浪，白襯衫在風扇的吹動下隨翻飛的試卷和書頁一起不安分地鼓動著。靜靜在教學樓下的自行車，坐墊被烤得好燙。無知的蜻蜓懵懂地停在窗臺上，很快又索然無味地離去。

那是高二結束的夏天，我們在驕陽似火的八月仍然在教室裡堅持著準高三的補課，汗水在伏案疾書的時候滴下來洇濕了試卷，手肘的皮膚因為出汗而和課桌黏在一起，扯動的時候撕裂一般疼痛。

而青淮卻早已在內蒙古，騎行在如夢一般廣袤的草原上，夕陽如血，她沿著綢緞一般飄向遠方的無名溪流深入大地的懷抱，像以夢為馬的孩子，枕著璀璨星河陷入沉睡。

而我們的世界裡，高三馬上要開始了。補課結束放學那天，我照例收到青淮從遠方寄來的明信片。我以為仍然是一張除了一個遙遠的郵戳和一行簡單的位址之外沒有任何言語的明信片，卻在翻過來的時候，看到留言中一行赫然醒目的字跡——我不再回來了。

暑假。林蔭道旁的法國梧桐，裹滿了灰塵的樹葉被烈日炙烤得像錫箔紙一樣奄奄一息。書包裡揣著她不再回來的消息，我迷惑，擔憂，並且難過不已地騎車前行。我騎著騎著覺得又熱又累，最終在一棵大樹下停了下來，仰頭看夏日城市的黃昏，並最終在難以忍受的悶熱和噪音中，決定等一場雨。

那天我就這麼坐在單車的後架上，反反覆覆地看著青淮的明信片。車籃裡面放著書包，從未拉好的拉鍊中露出數學試卷的一角。一個小時過去，天色忽然就昏黃了起來，接著便是一陣飛沙走石的狂風，然後大雨傾盆而下。

我沒動，像個局外人，看著急於躲雨的行人們慌張並且狼狽地奔跑著，車輪毫不留情地濺起一攤攤泥濘的雨水。我感覺彷彿正在旁觀一齣佈景拙劣而情節荒誕的默劇。而我自身，或者說我們自身，以及所有自以為清醒而明智並足夠冷漠的旁觀者，在這個令人失望的世界裡面，難道又能擺脫做為一個渺小丑角的宿命嗎？

於是我沮喪地推著單車繼續回家。

在離家不遠的地方，我看到母親打著傘神色慌張地一路尋來。她看到我的時候，不顧一切地衝過來，徒勞地為已經完全濕透的我打傘。

其實那個瞬間，我懦弱地在被雨水模糊了眼睛的時候落淚了。我想，這樣落淚，應該不會吵醒了忍耐。因為在接下來的時間裡，我還那麼需要它。

高三還是這麼毫不妥協地來臨了。除了窗外的白樺又是一歲枯榮之外，我並未感到多大的不同。青淮的明信片，已經貼滿了我宿舍床頭的整整一面牆。在無數個空落的白天過後的黑夜，在無數個無眠的黑夜過後的白天，它們安慰我以遙遠的路途和夢想，並且一再提醒著我，青春的意義絕不在於這煉獄般的高三，卻一定需要這煉獄般的高三來鍛造，並藉此加以最深刻的闡釋。如同一把最鋒利的劍，唯有最滾燙的爐溫和最慘烈的淬火才能鑄就。

然而，在以後珍貴的歲月裡，我卻再也沒有看見過青淮。身邊的座位也就這麼永遠地空了。常常地，在宿舍安靜做題的間隙中，我總是感到青淮還會拿著兩顆青紅的桃子，天真地來找我講述她的旅途；或者在課堂上聽老師講解一道複雜的解析幾何的時候，我會忽然覺得只要一扭頭就還可以看見青淮躲在書後面，像孩子一般哧哧竊笑……

然而，這一切都僅僅是記憶而已。

後來我才知道，青淮的父母已經決定把她送到國外去留學，所以她再也不用回來了。而直到高三最後的日子，我仍然持續地收到她的明信片，那些除了一個遙遠的郵戳和一行清晰的位址之外，再無其他贅言的紀念。我溫暖並且感激地知道我已經獲得了多麼令人驕傲的幸福：擁有一個位址和一個遠方的人，將路途中的掛念，源源不斷寄來。

我便是懷著這樣的幸福，結束了十八歲的夏天。

而路途結束了。或者說，又將開始了。我最終背著背包，像青淮那樣獨自踏上漫長的旅途，而青淮，或許正在深夜的候機室等待中途轉機的國際航班。

我必定會在記憶中珍藏我青春時代慣看的風景——校園裡的白樺黃了又綠了，在明亮的窗外窸窸窣窣地抖動，釉質飽滿的碎小葉片將陽光折射得充滿了歡快。金黃色的陽光被教室的窗櫺切割成規則的形狀，撒落在貼滿了標準答案和高考資訊的白色牆壁上。知了的叫聲被熱風吹得一浪高過一浪，白襯衫在風扇的吹動下隨翻飛的試卷和書頁一起不安分地鼓動著。靜靜停在教學大樓下的自行車，坐墊被烤得好燙。無知的蜻蜓懵懂地停在窗臺上，很快又索然無味地離去。

一如青淮必定會在記憶中珍藏她青春時代慣看的風景——鈴溪的折子戲[2]、漫長的夜行列車、小興安嶺的林海、新疆的坦蕩大地以及璀璨星光、內蒙古的廣袤草原，還有那些數不盡的如畫山河。

2 指戲曲中的一段戲。

從那個十八歲的夏天開始，在後來的時光當中，我一個人按照青淮寄給我的明信片的地址，一一重新去看一遍。

而每次我在彼地準備寄一張明信片的時候，卻發現，我的想念找不到那個可以寄達的人。即使有那樣的一個人，我也不知道她的地址。畢竟，她是候鳥。

於是我只能一再寫給自己，告訴自己，我曾經行走在回憶中。

冰是睡著的水

大學提起褲子從你的身上起來，冷冷地對你說，走吧，把青春留下！這個時候你會覺得是大學上了你，而不是你上了大學。

——發信人：螃蟹　時間：2005.12.3

我縮在上鋪，一邊看著這條簡訊一邊喝水，把它群發給所有的人。

我成年之後的第一個夏天走失在二〇〇五年。在那個夏天的尾巴，我獨自拖一個43×50尺寸的行李箱，背上一個六十公升的行囊去北方上學。火車在凌晨三點到達那個北方城市。沒有人接我，也找不到車。於是我非常落魄地在售票大廳裡面席地而坐等待天亮，等待五點的第一班客運。

手機的鬧鐘把我吵醒，我站起來拖起行李往外走。在靠近門口的地方，被煞亮的天色刺得有些睜不開眼睛。未曾料到這裡天亮這麼早，等反應過來的時候，我才想起現在已經與家鄉有了將近十個經度的時差。

在客運上，我旁邊坐著另外一個系的新生。她細細的柔柔的頭髮遮住了半邊臉。當客運逐漸遠離市區，沿著一條褐色的散發著化學品臭味的河流向荒僻的郊區不斷深入之時，她開始抽泣，肩膀像覓食的鹿一樣玲瓏地聳動。我問她，同學，你沒事吧？

她不作聲。

開學一個禮拜之後，我聽說，隔壁系的一個女生，第一年考北大差三分，今年重考還考北大，差兩分，她來了我們學校。那天在校車上，一路上越來越荒涼越來越荒涼，她就一路哭著來到這裡。

到站了沒？到了報聲平安。

——發信人：媽媽　時間：2005.9.1

現在我和一群陌生的Freshman擠在六人間的寢室裡，地面是一層厚厚的灰塵外加一簇簇軟綿綿的掉髮，各種塑膠口袋包裝花裡胡哨的食品堆滿了跛腳的木頭桌子和我們的胃。垃圾桶從來都是爆滿，如果沒有那個操一口天津話的舍監阿姨來訓斥，那麼，就永遠也不會有人去倒掉。浴室裡面嘩啦嘩啦每天擠滿了女孩子沒完沒了地洗衣服。我對面床的那個女生用一千七百多塊買了一隻網球拍，卻捨不得給樓下的學生會吆喝的慈善活動捐獻一分錢。在女生世界裡，經常可以聽到許多讓我哭笑不得的對話。比如，一個女生在宿舍靜坐一個小時不做事，只為了責備另一個同伴，你怎麼洗澡不叫上我一起？害我坐著等你不能去洗。或者一個姑娘會說，你怎麼在看高數[1]？不行，那我不能看英文了，我也要看高數!!

再有，就是你聽到如下一段很絕望的對白——

甲：咦？咱的課外閱讀書目清單裡面怎麼有《失樂園》？

乙：《失樂園》？我有碟啊……嗨，濮存昕演的咱也要看啊……

甲：不對啊，上面說是一個叫彌爾頓的人寫的。

乙：咱中國還有姓彌的啊……

甲：不對啊，清單上說是一個英國人……

北方下了第一場雪。那天我正要出門上德語課。雪花多得像不要錢似的漫天撒，烈風一刀一刀戳進我的大衣。我裹緊衣服覺得自己不能夠順暢地呼吸了，如此荒涼廣闊的校園裡，我

1 大學高等數學，包含科目有微積分、線性代數等。

就只聽見自己拼命喘氣的聲音，我停下來，看著周圍疏落的人影匆匆穿過校園大片大片的鹽鹼地，就這樣很難過地想起了高三的十二月，在清華參加自主招生考試的時候住在紫荊公寓裡，看到北方的冬天，晴朗和藍天，白雪皚皚。高大的楊樹褪盡了繁華，只剩下嶙峋赤骨架起一樹的白雪，卻辛苦得美。清華園裡的荷塘已經完全凍結，許多小孩子在上面溜冰。一些老人和成群的鴿子在工字廳前面的林子裡逗留。城市輕軌就在樓外，夜夜聽得見鐵軌的聲音。空氣寒冷得令人倍感振奮。我一眼就愛上了北方的冬天。然後對自己說，一定要考到這裡來。

然後在這個畢業的夏天，所有的等待都看到了結果，所有的希望都看到了現實。我最終還是不能來這裡。我只記得早上接到清華的老師打來的電話，詢問考分和志願。我對他說，對不起，真的太遺憾了。他也說，是，真遺憾。

那是今年夏天的故事。而現在，我就這麼定定地站在雪地裡，一再警告自己，再也不能愛上自己的想像和回憶。

北京下了第一場雪了哦，你們那兒呢？

——發信人：白蛇　　2005.11.29

我那在英國念書的菜板從來不考慮時差，只是喜歡在她六點左右下課之後給我打電話吹牛。記得以前在高三的時候就是這樣，我獨自在檯燈下面做題，突然被午夜凶鈴嚇得哆嗦。那天晚上凌晨一點鐘，又是菜板給我剁了一個電話過來，我迷迷糊糊地跟她聊啊聊啊，後來手機突然沒電了，聲音戛然而止。之後我就特別清醒，知道自己再也睡不著了，於是爬起來給高中的同學寫郵件。剛剛打開郵箱的時候我看到了十封未讀，且不是垃圾郵件，心裡一下子好虛榮。我一一點開，看到舊日朋友們的想念。菁菁說她站在港科的Linking bridge上搖搖欲墜地看到剛從海濱浴場回來的穿游泳褲的男生很帥，還有在電梯裡面碰見一群長相很地道的中國同學操一口流利的英文在談笑風生。接下來的郵件裡面，徒弟寄了電子賀卡，區區罵我為什麼發簡訊不甩她；小青告訴我她宿舍樓下貼著法斯賓德電影免費巡演的海報；小白對我說，阿姊啊你明早要是看到電視裡面萬人長跑的報導就一定要找那個穿黃背心的人哦……我看著看著，心裡越來越寂寞。

我們學校的大湖邊上有白鷺來棲息哦。

——發信人：曲和　時間：2005.11.1

冬天還沒有來臨之前——而夏天卻惶然走失之後——我開始大規模地蹺課。選修課必逃，必修課選逃。一個人在宿舍裡面打開電腦準備打字掙錢但是卻便秘一般地寫不出東西，這樣的情形用我的一句口頭禪來說就是——不是鬱悶兩個字可以概括的。常常整個半天都不想去上課，於是自己就騎了單車去學校旁邊一個公園裡閒逛。秋天的北方有著藍色蒼穹，烈風肆虐，陽光普照。晴朗並且寒冷。這是我在南方從未奢望得見的所謂秋高氣爽。在湖邊遛單車。停在僻靜的地方，靠在車的旁邊，無動於衷地眺望被烈風吹得躍動不已的金色水面。耳機裡是高中時代最喜歡的樂隊。俄羅斯的Lube[2]。低沉得彷彿不懂得哭泣的聲音，唱著我聽不懂的俄語。但是旋律親切得彷彿舊時光。搖曳的手風琴和微笑的打擊節奏。不插電的記憶。

直到天空的鈷藍逐漸滲出晚霞的暖色，我才離開。穿過陪伴了我一個下午的風，回宿舍。剛成為Freshman時的很多個下午我都是這麼混過去的。這樣的生活姿態散漫得令人心生愧疚。因為我在那本超級暢銷的綠封面的哲學書裡看到過——閒散是天才的理想。那些日復一日忙著聽課做題的高中時代，真的走了。永遠地留在了南方那些一模一樣陰霾的白晝。

喝杯牛奶就好好睡覺，什麼都別想，明天肯定會很好地發揮的，加油！好運！

——發信人：李老師　時間：2005.6.7

那段時間我如果不到湖邊去，就會在宿舍待著無所事事。和我一起的是我的下鋪。我叫她Sarah。她有一隻寶貝的不得了的電鍋。總是熱衷於到小賣部去買雞蛋、白菜、麵條和袋裝的鮮湯底料來煮麵吃，即使是在我們這個亂得跟貨輪底艙有得拼的小宿舍裡面，她坐在小板凳上等著鍋裡的水咕嚕咕嚕沸騰的時候，也總是帶著滿足而天真的笑容。在放調料之前，習慣用湯勺盛出鍋裡的食物，細心品嘗味道，以便掂量調料的分量。煞有介事地把頭髮挽起來，乾乾淨淨地露出脖頸上白得透明的小塊皮膚。喜歡在食物還沒有起鍋的時候，夾出一點來讓我品嘗。

我在屋裡寫字的時候常常可以聞到烹飪的香味，溶解在整整一個下午的悠閒時光裡面。她對我說，如果有一個人說她煮的麵很好吃，那麼，她會興奮得一整個晚上都睡不著。

我看著她的幸福，悲憫而又羨慕地說不出話來。

數著日子，還有三百多天，我們就可以解脫。

——發信人：瓜兒　時間：2004.6.12

2 柳拜樂團，俄羅斯搖滾樂團，成立於20世紀80年代末。

那天又混過了一個閒散至極的下午，華燈初上時，和Sarah一起乘著公車穿過郊區荒野去市中心看電影。在車上聽一張老狼[3]的盜版CD。那是一個高中的死黨送給我的，我喜歡裡面的〈虎口脫險〉，可是這張三塊錢的盜版光碟實在是太爛了，那首歌只有一半。每次聽到高潮的時候就會戛然而止，實在是叫人痛不欲生。可是後來逐漸開始非常習慣這首沒有結束的歌，如同維納斯不該有一隻完整的手臂。

每次坐這趟車，兩個小時的路程總是讓我極度沒有耐心。昏昏欲睡地把頭靠在玻璃窗上，看窗子外面北方黃昏的原野彌漫在暮色之中，明月高懸。馬路上的車燈閃著匕首一般的光亮，一道一道地從眼前劃過去。看久了讓人覺得生命沒有意義。索性就會閉上眼睛，幻想自己正狼狽而又灑脫地背著一隻六十公升的登山包，坐在前往尼加拉大瀑布的破爛班車上。就像在電影裡面一樣。

Sarah在我快要睡過去的時候問，我們看什麼電影？

我說，不知道。到了再看吧。

彼時她將頭靠在大巴士的玻璃窗上，顯得非常疲倦。外面一閃而逝的街景顯得非常之闃靜。闃靜得像命運那樣不可抵抗。那個時刻她輕輕抓住我的手。

午夜的電影打了五折。陳可辛《如果．愛》。我再次看到金城武那張刀砍斧削一般英俊的臉。在電影中，十年的時間裡，這個男人每年都會回到他們共同活過的骯髒地下室裡等待情人回來，空手而歸之前，用一個破機器錄下他的聲音。就這樣，黑暗中我們聽到他破碎而且固執的等待從答錄機轉動的齒輪之間擠出來：

1995年10月19日：你沒有回來。老孫……你到底在哪裡。回來吧。我以為一年之後會好一點……但我還不是一樣……時間才會過得這麼慢。

1996年11月：兩年了。兩年了。你可不可以回來一次啊。再回來一次就好……我答應你我不會留你的……你可以走……好不好……

1997年12月：我覺得我好了。今年回來我沒有那麼難受……看著這張床……是有一些回憶……但是沒有那麼疼。我坐下……笑一笑。忘記你，原來不太難。

1998年10月3日：你是不是死了?!你是不是死了??你為什麼不回來??貪慕虛榮……我不想再見到你！你去死吧!!我恨你我恨你我恨你!!

1999年12月30日：我也當演員了，呵呵。真的，你不要笑我。也許有天，我們會合作一部戲……

2001年12月6日：你還好嗎?外面下很大的雪。

……

……

3 中國流行歌手，校園民謠之父。

二〇〇五年他帶著他的情人回來了，兩個人都已經是演藝界的超級巨星。他們面面相覷地站在這個地下倉庫的入口處，發現彼此再也沒有一張年少的臉，再也不是當年因為付不起房租而躲在這裡苟活的小青年了。

這個鏡頭突然令我想起很久以前看過的金城武和梁詠琪的《心動》。電影裡，兩個孩子站著相擁取暖就可以在公車站熬過一個晚上。少年的頭髮長長的遮住眼睛。我問Sarah，你看沒看過《心動》，她在黑暗裡朝我搖頭。

∵憂愁是可微的

快樂是可積的

∴從今天到正無窮（左閉右開）的日子裡

幸福是連續的

又∵我們的意志的定義域和值域是R

∴希望的導數是肯定存在且恆大於零的

好運的函數圖像是隨y座標時間的增加而嚴格遞增且無上限的

一切困難都是△>0的有實數解的

錢包裡的進帳是等比數列且首項大於零，公比大於1的

綜上，

青春是無極限的

——發信人：區區　時間：2004.4.14

這一年我十九歲。剛剛成為大學的Freshman。拿著各種各樣的卡片四處簽到，令人懷疑在這大學裡面活著的意義，就是讓那些紙片上面蓋滿證明你還沒有人間蒸發的紅章。

到了我生日那天，宿舍的朋友給我買了一個蛋糕，Sarah煮了一鍋麵條算做是長壽麵。大家開了一瓶二鍋頭還有七八瓶啤酒，把蛋糕往別人頭上砸，鬧得雞飛狗跳。後來不知道是誰突然說，哎呀，我們是不是沒有讓壽星許願啊!!然後大夥看著已經摔得七零八落的蛋糕，非常歉意地關燈讓我許願。可是等我閉上眼睛，發現自己沒有願望了。

今天上飛機之前我想了很久，突然發現，我好怕你離開。

——發信人：菜菜　時間：2004.3.19

第一場雪過後，學校附近的湖開始結冰。從圍欄邊上走過，就能感到風從寬廣的灰色冰面上掠過，回到它久居的天空。這曾經是我期盼已久的北方的冰雪，可是真正當皮膚被烈風和乾燥折騰得死去活來的時候，才知道這一切又不過是「看上去很美」。

逐漸習慣獨自去找教室，聽課，吃飯，洗澡，去圖書館借書，晚上睡不著的時候盯著天花板數羊。好像生活就像那片湖一樣凍結起來了似的。

冬至的時候，大夥包餃子吃，唯獨Sarah要固執地拿她的寶貝電鍋煮麵。於是我就很命苦地陪她吃麵，把那一鍋東西吃掉了三分之二。吃完了之後我陪Sarah去洗碗洗鍋，在浴室裡面她趁著嘩嘩的水聲對我說，你可能是最後一次吃到我的麵條了。我定定地看著她的側面，甚至都忘了問她為什麼。她咬著嘴唇轉身就走掉，離開的一瞬間還惶然地拍了拍我的手背。我覺得她的手冰涼。像那片湖。

記住我們現在都是站在新的開始。我會想你的。

——發信人：秋秋　時間：2003.9.1

薄奠

終於無法再忍受電影《創世紀[1]》裡那些莫名其妙的獨白和令人窒息的長鏡頭，凌晨三點，我們闔上了筆記本，終於睏了。房間裡徹底黑暗下來，像高中時突然熄燈的宿舍。我們什麼都看不見。你摸索了半天才找到檯燈的開關，令我懷疑這裡到底是不是你自己的房間。

一起躺下來的時候，你說，喂，跟我講講你的以前吧。

這樣的要求被你提出來，我嚇得不輕。更甚的是，一番討價之後，你主動到以坦白去年夏天的一段韻事來換取我的開口。

辛辣而雨水豐沛的夏天結尾處，我對你說了些什麼。又實際上等於什麼都沒有說。

1 片名為Russian Ark，全片90分鐘以一鏡到底的方式敘述俄國300年歷史。

因為我們都知道，就像你說的那樣：「表達——如果一定要有的話——也無論如何不能夠失去一件平靜與含蓄的外衣。」

那是我去北方上大學之前的夜晚。翌日你送別我，為我把箱子舉上了行李架，帶我去車廂盡頭教我看時刻表，囑咐我把財物保管好。我看著你處理起這些事情來熟練俐落的樣子，就似乎看到了這些年你獨自一人在旅途中孑然一身的影子。

若要以這樣的方式來說——

四年半以前，在軍訓的休息間隙，你蹦蹦跳跳地過來搭訕，找了個極端拙劣的藉口：「像F和絃之類的大橫按，你怎麼辦？」這是我們此生的第一句對話。

在那一年裡，我給尚且陌生的你買過一個霜淇淋。彼時你有極其意外的天真表情。你也曾在某個下午突然出現在教室後門，送給我一張老狼的CD，嘴裡一直念著，盜版的盜版的……

三年前的九月，在剛剛分完文理科的新班級上，我一回頭，就看到你一個人挪了一張桌子坐在最後，在班導師語調高昂的說話聲中，埋著頭，自顧自不停地整理抽屜裡的資料夾，你這樣的習慣好像一直貫穿到了高三的國文課。在那天下午，我們吃晚飯時忽然說好一起同桌。

兩年前愚人節，我想也沒有想就吃下你遞給我的夾心Oreo。一邊吃一邊輕聲說，為什麼這麼像牙膏的味道……然後你突然爆發狂笑，我才如夢初醒，大罵一聲奔去漱口。

我想我一定是反應過度了，否則你怎會追過來問，喂，你沒事吧？而我很生硬地沒有理會。那天我們像鬧彆扭的小學生一樣互不說話。但你不知道，我其實根本不是生氣，而是一直在費力思索我該如何彌補——彌補剛才讓你覺得我很小氣的一切。又有些為自己感到委屈：你看，我多麼相信你。

一年前的週末，我極其偶然地去了書店並且又極其偶然地翻開一本《島》[2]，恰好就在翻開那頁上，我撞見我的名字，讀下去，竟然是你寫的信。闔上書時，我因了你的那些記得，而終於獲得如釋重負的心情。那日我真正為此很開心。想想理由，又覺得真寂寞。

半年前的暑假，在沿著瀘沽湖步行的途中，我之所以連續三十公里一直走在很前面，只是因為我會尷尬於跟你並肩行走而且長時間不說話，但又不想看著你的背影。

一個星期以前，我迅速刪掉了你頗有微詞的那篇僅貼出來三個小時的BLOG。因為我不想自己讓你不喜歡。這是我一直以來最羞於啟齒的事。

兩個小時以前，我發了簡訊問你某部忽然間想不起來的賈樟柯電影的名字。你回答是《任逍遙》[3]。看那部電影是在第三次模考結束的晚上。小青和我被你拐回家。夜裡小青睡了，我們兩個只好面對片子裡那些精妙的黑色幽默，拼命忍住笑聲。

用這樣一串倉促的排比句來整理時光的脈絡，放棄去顧慮這樣的表達是否顯得學生腔濃重並

2 大陸作家郭敬明的著作。
3 中國獨立電影導演賈樟柯的故鄉三部曲之一。

且語言蒼白稚嫩。其實，偶爾嘮叨下這樣無謂的懷念，都是我們曾經做過的事情。只是你先於我好早之前，就把它靜靜地放在不再輕易拿出來的沉默裡了。而我直到現在，都還常常念念不忘地把它帶出來，揣在心裡，悄悄去和寂寞散一下步。每一次又好像都有新的驚喜。所以你看，我總是有些不懂事。總讓十六歲起就開始恪守冷暖自知的你，覺得相較之下有失擔當。好多年了，我甘於留在原地，靜靜觀仰疏於言表這樣一個姿態，如何在你身上有了極其賞心悅目的根植。後來你一個人背著行囊一步一步走過的那些行程，彷彿就是完美地證明了，只有記憶成了身外之物，我們才可以在這陵園一樣的人間，走得遠些。

如此意義上的遠些，自然有參照物而言。這些年的過程，我們走得和所有人一樣平淡，生命與我們之間，以及我們自己之間，連一點大的波折都沒有。一點都沒有。

曾經以為極其盛大的青春的構成，其實不過是一些形式上……細微到一旦掉進時光的河床，就再也找不到的碎片。就好像極愛一個人的時候，會輕易說起一生，輕易以為一生可以就此交付。但是顛沛的感情從來不能托以終生，緣由無他，只因生命是自己的，除了自己之外，我們無從交付。

每每回過頭來一看，也只不過是與其並肩了一段花蔭下的歲月而已。至多留下些情動的隱隱回聲，至多留下一些連回聲都散盡之後的寂寞——比如很久以前，當極其年少的我在看一部電影的時候，會因為別人的愛情而哭；一些年之後，我再看到那樣的電影，會因為自己心裡想起了一些人事，而哭也哭不出來。

就像史鐵生老師寫的：「一旦有一天我不得不長久地離開它，我會怎樣想念它，我會怎樣想念它並且夢見它，我會怎樣因為不敢想念它而夢也夢不到它。」

當然，這一切都還是在我一直不能夠按照你所期待的那樣，至少在表達上，舉重若輕起來的時候。

我不解的只是，我們是怎樣在這種和平的表象之下，用你自己的說法，「一年一個花樣地變得有了現在這樣的姿態的了呢」。在我們走過的路上，你沉默的時刻，比你提醒自己要去沉默的時刻更多。這是我記憶良深的，那個在文字裡面寫「我們要有最樸素的生活，與最遙遠的夢想」的少年的你。

而在一個人奔赴北方的旅途中，我在列車的窗邊長久眺望眼前綿密無盡的平原。以灰綠而寂靜的大地作襯，我看見自己的臉映照在玻璃上，這樣逼近，突然覺得它比我更加真實。但是玻璃的那一面，並沒有另一個我。

那一刻慢慢想到，生命只是一把尺，常常被用來丈量遠遠大於它長度的欲望。上帝對於這把尺的設計，竟然蘊含著對人性如此悲觀而準確的預料：如果嫌它長，可以中途折斷；但如果嫌它短，卻無論如何無法拉長。青春在這樣一把尺上佔據的只是一段短暫的跨度，被幾個細密的標識所代表。而我們觀瞻它的角度，已然像日晷般，記錄了我們與它的漸行漸遠。

這些，其實都是早已意料。未曾料到的是，世上會有一個另一個人，會讓我對她的在意，完全左右了我自己。以至於一旦想要說點什麼的時候，會因為她的隱忍，而害怕自己顯得有失擔當，並且最終也就沉默下來。

這是我最軟弱的地方。因為我與你的沉默，有著一些本質上的不同。這也是為什麼我會問，緣何我們總喜歡以在別人的生命中留下印記的方式，去感知我們自身的存在。

其實，答案早在我們提問之前就昭然若揭了。

燈下夜禱

昨日天色灰藍，彷彿是一張失去了回憶的臉，泣盡一整個冬天的憂鬱。我興味索然，複習法語，隨手翻開《新法漢詞典》，看到這樣一個詞條，Le lucermaire：【宗】燈下夜禱。我只覺得美，於是隨手將其摘錄下來。翻開本子，我卻又看到幾天前摘抄的黃碧雲：

走在校園的梧桐樹下，路人迎面而來又擦肩而過，沒有你的世界也並不寂寞。如果能在無人的路上散步，無思無念，沉入一種靜謐，讓時光從肩頭緩緩流過，那也並不寂寞。在無人的路上散步，寂寞就在一回頭間看到了。

……

但你不會忘記我。你不需要忘記我。我對於你來說是那麼輕，你可以將我當作星期日下午的棉花糖一樣不時吃一下，調調生活的味兒。你一個人的時候你會想念我，想念我對你的執戀，想：我遇到過一個熱烈的女子。我卻要花一生的精力去忘記，去與想念與希望鬥爭；事情從來都不公平，我在玩一場必輸的賭局，賠上一生的情動。

……

一定會有那麼一天。記憶與想念，不會比我們的生命更長；但我與那一天之間，到底要隔多長的時候，多遠的空間，有幾多他人的、我的、你的事情，開了幾多班列車，有幾多人離開又有幾多人回來。那一天是否就摻在眾多事情、人、時刻、距離之間，無法記認？那一天來了我都不會知道？我不會說，譬如一九七六年四月五日在天安門廣場，我忘記了你。當時我想起你但我已無法記得事情的感覺。所以說忘記也沒有意思，正如用言語去說靜默。

對於黃碧雲早年的這些作品，曲和在BLOG裡寫道：「看不到面目從容的退讓，沉默和自私的早些年，我若看到這樣的句子，多半會嗤之以鼻。彼時我要看的是狠心到底的決絕，極致的聰慧和冷靜，好像這個世界說不要就不要了……」

她的話語停在了這裡，而我想，在看不到面目從容的退讓、沉默、自私的早些年，若我看到這樣的句子，又會怎樣呢？比如說，當「……花一生的精力去忘記，去與想念與希望鬥爭……玩一場必輸的賭局，賠上一生的情動」這樣一句不動聲色的話語，重重撞擊了記憶的時候。

在我最近寫的一篇東西裡，我不自覺之間勾勒了這樣一幅幻景：一座木閣樓的房頂，鴿子在黎明的熹微晨光中出巢飛翔，一個久居在此的孩子，習慣在它們啪啪搧動翅膀的聲音中醒來。睜眼，望見灰藍色的蒼穹，靜默地向他展開一片廣袤的笑靨。暮色四合之時，鴿子們帶著飛翔的倦意歸巢，唧唧咕咕的聲音，溫情而幸福。爾後是那些冷清的除夕夜，他早早睡下，卻被午夜時分炸響的鞭炮聲驚醒，睜開眼睛看見窗外陡然升起的豔麗煙花在高空中綻放，光芒雍容地從窗戶照射進來，將他的閣樓變成了一座通體透明的琉璃城堡。他就這樣醒來，躺在閣樓裡的小床上，在陣陣絢麗的煙花過後的沉寂中，重新陷入沉睡。

我為這良久徘徊在頭腦中的意象而困惑，並且又一次明白無誤地看到，自己行至這樣一個尷尬的年齡，卻仍受潛行在心底的——或真或假的意象——所左右，不辨朝夕，每每心緒無端潮起潮落，久久不寧。也許這一切又有所註定。無名的憂鬱是我自始至終未能徹底擺脫的底色，為此我陷入懊悔，好像這整個秋天的絢麗落葉都白白飄落了，因它們沒有能夠使我動盪的心緒為之平靜，哪怕一瞬。

於是這樣的時刻，我忽然覺得對不起秋天，對不起所有生命中本應如秋葉般靜美的年歲。

電影《美國心玫瑰情》中有這樣一句臺詞：

Today is the first day of the rest of your life. This is right with every day except one day: the day you die.

既然如此，讓我們想一想，在我們曾經活過來的生命中，我們是否原原本本堅持了那些年少時純淨的初衷？而在我們剩下的生命裡，它又是否能夠被繼續地堅持下去，我們又是否還在為曾經的執念行走在路上？

這樣的問題在現實中是容易顯得蒼白無力的——這些日子我都過著怎樣的生活呢——每天要在專業課[1]上，一邊聽課一邊捧著牛津高階辭典背GRE單詞，課餘要做題，趕稿，看書，還要去上德語課……轉換地點的時候發現自己因為缺乏鍛煉而爬不上四樓。下午下課之後在二十分鐘內草草吃飯便趕去上法語夜校，九點半結束頂著寒風匆匆回來。然後溫書背誦，完成明日要交的Essay或者Presentation，睏乏得不行。到了夜裡，卻又總是一上床就來了精神，輾轉反側，有時候竟會莫名其妙難受得轉身便泫然欲泣。想到記事本上還有太多的備忘事項沒有完成，想到英美文學史課給的書目清單上一列列必讀原著，恨不得一天有四十八個小時。

日子固然十分整齊，但卻也了無生趣……用《在雲端上的情與慾》中的一句話來說，是「忙得丟掉了魂靈」。

最喜愛的樂隊之一Evanescence出了新專輯《The Open Door》。我在夜裡聽《Not

Enough》，閉上眼睛便回到高中時代，那些獨走鋼索的青春：漫長的一首歌，久不落幕的一部電影，藏在課桌下面的一本雜誌……

那個時候想要用電影妝點視覺，用音樂妝點心情，用旅途妝點青春，用理想妝點生命……那個時候總是有意無意地說——時間還早呢——好像青春還很長很長，而自己的年齡永遠都會停留在以十開頭不會再老，所以即使做著世界上最無趣最枯燥的事情，都不會覺得活得暗淡。只覺得要是有更多的霜淇淋和香腸，又沒有數學沒有高考，那麼一切就完美了……

而現在真的沒有了數學沒有了高考……什麼都沒有了……但此時此刻，又真的與以前的幻想和期待吻合了嗎？有多久沒有買過《看電影》和《非音樂》[2]，有多久沒有入手《VISION》[3]，有多久沒為找到一張難以尋覓的DVD而雀躍，有多久沒有在夜深闌靜之時重讀一本早已爛熟於心的舊書，又有多久沒有為小攤上的牛肉餅而垂涎三尺……我想我說不上是否在堅持那些初衷。因為我連那些初衷在哪裡都不記得了。唯一記得的，只是你說的，要有最樸素的生活，與最遙遠的夢想。

1 與基礎課程相對的課程，例如：經濟學。
2 《看電影》、《非音樂》皆是中國的雜誌。
3 中國前衛藝術雜誌。

平敘到此，我又想起，第一次在你的抄錄本上讀到簡媜時候。她說——

我說人生啊，如果嘗過一回痛快淋漓的風景，寫過一篇杜鵑啼血的文章，與一個賞心悅目的人錯肩，也就夠了。

流景閑草

你錯過了我的中年，晚年
生命的長河，不經意的轉彎，
以及靜靜流過的平野
——蘇來

1

如同清竹與雅菊是中華的身骨和姿容那樣，櫻花是島國吟詠的一首和歌。在暮春的日夜，白色花瓣像銀河的塵星般落在《雪國》[1]的結尾裡。

1 日本作家川端康成的著作。

來到這座北方城市的第二年，我租住了一處房子。院子裡便有這樣一樹櫻花。正是春天。櫻花盛放，地上鋪著一層細軟的白色花瓣。此情此景充滿著某段記憶的暗示，叫我一眼便喜歡上。想起這樣一個故事，在日本明治時代，曾有一個年輕女子跳瀑自殺。她並不是因為失戀或者厭世，疾病或者絕望，只是因為覺得青春年華太美，不知失去之後如何是好，於是不如像櫻花那樣，在最美的時刻死去。

房子是過去殖民時代的老建築。地方誌上記載著這棟房子的特色在於融合了三種建築風格。德國籍的義大利裔建築師為法國人設計。後來被一個日本人買下。我曾固執地認為院子的櫻花便是那時被種下的。然而經過多年改建，房子外表看上去已經面目全非。內部之陳舊，凡物皆有著被時光細細撫摸的手感。光線被阻隔在弧度柔美的窗子外面，只在脫漆而粗糙的舊木地板上切下一溜狹長的暖色。屋內顯得格外陰暗。鐵藝柵欄的鏽跡被雨水沖刷，在長滿青苔的牆上，留下淚痕般的印記。

我在這裡，只擁有一間房。一縷光線。房間像是一個舊教堂的冷清的耳室，終年在晨曦時分，富有宗教意味的光芒從高而窄的玻璃窗射入。

隔壁的一個女孩子，是美術學院的學生。她用張愛玲般的語調萬分親切地描寫這裡：清晨時候，賣早點的老師傅騎著掛了鈴鐺的舊自行車，鈴鐺清脆作響的聲音和豆漿的香氣混合在一起，潺潺地從窗下流過去。

我一直都記得搬來的那日，春光甚好，在飄浮著絲絲柳絮的溫溽的空氣中，晴朗漸漸舒展開來。打理好屋子走出門院的時候，被陽光照射得睜不開眼。

又或，天空的藍色被清明時節的雨洗得發白，淡如裙子上的浮青暗紋。院子裡一樹櫻花，凋落之姿，狀如飛雪，灑下的是一地古代日本散文中的物之哀。

我在那裡停留片刻，鄰居的那個女孩兒便也走了出來。那一刻她抬起手來遮住眼前的強烈光線，我看到她右手四指上的銀戒指。

一來二往，我們漸漸熟悉。

閒談幾句，我問起她的戒指。她略帶疑慮，取下來給我看。說，這是她和一個男孩到瀘沽湖旅行之時在一家銀鋪打做的。做了兩只，分別在上面用納西古文刻了彼此的名字。她又指給我看，並且輕聲說，我的戒指上有一道裂痕。也許是在打造的時候，用力過度。我告訴過他，感情用力過度，亦充滿裂痕。等到它斷裂的那一天，我們便分手。

2

那天晚上她敲開我房間的門，送給我一本《枕草子》。她穿白色的寬大T恤，水綠色的短褲，趿著夾腳拖。剛剛洗過澡，頭髮濕漉漉的滴著水。健康得像一隻剛從樹上摘下的新鮮檸檬。她說，這本書，也許你會喜歡。

那個瞬間，我望著這本書，恍然間跌落進舊日片段。

十幾歲時喜歡的一個人。面容素淨如雪地般的高個兒少年，看起來清清朗朗，像是操場跑道邊一棵沉默的翠綠楊樹。

在那一年，從秋天到第二年的春天，他天天走路回家，我就遠遠跟在他後面亦步亦趨，以至於他的每一步姿態，我都諳熟於心。熟知他居住的院子。熟知他會偶爾在美術用品店和書店停留。熟知他走路從來不會回頭以及左顧右盼。熟知他習慣將雙肩包單背在左肩上。熟知他因自幼習字而寫得一手雅暢的行楷。熟知他十分喜歡看書。

是那樣姿態端然的少年。我知道他與所有人都不同。左右手均可以寫漂亮的字。手腕上繫著黑色的細線，上面還有一顆鈕扣。我曾經趁他離開座位時，翻開他反扣在書桌上的一本書。是川端康成的《雪國》。

喜歡看這樣的書的男孩，不多見。

姑媽從英國回來的時候，送給我一支從莎翁展覽館附近的紀念品店裡買回的鵝毛筆。十五英鎊。金色的筆尖，淺棕色的羽毛筆桿有近一尺長。握筆書寫起來竟有飛翔的詩意。我拆開樸素簡潔的包裝，欣喜的瞬間，第一個想起的人便是他。

那日下午我騎車穿越大半個城市，去書店裡買來一本薄薄的英文字帖，開始練習寫漂亮的銅板體字。

這一切只是因為，曾經在老師給全班放電影的時候，當鏡頭裡閃過一篇漂亮的銅板體字書信，我偶然聽到他驚歎，太漂亮了。我知道，他是沉默寡言的人，從未喜形於色。他一定是非常喜歡銅板體字。

在那年春天結束的時候，我開始夜夜在檯燈下透著灰白的薄紙，蘸墨臨帖。連鵝毛筆的筆尖，都被磨得光滑圓潤，使用起來順手舒心。那一沓用來重複臨摹拉丁字母的紙，摞起來已經厚厚一疊。看上去彷彿一場無疾而終的愛戀。

那封信，我幾乎寫了兩年。夜夜面對著信紙，強迫症一樣練習如何把每一個字母都寫得像一首詩。想像著如何以電影場景一樣的方式交給他，然後獲得他掌心的溫度，以及像花蔭下的苔蘚一般青鬱的戀情。

在快要畢業的時候，終於決定去找他。

是在他生日的時候。我帶著寫了兩年的信，最後一次跟著他回家。那條路我已經再熟悉不過了。夕陽之下我在他後面走著，一直凝視他的背影。兩年多的時間，那些因為他而天真而卑微的時刻，聲勢浩大地清晰浮現，在內心深處搖搖欲墜，心跳變得粗獷激烈。

我想我一定要把信給他，否則我覺得再這樣下去我簡直會死掉的。

追上他的那一刻，我幾乎深吸一口氣。喊住了他的名字，把信交給他。他略帶詫異地點點頭。拿過了信，然後轉身繼續向前走。

我亦轉身，卻竟然雙手捂面，禁不住即刻哭出來。

那個時刻我懷疑，這難道就是我用兩年，七百多個日夜，換來的一個潦草結果嗎？他又怎麼能夠知道，白紙上的那些花紋一般繁複漂亮的英文，是我整整兩年時間，夜夜在燈下帶著心酸莫名的想念，一筆筆練習出來的告白。

那日我頭一次覺得自己無限卑微。所有在一個人的時候天真幻想過的美好方式，全都只兌現了一個最倉促潦草的現實。我捂著臉，淚水幾乎要從指縫間流出來。那樣的感覺，似乎比日後與他的接觸，更讓我刻骨銘心。

我記得在畢業前後，他都曾經主動聯繫我。

在他的家裡，我看到與我想像中一模一樣的情景。整齊得一絲不苟的房間，藏藍色的窗簾與床單。白色桌面，地面。乾淨得幾乎有些偏執。書架上擺滿了書。其中有大部分日本名著。尤其喜歡川端康成，以及古日本作家，比如清少納言、吉田兼好，或者松尾芭蕉。他的陰鬱氣質，果真與他的閱讀偏好吻合。

他取下一本《枕草子》，說，這是清少納言的隨筆，我很喜歡。送給你。

回到家之後，打開那本書，看到裡面夾著一封信。字跡相當漂亮，一如我早就熟知的那樣。

我匆匆掃一眼，因為擔心不祥的結局，卻又忍不住抱著欣喜的期待，所以鼓起勇氣即刻翻到信紙的最後一頁，果然，在結尾處寫著「非常抱歉」。

那個夏天就這樣淡出了生命，僅僅消失為記憶的一部分段落。

多年之後的同學會上又見到。大家還會一起喝啤酒，唱歌，最後分開的時候，我們每個人都互相擁抱。

當輪到他的時候，這個曾經佔據了我全部心情的少年緊緊地擁抱我。他清晰而灼熱的心跳敲打著我的鼓膜，令我忽然間眼淚奪眶而出。頭腦中閃現的，是那兩年寂寞卑微的年少歲月。

我此刻埋在一個曾經等待過的懷抱裡。

青春的奢侈，在於能有足夠清澈的心情，用七百多個夜晚去寫一封言不由衷的信，給一個並不屬於將來的人。

此後的人生，也許不再會用兩年的時間，練習為一個人寫一封信。

不再會跟在他後面，目送他回家，看著他的背影，充滿感傷的欣悅。

不再會暗自祈禱著用最優美的方式相遇，卻實際上在倉促轉身的一刻痛徹心扉地哭泣。

數年之後，陰差陽錯念了英文專業科系。許多人稱讚我寫得一手整飭而漂亮的英文書法。我微微笑著，那個時候總是會忽然想起他來。

而過去那些在燈下一遍遍臨摹銅板體字的日子，心緒被一幀少年殘像所啃噬的青春歲月，再也不會有了。

3

那夜，鄰居女孩兒無意中送了我這本同樣的書。

我在被回憶擊中而沉默不語的時候，她還一直站在門口沒有離開。半晌，她說，剛才打電話給他說分手了。因為今天早晨，我的戒指終於斷了。她豎起右手的手指，我看到戒指上的裂縫，斷得不可思議。她說，睡不著，我們聊聊。

我們坐在地板上專門找催淚彈來看，看《心動》、《玻璃之城》，看《英倫情人》和《麥迪遜之橋》的結尾，看得眼淚痛痛快快地流下來。看完電影，我們關掉了燈，在凌晨三點的黑暗中一邊喝酒一邊聊天。她一直跟我講她喜歡的那個男孩兒的事情。我已經睏乏無力，模糊之中唯一記得的，是她這樣對我說起的故事。

還是在幼稚園的時候，她就一直很喜歡和那個男孩兒一起玩。某天，這個最要好的玩伴很神秘地告訴她，昨天他發現了一座城堡，神奇異常，答應入夜後就帶她一同前去歷險……於是從那天起，她每天都會對入夜翹首以盼，希望和那個男孩兒一同去「城堡」。而她的願望一次次地落空了，因為每晚她輕聲摸到男孩兒床前，總發現他早已美美地入睡了，臉上洋溢著難以琢磨的幸福表情，甜美無比。她每夜都醒來，等待和他一起去歷險，卻一次又一次地失望。他永遠都睡得那麼沉。終於，這個女孩兒感到無限傷心。漸漸和他完全疏遠。

她說，我已經愛了他將近二十年。他永遠都在他的城堡裡，卻從不帶上我。我太累了。我不想再這樣下去了。

4

快要天亮的時候，朋友終於回到她自己的房間。我頭疼，沖了冷水澡，在空調嗡嗡的響聲中，拉開百葉窗。看見微藍的天色緩緩迫近黎明的邊緣。我開始想起他來，於是在燈下給他寫信。

那些流暢的，花朵一般的銅板體字，在闊別了多年之後，重新從筆下流出。從書架上取下當年他送給我的書，翻開來，似乎還留著遙遠的少年的氣息。很多年之後，我從別人的隻言片語中確信他當年曾經試圖在那封信裡面隱諱向我訴說的那些事情的確是真實的。我開始相信，每個人都有自己要背負的十字架。我慶幸，他因為信任我，使我成為他內心秘密的第一個知情者。他是一個喜歡男孩的男孩，那些年當我在寂寞而傷感地想念著他的時候，他也同樣，甚至更為艱苦卓絕地，想念著另一個無法企及的人。

在二十歲的某一個徹夜未眠之後的清晨，世界醒來了。我看到那些無處安放、滿得快要溢出來的青春，曾經給予我們多麼美好而奢侈的方式，修飾人生的平凡和落寞。我也只不過會是在幾年後，看見一處充滿了舊日情韻的房屋，因了它的院子裡有一樹櫻花，便毫不猶豫地決定住下來。

住進被幻想漸漸彌補的回憶裡。

5

有人說：「假如一個人的夢想無法實現，那麼，僅有一個姿勢也是好的。」比如擺一個飛翔的姿勢，或者在睡前說句祝福在夢中能見到大海的話。

6

這個季節的結局，是鄰居的女孩兒因為出國而搬走。我們只是偶爾互在部落格留言，過節日的時候發信。後來的後來，聯繫越來越少。當我都快要把她忘記的時候，我又收到她的電子郵件。郵件之中只有一個部落格網址連結。

我打開頁面來，看到她的男孩兒這樣寫：

今晚和她分手了，她是我幼稚園時的同學，若論相識，整整二十年了。到現在我仍然不確定那分手的原因，心中莫名。

……

……

當我還在幼稚園的時候，我便很喜歡和她在一起。有一次，我見到了一座城堡，很絢麗。第二天，我迫不及待地和她分享了自己的秘密，並答應帶她一起去……之後的幾晚，我都實現了自己的承諾，她出現在我的身邊，小手緊握，走在堆滿奇珍異寶的山路上，一同欣賞那璀璨的光。我們無比快樂，而我從不因每天早晨自己的空手而歸感到絲毫沮喪，因為她仍然睡在離我不遠幾床之隔的地方，僅僅如此已然令我心滿意足。

後來，她疏遠我了。我懂得了。城堡不是每個人都可以看到的。

今晚，她哭泣著掛斷了電話，餘音散盡。

對於我，那城堡被塵封在二十年前的記憶中。

而她，仍不知那城堡在夢中。

愛也在夢中。

注：日本平安朝才女清原（即清少納言，「少納言」為日本古代職官名）出色的隨筆《枕草子》，用筆極簡，卻言萬象。與《源氏物語》並稱平安朝時代文學作品之雙璧，亦與鴨長明《方丈記》和吉田兼好《徒然草》同為日本文學三大隨筆。「草子」系指「草紙」或「冊子」，有多種釋義，多數是指用假名寫作的散文隨筆或民間故事。如《徒然草》、《禦枷草子》。

我不能悲傷地坐在你身旁

當我推開那扇門
想看看永恆榮光的狀景
那沒有他們說的實用階梯
然而我
又不能悲傷地坐在你身旁
我不能悲傷地坐在你身旁

在我走出那扇門
撕下某本書的二百五十二頁
它用黑色鑲金這般地寫著：

Hey我不能悲傷地坐在你身旁
我不能悲傷地坐在你身旁
我不能悲傷地坐在你身旁
——左小祖咒《我不能悲傷地坐在你身旁》

在活得盲目而卑微的年歲，常常會在被暴雨吵得無法入睡的夜晚，試圖回想從一九九幾年的某個值得紀念的夏天到現在，究竟有過多少場叫人無眠的夜雨。好似這滂沱的雷雨中，每一顆擲地有聲的雨滴，都在字正腔圓地回述著那些感情充沛的少年時代的夏天，人是如何「一手撐著酷暑，一手寫下許多文字來」，心中信誓旦旦，並且不相信時光的力量。

這樣的夏天最終只留下一溜狹長而落寞的影子。在影子的深處，某些已經再也看不到了的面孔，偶爾還會閃爍起來。背景永遠是濃得像油墨一般的黑暗。你正在離開。身影的輪廓迅速地退進了那片濃墨之中去，可是眉眼之中的燦亮，卻鮮明得融不進夜色。

我想起來，便會覺得——

這是一副適合擱置在回憶裡的笑容。

早前某一個夏日在近的黃昏——應該是五月，因為彼時一場大雨剛過，清朗的陽光和雲朵飄忽的陰影，灑滿了空無一人的教室，美得令我寧願在那兒多待一會兒自習——那便是只有五月才有的陽光——可是你走了進來，令我有一瞬間的無所適從。果不其然的是，我們從一個不愉快的話題開始，由沉默和僵持，迅即逼近爭吵的臨界點。

於是我一言不發地扯下了脖子上的項鍊還給你；幾乎與此同時，你也鐵青著臉轉身便把它扔出了窗外——

於是那個美好的黃昏，像一尊瓷器被打碎，滿地狼藉。如此一個行為的代價，對於你來說，或許只是五分鐘之後，後悔起來，噔噔地衝下樓去貓著腰在草叢裡面狼狽地尋找那條——對於那時的你來說——很昂貴的項鍊；但是對於我來說，是花去後來多年的時間，憑藉著記憶之中對那條項鍊的外觀和質地的記憶，在每次經過首飾店的時候，都有意無意地堅持尋找著一模一樣的另一條。

畢竟我想起來你所說的——從認識我的第一天起，便每天存一塊錢硬幣。存了近三年，最終把它買下來送給我。我於是不自覺地想像，你常常在那家店門口徘徊，有時會走進去，天真而傻氣地趴在櫃檯前，頭低得快要把鼻子貼在櫃檯玻璃上，反覆觀察那條項鍊，躊躇著價格牌上的數字，最終總是默不作聲地走開。

這顯然不是表達感情的最好方式，可是我們總找不到其他途徑。總以為物品可以代替想念和諾言，讓我們在彼此的生命深處永久停留下去。

這些過去的事，理所當然地被後來更多的事情所沖淡，模糊了愉快和傷感的界限。

一切已經混合成語焉不詳的懷念，像深冬時節玻璃窗上模糊氤氳的霜霧一樣，輕輕抹開一塊來，才可以清晰看得見曾經的動容。

畢業的時候，又有不捨。你給我你的一顆校服扣子，用一條紅色的細魚線穿起來，繫在我手腕上。你沒有徵求意見便直接用力打了死結，然後抬頭定定地看著我，沒說話，卻有「不准取下」的意思。我竟然覺得很感動。

又隔些年，收到一封你寫來的信。從收發室裡拿到牛皮紙的信封，看到信封右下角的幾個字，興奮到一瞬間覺得眼底有淚。當即撕開，迫不及待地隨便往路邊的石階上一坐，就開始一遍又一遍地讀，看到在結尾處寫的話：「我等你的好消息」，眼淚終於落下來。

從那個時候起，便一直把這封信放在書包裡，在很多很多堅持不下來的時刻，一個人低下頭去拉開書包，從最裡層拿出信來，一目十行地把那些已經爛熟於心的話讀下去，讀到最後總是會閉上眼睛，覺得我們路過的所有年歲，年歲中那些——與他人的經歷並無二致，卻在自身感受上尤為孤獨壯烈的記憶——其實是在昭示著一切都並不枉然。

就像你現在總說，過去那些不懂事的時候，我們這些迷惘在青春期裡的孩子，總需要經歷一些咋咋呼呼的傷春悲秋，才會漸漸懂得隱忍平和。

彼時總是這樣輕易倒戈，彷彿世界真的欠了自己一個天堂，所以煞有介事地自以為是最悲慘的一個。我也曾經深陷其中，只不過不需要搭救。

二○○四年。高三。某個情緒低落的晚自習，又一次把那封信從書包裡拿出來讀，心裡說不出的難過，猶豫了一下，便把這封信末尾的那句「我等你的好消息」剪了下來，然後將這張一釐米寬、四釐米長的紙條，貼在課桌外沿——只要一低頭，便可以看到的位置。

從那個時候起，每當身陷兵荒馬亂，覺得再也堅持不下來的時刻，只要一低頭，便可以看見這句溫暖的話。它是那樣安之若素地等在那裡，安撫著那些無處遁形的、落水一般的無助。那是在高三，一切都講求效率，連埋頭從書包裡找出信來的時間都可以省略，低頭就可以讀到我最想看到的那句話：

我等你的好消息。

而今回想起來，我不得不承認，這句如此簡單的話，竟然是支撐那一年的全部力量。

二○○五年，離高考十五天的時候，放溫書假。離開教室那天中午，我慌慌張張忙裡忙外地收拾好教室和寢室裡的全部東西，準備離校。所有的書本和雜物，多到令我瞠目結舌，請了兩個挑夫跑了兩趟才搬運下樓，塞滿了小車的後蓋，車廂後座以及副駕駛座的位置。媽媽開車已經上了高速公路，離校一百公里之遠的時候，我才忽然想起來，我帶走了所有的東西，卻忘記了帶走課桌邊沿貼的你那句話——

我等你的好消息。

那個瞬間，我幾乎失去控制一般，慌張地從書包裡翻出那封信來，幻想著我無意中已經把它撕下來帶走——

然而沒有，信紙的末尾那個小小的長方形缺口，彷彿傷痕一般留在那裡。

我等你的好消息。

——我如此費盡心思以為帶走了所有，卻唯獨遺失了，無法彌補的，你的這句祝福。

真像一則關於人生的隱喻：我們抓住的都只是些看起來龐大卻本質上無關緊要的東西；遺失的，總是無從彌補的部分，因為它形態微小，或甚至本身就並不可見。比如因成長而失去青春，因金錢而失去快樂，因名譽而失去自由……

那日我坐在離你的這句祝福漸行漸遠的車上，一路是昏默的夏日暮色，焦躁而淒迷的蟬鳴，暗紅色雲霞。車窗外一閃而逝的綠色快得拉成一條線，彷彿將所有景致穿成了一條項鍊，輕輕為我戴上。

一切都似一本詩集——陳列已久，卻不被仔細閱讀和悉心感受。世界上的此刻，有那麼多人來了又去了，也總有一日，會是我們的終點。可是我時常無故地擔心，希望那樣一個永別的時刻，我不會再忘記將什麼不可彌補的東西遺留在了人間。

但，我若不是因遺失了它而追悔莫及，又如何能夠知道它重要得不可彌補呢？又是一個承受不起詰問的迴圈。

所以，人應當忍於希望的誘惑，活得像河流一般綿延而深情。靜靜穿過茫茫平野，深深山谷，穿過生命中那些漫無止境的孤獨和寒冷。

因為知道人情淡薄，我們都並不真的關心他人，或說，疲倦到不常願做沒有回報之事。可是為何我仍時時懷念，過去我們之間曾經毫無保留，你曾甘願為我遮炎避涼。

那是從來不曾悲傷地坐在我身邊的你。

那是從來不曾快樂地坐在你身邊的我——可悲的是，在曲終人散之後，我才恍悟，原來再也不能有你坐在身邊，才是真正的不快樂。

清明

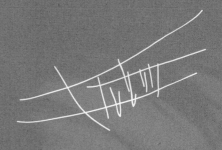

書信

闊別五年，昨日見到你。眉宇之間一切如故，形容依舊，是我少年時記認的模樣。隔了這些年，與你重走那幾段過去常走的路，心下竟已平靜無瀾。夜深作別，我獨自回來，孤身走在燈下，突然察覺，原來我們對許多事已經倦淡了。

算來有五年未曾通信，昨日竟沒來得及問一句，你可曾好。想必是這冷漠的隔閡造成的罷。這筆已哽咽多時，欲有言，卻不知從何言起。依稀感知到時光的力量。近日思念徒增，忍不住書寫下來。這一季，川蜀的梅雨下得綿長。

五年前的今日，你我是在福寶的森山中度假吧。時過境遷，前日聽說彼地築路，車行不得過。山中清冽溪澗與蔥蔥莽林，可曾記得一二？過去的學校，我亦不曾回去拜望過。只恐見了徒增無謂的念頭。自你離開，想必也不曾回去過。也對。你走後，我曾去信一次，但無音，想必是沒有收到的緣故。

少年時的心性浮躁激烈，今日思之尤覺羞愧。逐漸知曉，生活，或者毋寧說命運，這種我們向來投以抱怨或者是不屑的東西，在這樣一個漫長的過程裡給予了我們如此龐大的福祉與原諒。只是我們緊緊抓住一些所失，忽略了自己的所得。

你知道，在過去，我們因為對生活有苛求和怨恨，而與自己的親人刻薄相待的日子，是多麼可悲。

我曾欲向你說起這些年的生活。但是它們太過平淡無奇，似靜水流深一般緩緩推進，沒有波瀾。目睹自己在光陰中淪陷卻束手無策，的確是件殘酷的事。夜深之時，時常懷念起過去肆意的少年時代。彼時臨考前，總是習慣坐在書房看書，等待著每至九時，手邊的電話便會響起來。你在電話裡關切我一番，督促我進步。可惜，這樣的好事，一去不復返。

此夜此時，我執筆書寫，細細思憶，發現那些已渙散的舊事，仍靜靜釀在那裡，甚好。朝花夕拾，撿的是枯萎。

因我不願做個留戀的人，所以一直未與你聯繫。你多半不會相信，我至為想念你。這五年的時光如此迅疾。你的存在，是夜風遁走的回聲。反覆盪漾幾次，終歸永久地寂滅。可曾知道因了這遙遠，我的成長才有所附麗。若有日能與你執手聽風吟，我反而不能確認這幸福。

但我依然暗自期望，何日，何地，我才能與昔日重聚，並致你一束開得濃盛的山茶。因了在我有限的記憶裡，你總是這般美好，並且充滿了樸素的希望。在你的衣襟上，浸染著我整個少年時代的芬芳。

我與母親，已經非常融洽。彼此關懷原諒並且非常默契地不提舊事。這非常好。我目睹她的老去，時常心下生涼，怨自己不孝道。

那些不懂事的年生，彼此都沒有錯，只是有些事她是無論如何也想不到的。既然無知，就應該被原諒。曾有彼時，當我與你愉快地在暮春的郊外散步，或是在楸樹下的長椅上徹夜傾談的時候，我同時感到了恐懼與幸福。你必定知道，我恐懼什麼。我知道我不能一直這樣下去，因為這樣桎梏彼此，就永遠不得成長。卻未曾料到，離別之後這一路上的想念，意欲湮沒我的意志。

是。我如何才能忘記，這一紙自十二歲的夏日起書寫了六年的無字弔唁。你多半是無法全部理解，這個隱喻背後的含義的哪怕萬分之一。

將來我這一路上要看的風景確實良多。但這不能說明，它們將比昔日的更為美好。亦不能說明，我將遺忘過去一路上的景致。因為我確信，人不應該把對將來的期許建立在對過去的鄙夷和對現在的漠視之上。我向來疏於言表，亦不願言表，這感情於我而言的重大意義。若這疏離和表面上的黯淡，不能被你所理解並相信，那麼，我感到非常遺憾。

一個少年，告別放肆、淺薄，逐漸改變成另外一種更為平和與堅忍的姿態，誠實生活。這其中的蛻變，自然可以勾勒出生命的創痛。我亦相信，這樣的蛻變是正確的。它是生活賜予我們的勳章。人是如此渺小的個體，若人沒有忍耐，那麼將感覺到比事實上更多的生之不安。我曾經這樣的貪求與不滿。你於我的寬容和關懷，我從未來得及道一聲感謝。恐怕這樣形式上的感恩，亦是多餘的罷。

看過自己以前的輕浮和脆弱，我便苛求自己應當容忍，平和。要做聰明的人，並且盡最大限度地為善。這並不矛盾。如何嚴謹地去安排生活，儘量以認真的態度去做對的事情，並且堅持到底，這將是我面臨的一個嚴肅課題。生之渺茫確乎已是，但倘以篤謹嚴肅的姿態去做好每一件小事，尚可於其中發掘出無限廣大的意義。

多年以前看過一部電影，叫《有過一個傻瓜》，其中的一句對白，印象深刻。

媽媽，十字架是愛的標誌嗎？

是的，孩子。而且愛也常常意味著十字架。

我很震動。若確知這是一個寂滅的過程，有去經歷它的必要嗎？就如同確知自己會死，那麼有去活一遭的必要嗎？我們總是承受不住生命的詰問。愛亦如此。盲目，偏可以換得長久。我是盲目的。因了我膽怯。

近日的梅雨下得綿長。黃昏時分，遠近疏陳的長街短衢，濕透了一般癱軟。天色昏黃如同舊琺瑯杯裡的一層茶垢。這就是我所生長的故鄉。它曖昧，怯懦，平凡，向善卻又多醜惡。正如人性。我在這美麗而遺憾的世界裡，生生如年。

你曾站立在我生命之河的一岸，投下了深深倒影，由此，那河流便有了趣致。但那終究只是一幀無形的幻象。你離岸而去，幻象便消失了，但我的河流亦不會因此乾涸止息。

而這，又正好印證了你所說的，一切終歸寂滅的預言。

你知道，那不是我所願。

但，那不是我所願嗎？

藍顏

她常說的話是，只要你讓我高興了，什麼都好說。

我便回她道，姐，你這語氣可是地道的嫖客。

她就像貓一樣地笑，鼻樑上擠出媚人的小皺紋，有時候往死裡拍我，有時候再回嘴尋開心我兩句。

——我原以為，我們可以就這麼插科打諢糊塗過一輩子的。一輩子跟在她身邊就好。

1

我愛著她的年月，一直都做著她的知己。不愛她的年月，一直都做著她的情人。

我是她知己的時候，她唯一一次遇到難處沒有叫我，就出了事。

彼時她剛跟一個男人分手，換了一個男人同居，幾個星期之後發現懷了孕。那同居男人其實是我朋友，也是有女朋友的人，不過女朋友在外地。我自知道他倆過去一直關係很好，曖昧起來，也是自然。只是他們總過意不去，不願讓我知道，便偷情一般背著我，甚長時間都無音訊。

那不是子君第一次懷孕。初中時她喜歡上新來的體育實習老師，師範畢業生。上過幾次課，在排練體操舞的時候，老師過來扶正她的動作。她大膽地盯著他，留戀這男子碰觸她身體時的微妙感受。兩個星期之後，她尾隨他到單身宿舍，把情書塞進那個男子的門縫裡。後來她給了他第一次，第二次，第三次……三個月之後，實習結束，那男子消失。父親揙著耳光把她拖進了婦產科墮胎。關於體驗她只記得痛不可忍，叫她發瘋。

此番重蹈覆轍，子君受不了，跟我那朋友大吵。我那朋友總覺著孩子不是他的，兩人吵得翻臉，朋友一氣之下便棄她而去，只打電話叫了兩個女生來陪她。

身邊的人都走了，四面楚歌。沒有辦法，子君琢磨著死了也好，一了百了，反正也沒幾個星期，藥流就藥流。子君服藥第三天中午開始劇痛，痛得在地上打滾，痛了大半天，下午五點的時候開始出血，躺在廁所的馬桶旁邊，虛汗如雨，血流不止。剛開始，陪她的女友開始還一盆一盆地幫著接血，後來出血厲害得接不過來了，廁所一地的猩紅，眼看著蘭子君人漸漸昏過去，兩個女子嚇得一身冷汗，驚慌失措地給那男人打電話，結果他說他正在外地，過來不了，叫她們找我。

我連罵都來不及就掛了電話趕過去。她租的房子偏遠，我從市區裡叫了車開過去，抱著她進車，往醫院奔……一路竟淚流不止。

我抱起她時，她裙子下流出的血黏黏地沾滿了我的身。

子君熬了過來，躺在床上，虛弱得像一把枯草。

凌晨，我在床邊守著她時，一個值班的小醫生陰陰地走進病房來看看她，又看著我，說，你也真拿人家的命當兒戲。快活的時候想什麼去了。

我低頭笑，她亦笑。醫生出了屋子，她便低低地說，耀輝，謝謝。

她的唇色黯淡得像灑了一層灰，薄薄地吐出這兩個字，猶豫著伸手來放在我的膝蓋上，過了一會兒又摸索到我的手指，固執地一根一根抓起來，漸漸扣緊。

我從未見她如此淒涼，泣眼望著她，不知所言。心裡一絲動容都沒有了。

二十歲的時候，我對她說，以後無論遇到什麼難處，一定要告訴我。我只是想照顧你。彼時她抬起頭來看著我，神情竟然有無限憐憫。她微笑起來，似在安撫我，說，行，以後有得麻煩你。

2

是在大學裡碰上蘭子君的。剛進校時，通識課多如牛毛，沒完沒了叫人厭煩。我們同系不同班，卻被排在一起上那惱人的課。她從不來上通識課，卻仗著系花的資格，總有一堆男生排隊替她喊到。這也是她命好，名字無所謂男女。關於名字，我後來問過她，她只是說，父執輩一直認定是個男孩，父親又愛養蘭草，出生前名字就取好了，蘭子君——君子蘭。出生時爺爺得知是女孩，拉下臉轉身就走……她兀自低頭輕輕說著，說完又竊竊地笑。蘭子君言行之中自有一番別樣的分寸，與人群裡那些豔麗得索然無味的女孩分辨出來。

那都是後來的事了——我本沒見過她，更不用說湊熱鬧幫她點名，不想同宿的一人猴急著要向她獻殷勤，包攬下了一學期幫她喊到的活兒，自個卻又常常想蹺課出去玩，便把這差事扔給了我。

我起初拒絕，說，這麼多人擠破腦袋要給她喊到，你不該找我。

結果那同宿的朋友竟出口道，不行！這事情讓給了那幫人，就等於把蘭子君讓給了別人！我琢磨著只有交給你我才放心！

我氣得上火，瞪他一眼，他恍然覺得說得不妥，便又賠笑，說，得得得，哥們兒一場我不是那意思……我是說你不對她胃口，她也不對你胃口……

我看看他那猴急的狼狽神色，低頭便想笑。不理會他便走開了，亦算是默許。

從此我便替她喊到。每次一答，不知多少人要回過頭來巴望著看看這位傳說中的美女，卻不見其人，只有我低頭避人耳目的模樣。如此這樣喊了一學期，全系上下幾乎人人都認識我了。而我見到她，卻是在將近期末的時候。

通識的哲學課，一個女生遲到了十分鐘。我座位靠門，旁邊有空，她一進門便靠我坐下。我不在意周圍，只顧伏案寫字，良久，她突然發問，說，過去是你幫我點名的？

我詫異抬頭，眼前人便該是子君了，我想。端視之間，我開始諒解那些拜倒於她石榴裙下的人兒了。她的確是美。

我點點頭應她。

謝謝你，她又說。

我無言笑笑，回她，沒什麼。

那日課上她把我筆記借去謄抄，我說，我的筆記都是概略，別人恐怕看不懂。她笑笑說，那也未必。

我掃一眼她的抄寫，倒也流利自如，把那簡略內容幾乎都還原了回去。

的確是聰明的女人，卻懂得掩飾自己的聰明。這個世界總不太喜歡過分聰明的女人。她懂得這一點，就比外露才智的聰明女人更加聰明。

下課時她把筆記還給我，道謝之後，又請我吃飯，說是感謝幫她點名。

我推辭幾番，她堅持要請，我便沒有再拒絕，和她去了餐廳。

我們吃些簡單的粵菜，她說，過去認得你，你寫過的東西我還看過。他們跟我說你就是光翟的時候我還真有點震驚。

她笑。

光翟是我用在雜誌書刊上的名字，拆了我的「耀」字而已。

我問她，你也喜歡讀文章看書之類？

她伸伸腰，狡黠地說，怎麼，我就不像看書的？我過去還自己寫點兒呢。

我笑著看她，沒說話。

她又埋著頭無謂地說，那種年齡上，心裡有點兒事的女孩子，大都要寫點東西什麼的罷。過了那個年齡，就沒那麼多心思了。

整個晚餐說話不多，我們的言談走向清晰，話語浮在尋常的生活話題之上，從不深入。她總是很自然就把自己藏得很後面，矜持淡定，又有一種甚得情致的倦怠。

我想她是經歷過許多事的女子。但她卻有一副極其早熟的心智，依靠遺忘做回一個健全平和的人來。她從不言及自己的過去，也從不過問他人。

我看著她的面孔，便知道，此生我再逃不過她的眼眸了。

八點的時候吃完飯，服務生走過來，我們爭執一番付帳，最後她說，欠了你人情，該還的，別鬧了，我來。她爽快地結了帳，然後我們走出餐廳。

滿目華燈初上，我站在路邊與她說，我送你回學校。

她猶豫了一下，淡淡笑了起來，說，耀輝，我不住學校。你陪我在這裡等等吧，朋友馬上來接我。我有點尷尬。她這樣的女生自然是不用回宿舍紮堆的。

我們站在路邊，一時無言。不久一輛黑色的小車開過來，她才側身對我說，那……我們再見。我點頭示意，看著她款款上車。

擋風玻璃的昏暗鏡像上，我看見裡面一張湮於俗世榮辱的中年男人的臉。

很多年之後，她說，耀輝，你是唯一一個與我一起吃飯，卻是我付帳的男人。

就憑這，我們一開始就玩的不是那種遊戲。

3

後來我們漸漸熟悉。偶爾出去玩玩。她的朋友多到令我頭疼。我不習慣與人走近，此番感覺像是一顆石子，以為是被人鄭重地撿了起來攏在身邊，結果不過是被扔進一個水缸裡閒置。我不善交，自恃有幾分特別之處，喜歡我的人自會很喜歡，不喜歡我的人權當陌路就好，向來冷漠低調。也好，落得身邊清淨，只有過去一兩個至交，平日裡不常聯繫，淡淡如水。自少年時代起，一直都如此。

但我看到蘭子君與別人親密交好，竟覺落寞。如此，我自然是愛著她了。

聖誕聚會的時候，大家一起唱歌喝酒，我醉得厲害，在沙發上從後面抱著她，不肯放手。她像撫摸寵物一般摸摸我的頭，拿掉我手裡的煙，沒有言語。再睜開眼睛的時候，是躺在她的膝蓋上，她正盛情地與別人打鬧著什麼，我便醒了，又頭疼，起身來搖搖晃晃走到洗手間去沖了一把臉。天都亮了。

那日通宵達旦之後，估摸著舍監還未開門，幾個人便出門打算喝了早茶再回學校。我還是頭暈，又去洗臉，在餐廳的洗手台前，碰到她在卸妝。

我昏昏地對她說，我喜歡你啊，子君。說完我抱著她。她只攬了一下我的腰，雙手便垂落下來，再無一點生氣，似有厭倦。我心裡一涼，話到嘴邊也冷了下來。慢慢放開她。

做朋友吧，還是做朋友——她低下頭對著小鏡子看了看自己眉眼，抬頭又說——耀輝，我喜歡跟你在一起，那是因為跟你相處簡簡單單，高高興興，人跟人感情給太多就不好玩了，要是和你也變成那樣，就沒有味道了。你是聰明人。你知道我們怎麼樣才好，是吧？

我立在她面前苦笑。

她見狀，抬起頭來輕輕撫了我的下巴，說，耀輝，你不瞭解我。我是經歷過一些事的人。但過去的事已經很遙遠，我從不對自己提及。

我說，這我知道……

她繼續說，所以我和你不同。但我不想失去你。我說真的。你答應我。

我點了頭，她便擦著我的肩走出去。

我立在那裡想著，也罷，情人是朝夕之事。兩個人最好是不要在一起……也不要不在一起。

但子君，是我第一個愛的人。

4

一年級結束的假期我沒有回家，獨自在校外租了一間小公寓。已經是殖民時代的遺樓，格外幽暗。樓梯間牆面的石灰乾裂成一塊塊，蛾翅一般翻飛著。紅色的細長形狀的木質百葉窗積著一層層灰塵，風吹日曬變了形，關不緊。

房子裡面的牆壁已經是暗灰的顏色，天花板的角落裡有一點點漏水的痕跡，像是髒了的水墨畫。我花了半個假期的時間來整理房間。親自粉刷了牆壁，又找來廢舊的宣紙，皺著把它裹成錐形，罩在裸露的燈泡上。一拉燈繩，就映出黑白的水墨畫，煞有情趣。

我又徹底洗了地板，擦乾淨那扇木百葉窗，還給桌子和床都上了一層清漆。

這套老房子我就只租了這麼一間套房，連帶一個小廚房和衛浴，為的是一眼就喜歡上的那個弧形小陽臺。房子外面向陽一側的青磚牆壁上有著蒼翠的爬牆虎，蔓延到陽臺來，把那片小小天地包裹著，滿目墨綠的葉蔭，樓上住戶更有趣致，養著茂盛的薔薇，花枝翻過圍欄垂落下來，給我的陽臺遮了陰，真正是肥水流了外人田。我又從花鳥市場買了幾盆花草來養在陽臺上。

那是仲夏的清晨，陽臺上的薔薇像窗簾般遮了光線，淺睡中隱約覺得聞得到茉莉香，聽得樓下市井的生息，車輛川流，人群熙攘，覺得活得豐實。

後來就在假期中，蘭子君和男友鬧了架，賭氣在夜三央時跑出來，無處可去，直接來敲我的門。那夜下著陣雨，我開著窗，濕的風陣陣撲進屋裡來。

有人敲門叫著我的名字，那聲音被雨聲覆蓋，我聽不清來人是誰，心裡卻有直覺是子君。我開了門，見她倚著牆，渾身都濕了，額前的頭髮一絲絲掉下來黏在皮膚上，臉上的殘妝被雨水沖得狼藉，也沒有淚，只望著我不說話。渾身的酒氣。

我知道是怎樣的事，也不多問，引她進屋來。

她跌坐下來，我便給她找了浴巾擦頭，又給她找出寬鬆的乾淨襯衫叫她去洗澡。

我聽著浴室裡嘩嘩的水聲，心裡忐忑而又落寞。將她扔在椅子上的包和裙子收拾起來掛好，又去廚房給她盛了一碗蓮子粥。

她濕漉漉地洗完走出來，穿著我的襯衫，腳上竟還蹬著細帶高跟涼鞋。這是骨子裡嫵媚的女子，連這般邋遢裝扮，都有性感的意味。我不知道我與俗常男人無異，喜歡性感的女子。

子君坐在床沿上一邊擦頭一邊環視我的屋，只說，你這窩，弄得跟小媳婦似的。

我不開口，把蓮子粥遞給她，她接過來埋頭就喝。喝完她便說，我累了，想睡。我知道她酒力不好，便關了燈，幫她脫了鞋，抬起她的腳放床上。她躺上床去便閉上眼睛。我撫她的額頭，低頭吻了她的髮。

但我知道我是不能和她上床的。我們不同他人，我們是不言朝夕的……

我站立在暗中一會兒，輕聲叫她，子君。她沒應我，我想是睡著了罷。

我黯然走到陽臺上去，雨都停了。夜色漸漸褪淡。涼風習習。我百無聊賴抽了支煙，看這暗夜下的寂寂市井。燈火深處，樓下的街衢縫隙間走過失魂的女子；轉角處的小天窗透著一豆光亮，那是誰人又無眠。我沾了一身夜露，再進屋的時候，她已經沉睡過去。我坐在床邊看她安恬無知的睡容，只覺今宵夢寒。

我錯過了你的童年、少年。你已成了有故事的女子，泅渡而去，心裡這樣衰老。我們的生命相隔了整整一條長河。我只想給你一副乾淨的懷抱，但又不甘心。

子君。

我在書桌邊看了會兒書，天就亮了。上午第一節還有專業必修課，我要回校。走之前下廚給她做好了早餐放在桌上，隨手撕下一張便條紙想要留言，捉著筆伏身顫抖良久，卻無從下筆，把紙揉成一團扔掉，回頭看到她還在沉睡，安恬如嬰。

一上午安安分分地上課，大的階梯教室裡人頭黑壓壓一片，悶熱難耐，那教授講課半死不活，甚是讓人厭煩。我便中途出來到圖書館去待著，找了幾本書看，心猿意馬地惦記著蘭子君——真是可憐的小男人，此刻惦記著她起沒起床，吃沒吃飯，中午哪裡去，還在不在那房間。我惦記得難受，索性扔了書本回家去。

打開門，我見床空著，心裡頓時涼透。書桌上的早餐還原封不動擺在那裡。人走室空，我喪氣地坐下來，望著那涼的牛奶發呆。

她走得這樣急，連被子都沒疊，一張字條都沒有留啊。

下午在學校裡碰到她，又見她笑顏。寒暄了兩句，她說，昨晚謝謝你。唉，一會兒又要有事出去，不知晚上選修課考試還能否趕得回來。

我想也未想就說，那你折騰你的事情去，考試我幫你去吧。她呵呵地樂了，道了謝，便又歡歡暢暢地去了。

晚自修時，提前了十分鐘找到她上課的教室去考試，一個小時之後做完，估計她起碼也能有個B＋的等級了，便交卷走出教室的門口，轉身之間，便看見她一人站在走廊，雙腳併攏，背貼著牆壁，倒像是被趕出教室罰站的中學女生一樣，寂寂的，眼底裡總藏著不幸福的故事，像只安靜而警覺的貓。

那一瞬間，我彷彿真切地看到她的少年。心裡一下子有疼惜。

子君見我出來，便又笑容盛情地看著我，媚然地走過來牽起我的胳臂。我覺得她是因為發自內心的愉快而笑容坦率自然。

我沒有想到她會到這裡來，竟甚是驚喜，問她，你折騰完回來了？

她打趣說，那是，看你做槍手怪不容易的。

出了教學大樓，正是一個涼夜，我們散步到學校後門的小餐廳吃了一大盤蒸蟹，清炒芥藍，還有阿婆湯，又去看藝術系學生放的免費電影，老片子，《城南舊事》，放映室裡簡陋而看客稀少，都睏悶得睡了過去。散場的時候她還靠在我肩上，我竟還是捨不得動，生怕她醒。巴望著就這樣一直坐下去多好。

走的時候她又堅持要回宿舍去住。她回去時宿舍一個人都沒有，長久的空床都被宿舍人用來堆東西。她犯睏，煩躁地抓起床上的別人的衣物扔到一邊，倒頭便想睡，未想到被窩一股潮黴混合著灰塵的味道，叫人嗆鼻，睡不下去，又打電話給我，只說她想要乾淨床單。聲音有淚意，極無助。

我急急忙忙抱了一疊乾淨的床單被套跑過去，又裝了一壺開水，眼巴巴地在她宿舍門口等著給她。

她邋邋遢遢地走出來，拿過床單被套，放下水壺，在我面前捧起棉布，把整張臉都埋進去深深地吸氣，末了，輕聲說，曬得挺香的嘛。她又笑了。身上還穿著我給她買的衣。

我說，好好睡覺，好好睡覺，一切都會好的。她還是笑，答我說，誰說我不好了？

她道了再見，就腳步輕輕地回了宿舍。

她住學校那段日子變得收了心，每天按時來學校上學。我見面就叫她姐姐，她也樂呵呵回應，嬉笑打鬧幾句，甚得開心。

也不知是否她身邊人多繁雜叫她厭煩，但凡她在學校，我們便過著國中生般兩小無猜的俏皮日子，上課無聊的時候溜出教室來一起去小賣部買茶葉蛋吃；中午下課了嫌食堂擁擠便在水果攤上買西瓜和煮紅薯來當午飯；也一起租老電影的錄影帶偷偷拿到學校的廣播間去放著看，她總說很悶人；考試要抱佛腳，她便破天荒和我到圖書館自習，很偶爾地在操場走幾圈，或者上街晃晃，在小巷裡找餐廳吃她的家鄉菜。偶爾會到我的公寓來徹夜看電影，喝點酒。

那時她甚是喜歡唱歌，被一家電臺看中，經常去錄音，有時也做廣告，我便陪著她去，有次在路上的時候她興致很好，給我講一些她見聞過的噱頭，說上次在排練室見到的一個看上去挺有來頭的驚豔美女，嫺靜地坐在那兒；結果果真「挺有來頭」，坐下不久便不停有演藝公司的男人按職位高低先後過去調情。子君一邊講一邊模仿著當時情景，伸手搭我肩膀上，臉也湊過來作調戲狀，她臉上的細細汗毛都觸到我皮膚，我心裡竟陡然狠狠地咯噔一下，表情都僵硬。自然，她是不知道的。

那夜散步，倒映在江中的萬家燈火似翡翠琉璃，在夜色水波中輕輕搖盪，景色甚美。一個阿姨擺了攤子拍照，快速成像的照片。她興致很好，要拍照。我笑，說她俗，把相機拿過來，拍了我們兩人在路燈燈光下的影子。

兩個影子靠在一起，斜斜長長地映在地上，看上去極有深意可細細品味。是若即若離的兩個人，卻在彼此生命裡有倒影。不言朝夕。

她把這張相片放進手提包裡，說，我喜歡這張照片，我會記得這個晚上。

半個月之後，她跟男友又複合，回到了他家去住。

我的公寓還是那幽暗模樣，陷在一片嘈雜的市井中像一塊漸漸下沉的荒島。

夜裡有時候心事沉沉睡不著，起來聽大提琴，伏在書桌上蒙著字帖練鋼筆字。寫著寫著睏了，才能倒上床去入睡。白天常頭疼欲裂。

在學校又不怎麼能碰見她了。陸續地還是會在一堆朋友們吃飯聚會的時候遇見她，她也習慣與我坐一起，總對我說，還是和你開心啊，還是和你開心。

我回她，那是啊，那你就回我公寓來一塊兒快活啊。她便笑著說，沒問題，只要你讓我高興了，什麼都好說。姐姐，你這話可是地道的嫖客的語氣。

誰嫖你啊。兩個人便打鬧起來，沒心沒肺地笑。

5

過去是這樣傷心地看著她那笑顏啊，那又如何。子君。我又不能悲傷地坐在她身旁。初見她，便覺得她已有太多往事，眉眼之間粉飾太平，她已忘記，她不提起，但我卻心疼，捨不得她不快樂。只是奈何我錯過了她的童年、少年。否則，我會給她安平的一生。

過去總覺得自己是要多無情便可有多無情的人。若要是誰覺得我待他淡漠，那麼他的感覺是對的，因這世上人情薄如紙，我沒有興致去做沒有回報之事。我不過是俗人，無心為他人思慮。但是我心裡卻清楚，子君不一樣。我患她所不患的，哀矜她所不哀矜的，只願留給她相見歡娛的朝朝夕夕。後來這種惦念成了習慣，倒真的自己也富富餘餘地快樂起來了，心裡有個人放在那裡，是件收藏，如此才填充了生命的空白。

記得一夜看書至凌晨，又讀到這樣的句子：

……

但你不會忘記我。你不需要忘記我。我對於你來說是那麼輕，你可以將我當作星期日下午的棉花糖一樣不時吃一下，調調生活的味兒。你一個人的時候你會想念我，想念我對你的執戀，想：我遇到過一個熱烈的女子。

我卻要花一生的精力去忘記，去與想念與希望鬥爭；事情從來都不公平，我在玩一場必輸的賭局，賠上一生的情動。

……

一定會有那麼一天。記憶與想念，不會比我們的生命更長；但我與那一天之間，到底要隔多長的時候，多遠的空間，有幾多他人的、我的、你的事情，開了幾多班列車，有幾多人離開又有幾多人回來。那一天是否就摻在眾多事情、人、時刻、距離之間，無法記認？那一天來了我都不會知道？我不會說，譬如一九七六年四月五日在天安門廣場，我忘記了你。當時我想起你但我已無法記得事情的感覺。所以說忘記也沒有意思，正如用言語去說靜默。

我反覆看這一段，心裡動容，忍著熱淚，提筆在紙上抄寫下來，於凌晨出門，跑了兩個街區，找到一個墨綠的舊郵筒，寄給了她。一個人慢慢走回來的時候，天都亮了。我一邊走，路燈就一盞盞熄滅了下去。好像世界因我失卻了光亮。我心裡說，子君，不會再有人像我這樣執戀你了。我也再不要像這樣執戀你了。

太陽尚遠，但必有太陽。

又好像是從那夜起，冷眼看她身邊的人換了又換，豔遇多了又多，人一年年出落得更有分寸，連玩笑都收斂了起來，姿容已無懈可擊了。這樣，我心裡漸漸連最後一絲動容都淡了。總覺得她往後記得的，不會是孩提時代對她圖謀不軌的鄰居，不會是一個叫她痛得死去活來的肚子裡的孩子，不會是中學時初戀的少年，不會是二十歲某個帶她進了高級餐廳的中年男人，不會是某個與她搭訕並且留她電話的豔遇……不會是任何人，也不會是我。她將誰都不記得。來人去事只是倒映在眸子裡，叫人覺得是一雙有故事的眼睛。但我知道，她身邊無論誰來誰去，她都會懂得如何活好自己的。這就夠了。

我就這麼看著她在人世間輕盈地舞躍，輾轉了一個又一個夜晚，擦了一個又一個人的肩，像是看一齣戲。過去看得熱淚盈眶，而今漸漸面目從容，只是決意做曲終人散時最後一個離開的人。

6

大三期末考試的時候，蘭子君曠課太多，被學校退學。

處分宣佈之後，她很長時間銷聲匿跡。放假之後，學校人都走乾淨了，她才回來，叫我幫她收拾宿舍物品搬離學校。

我將她東西整理出來，分類打包，扛下樓去放進車裡。打包的時候，看到床下的角落有一張照片，被丟棄已久。是兩個人在路燈下的影子。

我拾起來，擦掉上面的灰，一時心碎。那夜我們散步江邊，燈火如醉，花好月圓。她要拍照，我便拍了這張兩人的影子留給她，她說，我不會忘記這個晚上。

我拿著相片，欲對她說話，卻看到她正背對著我，忙於整理衣物。我看著她背影，話到嘴邊冷了下來，只在心裡問，子君，你可記得……

但我知道她沒有心。她不會在意。

我沒說話，默默將照片放進自己貼胸的衣袋，若無其事地繼續收拾行李。

她離開了學校，也沒有回老家。那之後又與我幾乎斷了聯繫。她總是那個要遲到也要提前離開的人。但我寧願相信我懂得她，她太害怕這人世的寒冷，或者她太習慣這人世的寒冷。

後來才知道，那時她甚落魄，與家人決裂，離開學校，住在一個已婚男人給她的房裡，甘作籠中鳥。生活只剩下白日昏睡，夜裡看碟，一整日一整日躺在床上吃酒，抽煙……唯一有所等待的，便是他來與她做幾場愛。那男人心胸窄，怕她和別人搭上，不許她出門，也不給她什麼錢。幾乎是軟禁。

我去看她時，她剛從床上爬起來給我開門，惺忪的一張臉，還未睡醒。我踏著滿地的光碟片酒瓶煙蒂走進去，頓然心下生涼。

她紅顏依舊，卻不過是一張豔麗的薄薄皮影，演著越來越不由自控的兒戲，又如深深山谷裡的一朵罌粟，風中燭火一般飄搖。

我忍不住說，子君……你這是何苦。

她說，你不要來跟我談話。不要問我，也不要說什麼。陪我坐坐吃頓飯就好。

幾天之後她與那男人分手，之後她就和我的一個朋友在一起了。三人還出來吃過一次飯，彼此心知肚明，抬頭嬉笑氾濫，低頭就黯然無言。

再見到她，是她的女友打電話給我，等我明白是什麼事，心裡酸楚，憤恨，慌張，但還是想也不想就趕過去找她，條件反射一般。子君啊子君。

我聽到她的呻吟聲，在骯髒狹小的衛生間，把她從地板上抱起來，一身一手都是血。血像淚一樣廉價又恥辱。那質感似在鮮明直白地提醒著我別人留在她身上的溫熱的精液，又或者是隔夜的淚。

她額上是冷汗，卻笑著看我。我不忍鄙棄她，低頭吻她的髮，也落了淚。她熬了過來，只是十分虛弱。像一把枯草。

她的唇色黯淡得像灑了一層灰，對我說謝謝，薄薄地吐出這兩個字，猶豫著伸手來放在我的膝蓋上，過了一會兒又摸索到我的手指，固執地一根一根抓起來，漸漸扣緊。

我從未見她如此淒涼，泣眼望著她，不知所言。心裡一絲動容都沒有了。

子君——我默默地想——這是難言的世味。我本以為我有心一輩子為你擔當，隱忍無言地給你感情。我也一直這樣執戀你。但我終究累了。心裡在老去，不願做一個可憐人。你不屬於我，我亦不屬於你。

耀輝，我們在一起吧。她說。

我未應聲，獨坐在她旁邊，慢慢想起來一些事，想起夜裡讀到叫人熱淚盈眶的句子，抄寫下來，在凌晨出門走了兩個街區寄給她。想起她慨然地說，還是和你一起開心啊還是和你一起開心；想起她失意的時候在大雨的夜裡敲我的門；想起她捧起我的床單，深深吸聞……我想起她撫我的下巴，不要失去我。

那都是什麼時候的事情呢？這記憶像夜色一樣淡了。大約還是我愛著她的時候罷。那又如何。遇到你時，我尚是一張白紙。你不過在紙上寫了第一個字，我不過給了一生的情動，心底有了波瀾。但我知道波瀾總歸平靜。

世上再無比這更優美的沉默了。

幻聽

1

你剛才說什麼？

不，我剛才什麼也沒說。

這是葉笛和我之間常有的對話。她有很嚴重的幻聽症。

前年我和男友亦俊在F大對門開了間酒吧，MILK。開張半年之後亦俊就回老家看生病的姥姥了，我跟他在電話裡商量請一支樂隊來我們店做週末場的演出，他也贊成。很快貼了廣告出去，第一個來應徵的就是葉笛。

那是在冬天。北方的冬天乾冷，起風。夜裡風卷碎葉，燈影綽綽，是適合遇見的時刻。葉笛在我們門口站了很久，我看著她。這年輕女子挺拔的身形在寒冷的夜色之中勾勒了一幀融不進夜色的剪影。穿得極少，長外套掛在身上，顯得單薄。她朝我走過來的時候，我漸漸看清她的臉，蒼白，瘦削，與帕絲卡·巴絲瑞如出一轍地相似。那是一張讓人忍不住想伸手輕輕撫摸的臉龐。她走近，我聞到她身上樹的辛香。

我讓她試音，她便上臺彈民謠吉他。我喜歡她前臂上血管分布的樣子，用力掃弦的時候有一條條棱起的靜脈，看上去形如雨夜的閃電。手上的皮膚細膩而且光滑，指尖卻平，指甲亦短，這是長久練樂器的特徵。葉笛面孔線條明快，鼻樑高而挺拔，眼神警覺而天真，像鳥類。

我未再試其他人，便決定留下她。

那是我最閒適的一段生活。大部分時間都待在店裡打理些瑣事，閑來坐在暗處的椅子上看著落地窗外的人群，意興闌珊。

葉笛有時會一個人來，有時會帶著她的幻聽。鍵盤手是個斯文的男子，叫康喬。他很體貼葉笛，因此我曾經試圖問她，康喬是你男朋友？她朝我微笑卻並不回答，轉移話題說，這間店是你設計的裝修嗎？少了那麼一點情調。

出乎意料的是，第二天她便帶來了不少瀾滄刀，說要掛在牆上。那是雲南邊陲的手工藝品。

鑲滿繁複的裝飾，帶著熱帶的悵惘迷離，讓人聯想起遠方的容顏和氣息。我一時間驚訝無言，她不等我回答，便逕自把它們一把一把掛在牆上，跳下凳子來，自顧自地說，看，多漂亮。她說話的時候手搭在我的肩膀上，輕輕觸摸我頸部的皮膚，她帶有樹的辛香，手指冰冷。

演出的時候我常常坐在吧台邊上，看著許多年輕的孩子在這裡進進出出。他們表情生動，溢於廉價而虛榮的愛情之上，無疾而終，無關痛癢，好像一群浮游生物。幾位經常特意來看康喬的女孩子，激動地在角落竊竊私語。我索然無味地挑開了目光，對葉笛說，情人節那天要籌備一場演出。

自己畫了幾張海報，明亮的色彩，襯上灰黑的乾搓飛白，看起來非常漂亮。基本運用水粉畫的技巧。我一張一張地貼了出去。

那天晚上，人漸漸多了起來。葉笛是鼓手，神態甚是縱情，非常喧囂的一些歌，也許是她新作的。我不是很喜歡。我希望她能安靜地抱著吉他唱一首節奏恰到好處的羞澀的歌。像我第一次看見她的時候那樣。

我走上台去想跟她說換些歌，剛剛走到她身邊，發現她的臉色非常蒼白，雙手輕度痙攣著抓住我的肩膀，說，對不起……讓我休息一下……

康喬回過頭來，擔憂地說，老闆你就扶她下去吧，這裡還有我們。

我就把她帶到茶水間，坐下來握著她的手。葉笛躺在沙發上，看起來非常糟糕。

需要去醫院嗎？

不，我一會兒就好。

你經常這樣嗎？

……

我給你倒水？

葉笛端著杯子，從褲兜裡拿一小盒藥丸，然後吞服。

你吃的是什麼藥？

她抬起頭來看著我說，對不起，現在不太想說話，一會兒，好嗎？

她閉上眼睛轉過頭去。我悻悻地出去，回來找了一件大衣給她披上。回來的時候她似乎已經睡著了，我看著她，俯下身來，遲疑著撫了她的臉頰。關上門出去。

康喬他們還在演奏。人依然很多。我坐在中間，一把一把地仔細觀賞牆上的瀾滄刀。燈光晦暗，我聽見康喬在唱Leonard Cohen的《Famous Blue Raincoat》。客人們突然很安靜。他換和絃的時候左手和指板摩擦，聲音尖厲。但我只覺得康喬聲音太年輕，並不適合。

凌晨兩點的時候打烊。我輕輕走進茶水間，開門的瞬間，光線打在葉笛的臉上，她仍躺在那裡，睜開了眼睛。

我問，你好些了吧？

她笑了笑，好些了。謝謝。

康喬走過來說，葉笛，走嗎？

葉笛看著我，說，今晚我就留在這裡。好嗎？

我點點頭，然後康喬和貝斯、節奏吉他、鼓手一起走了。我追出去說，要不大家都留在這裡吧，今晚？

康喬回過頭來說，謝謝了。我們還是回去。你就多照顧葉笛了，她挺不好受的，謝謝了。康喬說起葉笛的時候總是那樣擔憂又很無奈。他們四個一起走出去的時候，外面正落一場雨夾雪，有蒼涼的風聲。路燈下幾個年輕人的背影漸漸消失。

葉笛坐在臺上。抱著琴。我關了廳裡的燈，看看她，說，我去睡了。葉笛，你也早休息。然後我走進茶水間，倒在沙發上。上面還留著葉笛的一絲體溫。我把暖氣開大，依然覺得冷。

良久之後我仍無法睡著，索性起來，走到廳裡去。葉笛在廳裡抱著吉他彈音階，索然無味的樣子，提著琴走來走去，在吧台上挑ＣＤ，選來選去挑了一張爵士樂放進機器。她把音量開大，開始輕輕地跳舞。

我在小桌子後面從暗處看著她的縱情姿態，她扭動腰肢，狐媚而俗傖，輕輕跟著唱：「Baby, I know you do not love me any more.」我不可自拔地聯想起昆汀·塔倫提諾的《黑色追緝令》裡，鄔瑪．舒曼和那個肥胖男人大跳長耳兔舞的經典鏡頭。我情不自禁淺淺地笑了起來。她的身體在我的眼睛裡幻化成一隻飛蟲，正盲目撲火。

停下來的時候是因為她的煙燙到了手。她癱軟下來，坐在地上，放聲笑。

你在笑什麼？

……你剛才跳舞的樣子讓我聯想起《黑色追緝令》。

呵呵，那你還記得起那個笑話嗎？

哪個？

就是鄔瑪．舒曼跟約翰．屈伏塔講的那個「番茄一家」的笑話。你笑了嗎當時？

笑了，一個徹底的冷笑話，可是我笑得很厲害。

你再給我講一遍吧。

三個番茄一起走路……番茄爸媽和小番茄，小番茄拖拖遝遝走在很後面，番茄老爸生氣了，他回去一邊使勁壓小番茄一邊說，catch up（諧音ketchup，意為番茄醬）。

講完我們又笑了，為這笑話之冷而笑。

那一刻我就在想，我們生活的這星球，莫非是以人們的無聊和孤獨為能量，日夜旋轉的嗎？

我們笑得疲倦，停下來之後相對無言。沉默良久，葉笛走過來坐在我旁邊，狠狠地抽煙。她的指甲都已經被熏黃了。有濃烈的焦鹼味。她模糊地輕聲說，我身體一直都不太好，常無法入睡，幻聽，頭痛，脫髮，扁桃腺容易發炎。情緒常常低落。對任何事情沒有興趣……有時候覺得自己在死一般地活著……

我應她，好了……葉笛，還年輕，不要再想了。想多了也沒有用。

她又自言自語道，很多年以前我讀高中的時候，覺得除了學習和考試之外，這個世界上再也沒有可怕的事情了。以為只要畢業了不用再學習、考試，活著就會很容易。她笑。

我側過臉來看著她，只覺得她輕易讓我有溺水一般的無力和悲傷。我突然煩躁，拍她的背，說，好了好了……我們不要再說這個了。

葉笛轉過臉來，眼底濕潤，與我目光相對。我一時覺得渴，伸手拿了一杯水喝，然後遞給她。她不伸手接，只就著我的手喝完了水。我拿著空杯子，她便湊過來吻了我的肩。

她說，晚安，我也睏了。

立春的時候亦俊回來了。他回來時我還在ＭＩＬＫ，亦俊便徑直來找我。那天我很高興地和他一起喝了些酒，因有心事，不勝酒力，很快便覺昏沉。我說，亦俊，我很想你。

他微笑著拉起我的手：我也想你，你過得好嗎？

我很好。真的很好，真的。

你怎麼了。我覺得你不對勁。

沒有沒有……對了，我在電話裡跟你說的那個吉他手，她今晚會來。

你似乎很喜歡她？她彈得很好？
她真的很棒，她的樂隊也很好。他們來了之後我們的生意好了很多。
華燈初上的時候，葉笛和他們的樂隊就來了。她穿著一件白色的上衣，黑色的長褲。皮靴散著帶。裹著一件寬大的灰色外套。墜質的布料。雖然不合身但是非常漂亮，鎖骨纖細而且突出。她是我最欣賞的氣質。今晚她氣色非常好。
我拉著亦俊的手走過去，說，亦俊，這就是葉笛。
亦俊面帶笑容走過來，表情卻忽然就僵硬了。葉笛也是。康喬也是。
我不合時宜地問：……你們……認識……

2

童年迅疾卻又漫長，朝花不經露寒，只待夕拾。
我叫亦俊，我和葉笛從小一起長大。葉笛幼年時母親去世甚早。她只與父親相依為命。葉笛算是生於音樂世家。葉父是劇團的首席大提琴手，葉母是長笛手。葉笛的名字便取自母親。他們多年來情深似海，自妻子意外離去，葉父就變得憂鬱沉悶，無論誰勸，一概不論婚娶之事，只一心一意帶大葉笛。
我們父母是很好的朋友，多年來也是住在同一個學區。葉父心疼女兒年幼無親友，便經常與我們家往來，言下之意也是讓我多與她做伴。很小的時候我們就一起跟著她父親學拉大提琴。葉父深愛女兒，卻愛得沉默而嚴厲。比如葉笛拉琴比我好，她父親卻總挑剔地說，你看看亦俊，他的運弓比你平穩。

葉笛自小是溫順的孩子，只因家庭有些不幸，性格有些內向沉默。我們全家人都很疼她。我亦一直視她為妹妹。

幼年時代，我的房間裡常年有一張小床是她的。彼時葉父常常隨著劇團四處演出，每每離家，便將葉笛交給我們家來照顧。

而平時葉父有演出晚上不能回家，葉笛與我一道放學回來，在我們家吃晚飯做作業等著葉父演出歸來，也是家常便飯。

每個週末，我背著琴去葉笛家找他父親上課。遇上南方的冬天，有纏綿不盡的陰雨。道路潮濕，像一面青銅鏡子，映出模糊的人影。我穿行在窄小街道，抬頭仰望樹葉一片片凋落，透過稀疏的枝葉，天空泛寒，撲面是潮濕冰冷的水氣。雲痕重重，偶有飛鳥之影。走在樹下，就有雨滴從樹上掉下來，打在臉上，冷若清淚。

我與葉笛青梅竹馬，從小一直在一個班級。我們入學年齡比較早，進高一時，十五歲不到。開學不久，康喬轉學來到了我們班上。他是北方男孩。老師安排我跟他同桌。康喬面容清秀，有北方冰薄水暖的初春味道。我看著他，便好像看到自己。

彼時我見不慣周圍的大多數男生，油膩的皮膚，汗味濃重的球衣和臭襪子。喜歡把粗口和黃色話題掛在嘴邊。要不就是其他一些書呆子，終日頂著啤酒瓶底一樣的厚厚眼鏡，只知道寫題庫，一副鬍渣邋遢的窮酸相。也真是難怪賈寶玉都說，女兒是水作的骨肉，男人是泥作的骨肉。見了女兒，我便清爽；見了男子，便覺濁臭逼人。

康喬亦喜歡運動，但他只喜歡做一個人的運動，比如游泳，跑步。他不參加諸如籃球足球之類的群體運動。非常平和的一個人。溫和乾淨。我、康喬、葉笛，我們三個成了朋友。

高一的暑假，我像過去十多年來一樣，經常到葉笛家去學琴，做作業。我是年級裡成績頂尖的學生，葉笛成績稍差，她父親便一直叫我多給她輔導功課。很多年來都是如此。

一日下午，葉笛的父親給我們上完琴課，他說，今晚又有演出，很晚才能回來了。你們自己做飯，或者也可以到小俊家吃。說完他便急急地出了門。

葉父走後，我們聊著天坐在沙發上看電視。正在放一部歐洲片，有一大段長長的床戲。我們的對話突然停了下來，並肩坐著，看著電視裡的那對情人聲色激昂，煞是縱情。我頓時心慌意亂，漸漸覺得越來越不自然……我不敢動，屏住了呼吸。

葉笛似乎也覺得不對勁，她轉過頭說，太熱了，我去沖個涼。

她進了浴室，我聽見嘩嘩的水聲，暗自鬆了一口氣，卻又心亂如麻。螢幕上的情欲接近尾聲，我遲疑著拿起遙控器，將音量關小，然後又關掉了電視，獨坐在沙發上。

十多分鐘之後，葉笛走了出來。她只穿了一件絲裙，薄如蟬翼。像一隻透明的琥珀，包裹著果核一般的身體。漆黑的長髮滴著水，弄濕了裙襟。我看定她，只覺得血往上湧。她走近的時候，我站了起來，四目相對。

葉笛拿著毛巾低下頭擦著頭髮，無意間看到我的凸起的襠部。她頓時臉紅，但沒有走開，也沒有抬頭。咫尺之遙，她的身體似花蕾一般若隱若現。

我們都知道些什麼，但又不全知道。

我一時已無法自控，只說，葉笛，你真美。她沒有說話，只站在我面前一動不動，手裡緊緊攥著毛巾。我不做聲，咬著牙關，脫掉了自己的上衣。我略露遲疑，然後斷然伸手抱住她，試著親吻，撫摸。她略有抗拒，但很快順從我。

那日是七月流火的時節，翠綠的夏之世界中，蟬鳴一浪高過一浪。窗外是劇烈的陽光，敞朗的光線如同河流一般，流過窗櫺，流過身體，閃電般轟然作聲，照亮深不可測的黑天堂。我像是落入了深海。有一瞬間我緊閉眼睛，是天旋地轉般的歡愉。黑天堂之門緩緩關閉，我睜開眼，世界之隅依然佈滿陽光下的罪惡。我腦海迅速一片空白。汗水已經將全身都濕透，沿著胸骨緩緩滴落。

彼時已近黃昏時分。我們躺在一起，呼吸仍舊急迫劇烈。我們做了兩次，她熱得頭髮裡都是汗水，卻依舊抱著我滾燙的胸膛。我攬住她，她在我懷裡落了淚。我們渾身都濕透，分不清是汗水，還是眼淚。

一動不動躺在一起，漸漸平靜下來。天色愈見昏暗，連蟬鳴都變得無力。夏日之暮垂落如死。

她不做聲，擦乾眼淚，靜靜地起身，背對著我，拿起床邊的衣服，默默穿上。我看著她背影，心裡竟有些許後悔。她回過頭看著我，說，哥，你起來一下。

我起身離開床，站在小房間的角落裡，看著她默不作聲地打開了衣櫃，拿出乾淨的床單來換上。舊床單上幾滴殷紅的血，她只愣了一眼，便一言不發地卷起來抱走，從我身邊擦肩而過。

我看著她，從未體驗過這般複雜的心情。

那是我們剛剛滿十五歲時的事情。

第一次之後的那個晚上，我夜不成寐，心裡還十分忐忑。翌日見到她，彼此心知肚明，彷彿覺得看待對方的眼神都有不同。她是與她父親一起來我們家的。葉笛依然與我們家人打招呼，哥，伯母，伯父，我來了。

葉父也笑容慈祥地過來拍拍我的肩膀，問，小俊，有沒有好好練琴啊？

我想起昨日的事，一時萬分羞愧。

高二開學分組，她為了與我在一起，選擇了理組。而康喬選擇了文組。課業已經明顯又重了一些，葉笛讀理組，更加吃力。葉父十分著急，更是經常叫我去給葉笛輔導。

我頂著這樣的名義去她家，心裡有莫大的罪惡感。但是我的確是控制不住。大人不在的時候，我們又做過不少次，心裡提心吊膽，即便是緊鎖了門，也同樣害怕大人忽然回來，被抓個正著。做完之後又總覺得這是錯事，而且非常浪費時間，於是趕緊起來穿好衣服一起做作業。十分狼狽。

我有擔心。我是害怕她懷孕的。慌張地反鎖自己房間的門，翻出以前的健康教育課本，卻沒有有用的東西。又獨自去過書店，心虛做賊一般慌亂地查看一些書，希望能多找到一些資訊。

這樣的日子過去了近半學期。平時每日晚自習，我們還是一起回家。

終於有一天，我牽著葉笛的手，感到她十分勉強，越走越慢，越走越慢。最後我們都停了下來，不知所措地站在一起。

她說，亦俊，如果我們是兄妹，我們好像多了些什麼。如果我們是情侶，我們好像又少了些什麼。

亦俊，我覺得我是喜歡你的。但我真的不知道你是不是因為喜歡我才這樣。

我啞口無言。她一語切中這個我躲避已久的最害怕的問題。

我心裡難過，沉默了很久，咬著牙說，葉笛，我們之間是愛，但不是愛情。我們不能再這樣下去，對不起……

她靜靜看我一眼，然後轉身就跑開了。

我一個人站在原地，心中有淚，但是哭不出來。

期中考試之後，葉笛便轉去了文組，與康喬同班。而我也背地裡單獨跟葉父談話，說我功課太忙，自己也沒有天分，所以以後不再學大提琴了。

葉父沒有多說，也覺得有道理，便同意下來。

也好，身邊落得清淨。我只覺得我身後是座黑暗天堂，我踩在它的邊緣，再多一步，就將陷入不可自拔。那不是我該要的，也不是我能控制的。所以我至此為止，只願心無旁騖地念書。

我不願被裁判著，像一切未成年的生命，困於過度的自誇或者自鄙。

3

不知是我刻意，還是她刻意，我與葉笛不再相見。也見不到康喬。我已經習慣一個人在校園獨來獨往，匆匆地行走在書本與功課之間，不給自己空隙。

那是一段安靜清閒的日子。與書本相伴，確實枯燥，卻讓人安心。我告訴自己，不要浮躁，不要抱怨。凡事有跡可循。我有我的路，人生其實一切自有安排。

這種感覺像是歐洲電影高潮過去之後的短暫間歇，一種瞬間冷卻。剩下那把寂寞的大提琴和帕格尼尼的音符在悠長地共鳴。我一無所有，除了大把大把的時間和孤獨。

偶爾還是會煩躁，我便拉拉琴，或者塞上耳機，聽艾爾加大提琴協奏曲。夜三央時，琴聲如泣，我在檯燈下做數學，做累了抬起頭來稍作休息——這燈光太熟悉，你我曾在這燈光下做著功課，做著一切還未發生之前年少單純的夢。我還是會想起你，不知道你是不是還有很多題不會做，是不是還要我幫忙。

但我也只是抬頭的瞬間想一想你而已。我明白，這樣的心，太薄太淺，所以不配輕言在一起。葉笛，你要懂得，我其實十分疼惜你。所以我覺得你值得擁有比我對你更有心的男孩。

隔了一個月，我生日到了。我已準備過一個安靜孤獨的生日，沒想到那日葉笛和康喬來找我。

疏遠了太久我們幾乎變得很生分。葉笛堅持要給我慶祝生日。她跟我說話的時候，康喬也在身邊。然而他明顯對我們的事情一無所知，他趁葉笛轉身與別人打招呼的時候，趕緊湊到我耳邊來高興地說，葉笛現在是我女朋友了——

我回敬他一個難堪的笑容，不便再說什麼。答應了下來。

那晚去康喬家。他父母都出差回了北方，家裡只有我們。康喬的家很寬敞，裝修精緻華貴。我們用音響放著歌劇，比如華格納的《諸神的黃昏》，然後搬了很多啤酒出來，像喝開水一樣地灌。那晚葉笛興致似乎還很高，很興奮地拿起弓，拉帕格尼尼的協奏曲。

她拉琴的時候，我坐在房間角落裡遠遠看她。

過去我們都是坐在一起學琴，靠得太近。細細想來，我還未這樣認真端詳過她。一段時間不見，葉笛更漂亮了。那是一張讓人忍不住想伸手輕輕撫摸的臉龐。笑起來便溫婉如歌，是我熟悉的樣子。她面孔線條明快，鼻樑高而挺拔，眼神警覺而天真，像鳥類。

她拉著一曲巴哈的平均律，進行到第十九小節的時候，我起身拿杯子倒水，走到她身邊，她忽然停了下來，似乎要落淚。我心裡略略驚異，低頭看著她，說，沒事吧？

她笑著說，沒事。葉笛扶著我的手臂，神情十分複雜，她抬頭看著我說，亦俊，我有話對你說……

康喬很敏感地站了過來，緊張地看著她，又看著我。我與葉笛四目相對，竟當即心下生涼。

我總覺得她有話要說，卻又不忍出口。

氣氛尷尬了一下，葉笛放開我的手，忽然洩氣一般又嬉笑起來，說，生日快樂。我就想對你說生日快樂……

話音落下，康喬如釋重負地笑了起來，他說，嚇我一跳，一句生日快樂也弄得這麼玄……

葉笛想說的話終究沒有說，她失去力氣似的倒在我身上，我很自然地想抱著她，可是看到康喬，我便把他拉過來扶起葉笛，道貌岸然地說，兄弟，你可要好好對她。

我把他倆拉到一起坐下，起身便要走。

在門口，我看到康喬抱著葉笛的背影。她圈著康喬的脖頸，卻泣眼看著我。

其實那時她如果喊我，我會留下來。可是她沒有。她看看我，然後低下頭，埋進康喬的懷裡。我似乎找到了心安理得地離開的理由。轉身離去，門應聲關上。

此後的一個月，我又不再見到他們。一切也似乎了無波瀾，似靜水流深般平緩地行進。

某日放學回家吃晚飯，母親對我說，小俊，你最近有看到葉笛嗎？

我頓了頓，悶聲說，沒有，好久沒見了。

母親歎了口氣，說，這小笛，真是可憐。她跟他們班一個男生好上了，竟懷了他的孩子……快三個月了……才十六歲啊……造孽啊……怎麼這麼不懂得珍惜自己……太殘忍了……她爸爸下午到我們家來說起這事……大哭一場……你回來之前他才剛剛走……

我聽母親說著，心下驚慌，竟發現自己捏著筷子的手不停地抖。我毫無底氣地問，那……葉伯伯……怎麼發現的……？

我母親繼續說，那個男孩子，也真是夠大膽，想背著大人私下解決，又沒有錢，就偷偷跑去找血販子賣血，又被騙了，只湊了幾百塊，這點錢哪裡夠啊……葉笛……葉笛在家破醫院裡做了手術，結果出了狀況……那男孩子知道出事了，自己沒了主意，就叫了家長過來……小笛這才撿了條命！

小俊，你怎麼不多關心下小笛，你看她現在……還有……伯伯說那個男孩子跟你也是很好的朋友啊……怎麼會這樣啊……小俊，這件事也就我們兩家人知道，你不要再告訴別人，否則……否則小笛以後還怎麼安安心心讀書啊……

我聽著聽著，心裡像刀剜一般……眼淚撲簌簌地掉。我回到房間裡，矛盾得坐立不安。只要一閉眼，便看見她那琥珀果核一般的身體，想起那日下午一浪浪潮水一般的蟬鳴和滾燙的陽光，那張帶血的床單，以及那麼多個偷偷做愛的下午……我想起了她的臉。我想起她對我曾經欲言又止……我知道，那肯定不是康喬的錯……

我數次想走出去告訴母親，讓小笛遭這般罪的，是我……可是我每次握著門把手，便覺得觸手生涼。……我不敢。

翌日我和母親去葉笛家看望她，葉父為我們開門，我看著他威嚴憔悴的面色，便心虛害怕。葉笛臥床在家，面色蒼白如紙。我輕手輕腳走過去的時候，她微微睜開眼睛，見著我，便當即噙了淚。她叫我，哥……

我捂著臉，恨不得鑽到洞裡。我母親在一邊也落淚，而我跪下來撲在她床邊，雙手緊緊抓著床單放聲哭了出來。

她又動了動嘴，我沒有聽見聲音，但我讀得懂她的唇語，她說，哥，我不怨你。

我哭得更厲害了，再也無法忍受，轉身對葉父說，伯伯，我對不起您……害小笛這樣的，是我……

言畢，我只覺得身邊都靜了。葉笛心碎地轉過臉去，葉父走了過來。他聲音顫抖著問我，你說什麼?!你再說一遍，說清楚了！

我朝他跪下，大喊，葉伯伯，小笛是因我而……而遭這份罪的……不是那個康喬！

頓時一記響亮的耳光就落了下來，我以為是葉伯伯，可我抬起頭，是母親憤恨地望著我，她罵，你個混帳東西，我打死你！

葉父坐在一邊，沒有看我們，他整個人像被抽掉了魂靈一般，自從他失去妻子以來，我還從沒見他這樣憔悴過。

而事情的最後結局，比我們想像的還要不幸。

康喬去賣血，血販子的針頭不乾淨，他感染了B肝。他退了學，養病一年。不僅如此，這個病還將纏他一生。

4

亦俊對我說了這些事情之後，我們四個人都僵在那裡。康喬轉身要走，回頭時咬著牙狠狠地說，亦俊，過去我一直都想把你給剁了。可是這麼多年過去，恩怨都有個期限，我不想跟你追究。從今以後我再不想看到你。

自從亦俊出現之後，葉笛似乎想辭掉在這裡的演出。我打電話找她，她總是對我說，對不起，最近身體狀況很差，來不了。我問她，康喬呢？她說，他不會再來了。

那天我去葉笛的住處找她。木質的樓房，兩層，住了很多家房客，因為年代久遠而踩上去嘎吱作響，有陰暗潮濕的長長走廊，很多人在走廊上做飯，晾滿了濕的衣服。她來開門，穿著件很薄的白色襯衫，套著黑色的長褲，頭髮挽了起來，脖頸頎長，更瘦了。看起來很憔悴。

我問她是不是病了。她勉強地笑著，說很疲倦。

房間裡掛滿了小幅的水粉畫。堆著很多樂器，可是沒有大提琴。我們無話可說，很尷尬，我試圖打破這種沉寂，問，你為什麼不拉琴了？你拉琴一定很好看。

葉笛平靜地點煙，說，早就不拉琴了。

我愣了一下，又轉換話題。你現在的生活還好嗎？一個人掙的錢夠嗎？

康喬家有錢，我們還不至於餓死。

康喬……他的病怎麼樣了……你們是同居了很久嗎？

嗯，對。可是他已經兩天沒回來了。是亦俊叫你來的？

不，是我自己想來。

為什麼？

沒什麼，只是想來看看你。

葉笛看著我，淡淡笑了一下，說，你一直都對我這麼好。

那天她大段大段地講話，講亦俊，講康喬，也講她自己。她說亦俊其實很善良，但是他很軟弱。不過，過去的事也確實不能怪他，他不知道的。那時我們太小。

那你愛康喬嗎？

我不知道。我們在一起……但是又不在一起……他的病，讓我覺得我欠了他一輩子。

葉笛並無愁容，但我看著她，便覺心底有溺水一般的無力和悲傷。我們無話可說，面對一窗晚春的暮色，靜靜閑坐。

晚上康喬還沒有回來。我說，我先走了。她拉著我的手說，留下來。康喬已經兩天沒有回來了……你陪陪我……

她言語落寞，卻又面帶笑容，朝我伸手，我便俯下身來抱她。那一刻我彷彿成了少年時的亦俊。抱緊她，好像世間就變得微茫而溫暖。我撫她的額，感到滾燙。我說，葉笛，你好像發燒了。

她默默說，我知道。我扁桃腺在發炎，很痛。不想說話了。

我叫她上床去，又找來毯子給她蓋上。出門去給她買了阿斯匹靈、抗生素、溫度計。回來燒開水，餵她吃藥。給她量體溫。她發著燒，時冷時熱，總是渴。我餵她喝水，裹著被褥毯子把她捂緊，凌晨時她發了汗，燒終於退了。那夜我們相擁而眠，像少年時的閨中密友。我撫摸她的背，手停留在峰巒一般的肩胛骨上，吻了她的肩。窗外一片醉夜星辰。像藍藍深海。

她病尚未好，咽喉腫痛，只能咽下流質的食物。我給她煮粥煲湯，不讓她整日用泡麵充飢。她的床頭擺滿了各種精神科的藥物，我也不允許她用小孩吃糖一樣的劑量吃那些藥丸，為此也吵過。但她總會懂得我是為她好，因而聽從。

我常常在狹窄的廚房做菜的時候聽見她突然問：「你剛才說什麼？」或者「有人進來了嗎？」，我知道那是她的幻聽症，開始的時候我回答：「不，我剛才什麼也沒有說」，結果總是讓她難過，於是後來如果她再問我：「你剛才在喊我？」我就回答：「對。我讓你鋪好桌布，可以吃飯了。」這是所謂善意的謊言。我只是心甘情願想給她溫暖。

那是一段過得寂寞的日子。但還是有很愉快的時刻。寓所裡沒有電視。每天黃昏的時候，為打發時間，葉笛就坐在窗臺上抱著吉他彈一些歌給我聽。她咽喉發炎，嗓音沙啞，不能唱。但我知道那是Pink Floyd的歌：

Goodbye, the cool world. I'm leaving you today. Goodbye, good, bye, goodbye.

Goodbye, all the people. There is nothing you can say, to make me change my mind, goodbye.

破舊的紅漆斑駁的窗櫺外面是濃綠的爬牆虎。我靜默地看著她。她關於昨天的懷念，夜幕低垂。似掌聲，此起彼伏。又如一片深深湖水。

有時候我睏得聽著聽著就會睡著，醒過來，看見她還在窗臺邊抽煙。她獨坐，像我記憶中藍色的海，藍得讓人心疼，一直疼到心底去。這個世界在我們的眼中是常常缺乏詩意和美感的。而我們卻要欺騙自己，讓自己知足，以便能夠快樂地去生活。

葉笛常常連續幾日無法入睡。眼睛裡佈滿血絲。當她覺得撐不下去的時候，她便在深夜裡叫醒我，說，我睡不著。

我起身來到她的床上去，與她聊天。故意說很無聊的話題，讓她長久地聽著，或者讓她長久地說。言語是世上最讓人疲倦的事情。她總會在疲倦中睡過去。

我知道她一旦睡著，睡眠又會變得很長。於是我輕輕下床來，幫她拔掉電話線，關掉手機，關上窗戶。房間裡非常寂靜。我喜歡坐在她的床邊，看看她熟睡的樣子。

我似乎感到了生命的韌性，我們都曾經以為自己走不下去了。可是最終，我們其實都可以走過來。比如對葉笛來說，這場幸福的睡眠過後，她又可以掛上笑容，繼續行走。她這一覺睡過去很久，醒來的時候是上午陽光明媚的時刻。她撐著懶腰的愉快模樣，像只懶貓。這般天真的葉笛，我從來沒有見過。也許在她生命沒有波瀾之前，亦俊見過。

我把牛奶端給她，她握著我的手說，很多年沒有這樣痛快地睡一覺了。

康喬消失了。樂隊的人也不知道他的去向。葉笛生病，我留在住處裡照顧她。每日做些家務，其餘幾近無所事事。

亦俊知道我在陪葉笛，可是他沒有來，哪怕借看我的理由來看她一下。我幾乎對他徹底失望。

葉笛好轉了不少，第二天我便回家了。在MILK見到亦俊，我問他，你怎麼不來看我們一下？

他說，我怕她不想見我。

我說，是你不敢見她。

兩日之後，葉笛突然給我打了一個電話。她說，我想回南方，回我以前的城市。

我問，這麼急著走，那你就不回來嗎？她說，康喬給我打了電話，他一切都好，回他母親身邊去了。他讓我也回去。葉笛又問我，你願不願跟我一起回去？

未等我回答，她繼續說，明天早上十點的火車，我把我所有的錢都拿來買了兩張車票。我可以等你。

亦俊在我背後小聲地問，出了什麼事？誰要走了？找到康喬了？

我回過頭，看到他無辜的樣子，突然很不忍心。我和他在一起三年了。他是一個平和乾淨的人。因我們生活平靜而盲目，他依然對我很好。我也是愛他的。

那夜我不怎麼睡得著，凌晨五點的時候，亦俊打來電話。我握著聽筒，對方沒有聲音。我們足足沉默了十分鐘沒有說一句話。只聽見對方的呼吸。最後他很模糊地說，請你不要離開我。我放下電話，起床走進浴室，用冷水沖澡，冰冷的水像無數把刀在刺。痛快到了極點。我完全無法呼吸，我想我頭都要裂了。

清晨時分出了門。我回到MILK，將牆上的瀾滄刀一把把取下來，裝進包裡。走在街上，依然安靜，行人疏落。天濛濛亮，我走過一條街，路燈一盞盞熄滅。我觀望著，想，我們將在這個疲倦而冷漠的世界裡過完嘈雜的一生。從傾其所有，到一無所有。我們是相互交錯的經緯，與虛無的結局絲絲入扣。

冥冥之中，我一直步行走到了火車站。

我給她打電話，遠遠地，她便朝我走了過來。她見到我，先是愉快驚喜，但她是聰明的人，瞬間表情就黯淡下來了。

我將包遞給她，對她說，對不起，葉笛。我想我是真的不能走。她拿過來，摸摸便知道是什麼，靜靜地笑。她說，好久之前，康喬走後給我電話，他說，對不起，葉笛。我想我是真的該走了。

我不再說話，葉笛從肩上取下她的吉他，要送給我。

她埋頭吻了我的肩，我不忍看她，閉了眼。等我再抬起頭的時候，早已看不到她的線條明快的面孔了。她湮沒在人群裡。而人群，也像一場失敗的戰爭，將我們記認的人，埋葬其中。只剩下這把琴，還留在我懷抱裡。樹的辛香，絲綢一樣纏繞在琴弦上。

故城

1

故城，你是否覺得，我們總在惦記著遺忘我們的人，而被我們忘記的人卻也在惦記著我們。兩年前我在新疆旅行，發現那兒的文明遺址總是以故城來命名。比如說，交河故城、高昌故城。故城這個詞念起來充滿感懷卻又不失悠然，像極了你。所以我想以故城給所有在我生命中留下足跡的人命名。他們也永遠只能是一座故城，因為所有的故事，都不會再回來。就像何勇[1]在《幽靈》裡輕輕地念：

他們都不在了。

我想念他們。

1 中國搖滾樂歌手。

故城，你並不知道我這麼想念你。在過去，我一直都是那個你不開心的時候才想得到的人。那時你總是不由自控地落淚，我常常站在你身後，看著你的背影，那麼多話都欲言又止。我們離開彼此之後，這些話組成了我的文字，就好像此刻我又想起十四歲的春天，我們相識不久，那日下午你邀我一起去江邊放風箏，你對我說起，煙花春曉。

前幾天我打籃球時弄傷了手指，食指關節青腫，動彈不得。但這令我想起幾年以前的那個春天，你我在種有兩棵高大銀杏的舊操場上打籃球，累了坐在地上喘氣，你對我說，銀杏是這個世界上最浪漫的植物，必須雌雄同栽才能存活。它們可以存活很久很久，但若其中一棵死去，另外一棵也會很快死去。

我可以很清晰地回憶起，那天陽光燦爛得像是孩童的瞳孔，老銀杏有著彰顯它命運構架一般的蓬鬆枝葉，從它一直細碎搖晃的姿態，可以看見風在穿越。小操場有兩個籃球架，木籃板油漆脫落而殘損，籃框銹蝕。球砸上去，整個框子就哐當哐當搖晃。你的襯衫上帶著乾燥濃香的太陽的氣味，是少年的氣味。

故城，你應該記得，那時你和我是在學校裡引人注目，卻有些令老師頭疼的孩子。不幸我們都被安排到年級裡最暴躁嚴格的一個女班導手裡。她實在是個脾氣暴烈的急性子，對我們也早就看不慣。有一次晚自習，所有的同學都在安靜地看書做題，你在同桌男生的眼鏡上畫上一圈一圈的黑線，讓他戴上，叫我看，我們三個人笑得四腳朝天，連班導師衝進來的時候都無從察覺，於是被她抓了個正著。她把我們驅逐出教室，厲聲咒罵，氣得直抖。

再有一次是班導師在週五放學前的班會上訓話，她說，你們這些學生，總是等到星期天晚上了才趕作業，週六日幹嘛去了？從下週起，堅決要杜絕趕作業的現象！

我在下面嘀咕一聲，誰那麼傻在星期天晚上趕作業啊……都是星期一早上來抄……話音落下，班裡的同學都竊竊偷笑。班導師臉也綠了。

我很快忘了這件事，星期一早晨照例早早來到教室，把英文小老師的作業拿來抄。正伏案疾書酣暢淋漓時，有人拍我肩膀。我不耐煩，以為是哪位死黨來搗亂，便大聲說，去去去，別打岔，沒見我正抄作業呢！

身後的人沒有回答，我忽然覺得情形不對，慢慢回頭，正好撞見班導師刀子般的眼神。還未等我在心裡默念一句「完了」，她的耳光就已經響亮地摑了下來……

呵呵，故城，這些你都記得吧？我們在課堂上偷偷下五子棋，我贏了一盤漂亮的「三三連」，喜不自禁，當即在歷史老師講到李世民弒兄奪位的時候，大喊一聲，啊哈你輸啦！頓時，安靜的課堂，變得更安靜了……

歷史老師表情沉痛地走下來，說，請你出去。

那個時候我們做的最多的事情就是互相寫信，但平時彼此並不多說話。教學樓頂樓一層常年空置，我們經常不上體育課音樂課，到頂樓的樓梯間裡閑坐，也喜歡拿著粉筆在牆上塗鴉。寫寫畫畫一個學期，不知不覺漸漸塗滿了整個樓梯間的牆壁。這件傑作敗露之後，我們被班導師揪到辦公室罰站，請家長，賠粉刷錢。

那個時候已經是初三了，四月的時候拍畢業照，我沒有去，不知道從什麼時候開始，變成一個討厭拍照的人。那天我們一直在學校西北角的樓頂上吹風。曾經滿牆壁的塗鴉，已經被粉刷成雪白一片。我和故城都沒有說一句話。面對空白的牆壁，坐在樓梯上，無所事事沉默了一個下午。

我們都曾經以為那面牆壁是留給學校的最好紀念。真的。

還記得故城在上面寫過一句話，我們應該把生命浪費得更有意義一些。

2

我與故城都是學畫畫的孩子，每個週末背著畫板到老師家去畫畫。走在街上心情總是非常好。故城能寫一手很漂亮的隸書，長跑很厲害。她塞著耳機寫生石膏的時候，樣子看起來彷彿目空一切。

她曾經笑著對我開玩笑說，你是我的，你不能離開我。

說話的瞬間我想起《無情荒地有琴天》裡Jackie對她姐姐說這句話的時候閃爍的眼神。我會明白，她是在向我表達她的寂寞與害怕。

上帝讓我們習慣某些東西，就是用它來代替幸福。

但我們竟然，一不小心就習慣了生命本質的空虛。

3

蘇欽曾經是我和故城的繪畫老師。她與故城母親相識，也是故城帶我一起去她家找她的。蘇欽為我們開門時披一件隨意的深色垂墜的睡衣，嘴裡叼著一支炭筆，手裡抱著一卷卡紙，另隻手騰出來開門。頭髮挽起來，脖頸頎長，鎖骨似清瘦的少年一般突出。面孔上的輪廓硬朗。我喜歡這樣的女子。

每個週末我們去她美術學院的畫室畫靜物寫生。畫室裡滿是林立的畫架，地上扔著廢棄的顏料。牆壁上是無意弄髒的色塊。看起來富有超現實風格的意味，非常有趣。有巨大的落地玻璃窗，窗簾厚重且沾滿灰塵。窗外是高大的落葉喬木，盛夏有扶疏樹影映在空曠的畫室裡。樹影似乎帶有辛香。簌簌抖落。畫累了或者找不到感覺了的時候，蘇欽就乾脆讓我們休息一下。和我們聊她在美術學院當學生的時候分外沉溺的老鷹樂隊。我們就邊聽邊在畫室裡逡巡，一幅一幅看她的油畫。

那年夏天我們穿過美術學院濃蔭的青石板路，直到那座磚紅的爬滿了墨綠藤蔓植物的三層小樓。那些植物具有鮮亮飽和的色澤，葉片在仲夏溽熱的微風中搖動，閃著匕首一般鮮亮的緣。我們不停描繪那些木訥的石膏頭像。疲倦之際我曾經聽蘇欽大段大段地講她男朋友的事情。比如他們如何在大學裡戀愛，如何在畢業之後分別。

她懶懶地說，我們分開都已經七年了。我說，他這麼愛你，一定還在等你。

蘇欽回過頭來看著我說，傻孩子，不要把別人想像得對你很忠誠。

即使沒有畫畫的時候我也去畫室。很多時候翹掉學校的無聊課程，在畫室裡看蘇欽給那些大孩子上課。在最後一排躲在高大的畫架後面等待。晚上在畫室裡用CD Player播放些老鷹樂隊的老歌。關掉所有的燈，在畫室黑黢黢的角落裡堆積著軀幹、頭像、手、腳……看起來恐怖至極。我們在畫室裡互相恐嚇，瘋打。累了就坐在窗臺上分抽一包煙。

無論什麼時候只要我打一個電話，她都會出來陪我在街上晃。寒假父母都走了，家裡一個人都沒有。我不想回去，和同學們玩到很晚。然後各自回家。我一個人在沉睡的城市中逡巡，路過一個電話亭，用自動售卡機買一張卡，給她打電話過去，講到卡上只剩最後一塊錢。電話亭的地上丟滿了煙頭。我看見外面大寒時節冰冷的凍雨扎在電話亭的玻璃上。除了路燈憔悴的光線之外，一片漆黑。下雨了。

我對蘇欽說，真冷，快凍死了。她說，你在哪裡？

蘇欽凌晨一點的時候趕到我面前來。給我披上一件大衣。

那夜我們像往常一樣在空無一人的深夜街道上散步，走累了就在商業大樓門前的階梯上坐下，捧著一杯咖啡沉默。

有時候我一言不發，有時候會不停地說話，說到母親說到家庭，我難過，一頭紮在她肩膀上哭。她鎮定至極。沒有說一個字。只伸手攬我的肩膀。

天亮的時候，蘇欽說，這些事，你不要再對別人提起了。忘了它吧，你還這麼小，心事這麼重，真叫人心疼。

那個時候我剪短了頭髮，蘇欽總是喜歡摸我的腦袋，像摸她的寵物那樣。我額前的頭髮常常遮住眼睛。總穿白色的襯衫，黑色的長褲。蘇欽說，你怎麼不愛笑。你笑起來真的很好看。她見我陡然臉紅起來，便放肆地笑，繼續看著我說，我第一次看見你的時候對你只有一個感覺。

是什麼？

野。野孩子。

然後輪到我放肆地笑。我想起小時候母親耐心地教我怎樣執筷子，怎樣保持優雅的坐姿，怎樣吃飯不弄出聲音來，怎樣在飯局上敬酒，告訴我餐巾疊成某種花狀表示東家，上賓坐什麼座位……可至今我仍然還是吃相很難看，走路不抬頭，盯著自己的腳尖。

若這樣想起來，好像我的一生，都只是個關於辜負的故事。一直，在讓人失望。

但蘇欽一定不這樣想。她在修改我的水粉作品的時候總是說，你對色彩的感覺，非常獨特。

你是有才華的人。要走好自己的路。

4

初中畢業，我將離開家去別的城市上高中，臨走的時候蘇欽送我她的油畫處女作。是在她十八歲的時候隨家庭教師學習時的習作。畫面只是簡單的靜物，筆觸稚嫩卻有才氣流露。我格外珍惜。

那天晚上我在一頁速寫紙上寫，我想去相信某個人，非常想。

5

我曾以為我會在離家之後的很長一段時間裡艱難地想念故城和蘇欽。但事實上，她們竟很快就沉沒在了我的記憶裡，我並無刻骨的牽掛。

我發現了人的不可信任。

6

高一那段時間我不停地給故城寫信，像一個人對著鏡子說話一般，不知不覺，便感到心酸。故城的回信裡，一封封說起她身邊不停更換的男朋友們。

我知道故城向來是受異性追捧的。

記不清楚是哪日凌晨，我剛睡下不久，手機響。是故城的簡訊。我盯著螢幕上熟悉的名字，猶豫片刻，打開來看。故城說，今天凌晨，我把自己給他了。

我內心不知為何竟很難過，眼淚幾乎快掉下來。

末了，她又說，很想你。

我反反覆覆翻動這兩條簡訊，盯著手機螢幕，不知如何回覆她。

那夜我失眠至凌晨，似乎還落了淚。淚只兩滴，擦掉便乾涸。我想起一些事，關於年少時光，關於承諾、想念，以及一些愛的代價。

7

《新約．哥林多前書，第十三章》：愛是恆久忍耐。又有恩慈。愛是不嫉妒，愛是不自誇。不張狂，不做害羞之事，不求自己益處，不輕易發怒，不計算人的惡，不喜歡不義，只喜歡真理。凡事包容，凡事忍耐。愛是永不止息。

8

我們從不打電話。只是不斷收到故城的信件。她向我訴說她現在的生活，其中總是有憂鬱和失望。信裡她對我說她和男朋友分手。說自己會輕易愛上許多的男孩子，說現在的生活只是努力畫畫、聽歌……

我從她欲言又止的敘述中，幾乎能看到她臉上感情流逝之後的灰燼。

我發現我漸漸不知道該怎麼回覆她的信。只能默默看完，把它們折好放回信封，一封封碼起來收藏好。

在信中，故城向我提起以前課堂間的時候，我們站在走廊俯身望下面踢球的男孩子的情景。她在裡面尋找喜歡的男孩子的身影。時而微笑時而流淚。尖銳的上課鈴聲拉響，她就淡淡地說，走，回去了。

我看不到她的臉，卻能遙遙相望她內心的落寞感傷。如同我每次看到信紙上覆有靈魂的敘述的時候，便會知曉這樣一處暗淡的光。

我於這每日每夜的獨立生活中，漸漸有種落水一般的無力掙扎。晚上十二點準時上床，回想每天一模一樣的日子，心生寂寥。

像一條漫長的征途，一旦開始，便沒有人再知道歸期。以至於重新面對和審視自己生活的時候，感到幻覺般的甜蜜。一切是一個失去的過程。彼時時光沉沉地靜止在深處。留下無限空曠。似記憶的沉香。

我們在夢境。我們在現在。

9

很久很久沒有蘇欽的消息。後來某一天收到了她的一封信，說她已經換了工作，不再做美術學院的老師，改行平面設計。她一再尋求生活的突破口，不甘心過千篇一律的生活。這是我喜歡的。只是再也沒有機會和她一起坐在空曠的畫室裡安靜地畫靜物寫生，看她瞇著眼睛捕捉線條和明暗，叼著鉛筆的樣子了。

生命原是這樣一場沉迷的遊戲，每個人自知。因為總有別離。故城走了。蘇欽走了。只剩我，站在原地看著她們漸行漸遠。

後來放假的時候回了家，碰巧在百貨商場裡遇到蘇欽。我在背後看她良久，她黑亮的長髮隨意編成辮子垂至腰際。依然這樣瘦。披一件黑色的長風衣，裡面是簡單的白襯衫。黑色長靴。有熟稔的溫婉氣息。旁邊有位男子拎著購物袋，耐心看著她挑選商品。我走過去輕輕碰她的肩。她回過頭來的眼神煞是驚喜，我輕輕擁抱她，像以往那樣。聞到她身上不沾香水味道的植物辛香。她說，天啊，你長這麼高了。

幾句寒暄之後，她叫我一起吃飯。我注意到旁邊男子的錯愕又加以掩飾的神情。覺得很尷尬。於是說不了。你們慢慢逛，我還得先回家。再見。

我笑笑便走了。

其實每次對她說再見，心中都有無限落寞。我記得。記得以前最糟糕的日子裡，晚上十一點，還在街心花園裡聊天。那座花園裡有一株高大的橡樹。在南方的氣候裡終年青翠，非常美。我說到難過之處，熱淚難止，雙手捂面。她輕輕歎息，良久，伸出手來意欲攬我入懷，我暗自掙扎抵抗。

蘇欽說，不要這樣。到我這裡來。語氣堅決而溫和。然後將我的頭抱過來，手指輕輕梳理我凌亂的頭髮。沉默不語。

這是少年時印象頗為深刻的場景。這樣溫情的關懷，一生會有幾次。記憶之中深刻的灼印，被有溫度的觸覺所提醒，會時時散發出經久的感懷。令人沉醉卻不經悲喜，只落一地滾燙的煙燼。

此時我知道她已經被人群所掩埋。我即便回頭，也不會看見她的背影。

我想像他們即將擁有的生活，就像他們現在一樣，甚至會像我今後一樣，身邊有一個熟悉似自己一般的人，日日夜夜，平凡一生。購物。做飯。洗碗。貸款買房。閑來或許會畫畫，出去旅行。但這未嘗不是好事。

我只是希望她一切都好，再也沒有其他。

那天我獨自從市區走回家。路過那座長有高大橡樹的花園的時候，發現那張長木椅還在那裡，上面彷彿留著我與蘇欽的影子。突然感覺自己站在記憶的離岸。這麼近，又那麼遠。

其實那天是我生日，但我本來也就無心周章，所以沒有放在心上。獨自走一大圈，回到家裡，桌上有新鮮的飯菜。客廳裡的電視閃爍著變幻不定的螢光。一個接一個的廣告。媽媽剛從樓頂上下來，她剛剛澆完花。她輕輕說，來吃飯吧。

她從廚房裡端出一個漂亮的圓形紙盒。裡面是生日蛋糕。剪掉紅色的緞帶，揭開紙蓋，聞到香甜四溢的奶油氣味。顏色鮮亮誘人。上面用櫻汁醬寫著，生日快樂。很貴的一個蛋糕，媽媽說她提前訂好的，下午剛剛取回來。我看到她的臉，細細的皺紋盤繞在額上。有平淡簡單的愉悅。

那一刻我從來沒有這麼難過。已經不記得有多少年，不曾認真對待過自己的生日。就像這個家的感覺，只有在獨自生活，寂寞想家的時候才感覺得到。我切下一塊蛋糕，給她，然後自己也切下一塊，安靜地吃。

我略一抬頭，見到母親白髮隱現的髮際，以及咀嚼食物時慢慢用力的下頜，一時心酸，竟當即落淚。

吃了晚餐，我幫她洗好碗，掃了地，上樓看春天的夜景。用鏟子疏通花圃的排水洞。站在欄杆邊俯看城市華燈初上。下樓回書房看了幾篇散文。清理了一下畫具，丟掉幾管乾癟的顏料。掀開琴蓋，用天鵝絨布仔細擦拭每一處灰塵。看到鍵盤因為受潮而略有不平。試彈了幾組音階，音尚且還準。坐在琴凳上默默看著自己映在琴板清漆上的臉。閉上眼睛，彈奏自己最喜歡的一曲德布西。

洗完澡，將衣服丟進洗衣機。和媽媽道晚安。進臥室，鑽進被窩。

手機上有燈在閃，打開來看見故城的簡訊，生日快樂。

過了一會兒，又有蘇欽的。蘇欽說，下午在咖啡廳，聽見放鋼琴小品。竟然是你彈過的。生日快樂。

我輕輕呼吸，聽了張大提琴的ＣＤ。熄掉燈。陷入沉睡。

10

我知道自己有過無限馥鬱繁盛的生活。那是指尖流過的風。劇烈並且永不復回。就如同我和故城在奔跑之後留在高草地上的腳印，被那些植物匆忙掩埋。留在日復一日、年復一年的詠歎之中，最終漸漸暗淡下去，沉沒進時光深處，陷入窒息。

都是虛空。都是捕風。

昨天

當我發現自己身處煩惱之中
她來到我身邊　為我指引方向
順其自然
當我深陷黑暗的時間
她站在我前面　為我指點路途
順其自然
所以我憂傷的你活在世界上
將會有一個答案
順其自然
即使他們即將分離　他們仍將得到一個結果

順其自然
烏雲密佈的天空　依舊有光明
順其自然
她照耀我　指導明天
順其自然
——賈宏聲[1]《昨天》

1

在訪談節目裡看到素面朝天的徐靜蕾說，你看我現在全身穿的東西加起來不到三百塊，但是我去籌了三百萬拍電影。

她這樣說，讓我想起了那句熟悉的話。要有最樸素的生活，與最遙遠的夢想。

我的名字裡有七。當我知道電影就被稱作第七藝術的時候，我有一種萬事暗藏機緣的感覺。另外，我知道第九藝術是漫畫，至於第八藝術或者第四藝術是什麼，我就不得而知了。「但總有一種藝術叫做生活吧」，這是江樹澪對我說的。

自然，這已經是後話了。當我們年少得將電影與人生相混淆，將目標與夢想相混淆的時候，我們都說，夢想要拍一部電影。而這些年來，這個夢想倒映在青春裡，隨著年華的漣漪一圈圈擴散，漸漸變得支離破碎。

正如導演們都盛傳一句話，電影永遠沒有離開你，只有你離開電影。

2

印象中第一次去電影院看的電影是羅蘭．貝柯夫的《醜八怪》，在母親公司的禮堂裡放映，我和她坐在一起看，中途我乏味地睡著了。自然，它對於一個還在追隨《舒克與貝塔》[2]的觀眾來說太晦澀了一些。這是十幾年前的事情。好多年之後，我才知道它原來是這樣一部難得一見的電影。導演羅蘭．貝柯夫是前蘇聯紅色恐怖年代裡勇敢真誠的人，他在拍完這部電影之後遭到謾罵，並險些入獄，理由是蘇維埃不會有這麼多冷酷自私的孩子。電影是關於孩子們的故事，關於人性的善惡在兒童身上的折射。那個可憐的和祖父一起生活的女孩子，因為善意的謊言而遭到所有同學的孤立。後來找到光碟重看這部片子，結尾處女孩子帶著清淺明亮的微笑與老祖父告別，母親看到這個少女演員的表情，說，這孩子心裡真難過。我為母親一時的細膩感言而哭笑不得，心裡再次確認，電影是可以讓人舒展靈魂的東西，就如同拉斯．馮．提爾常說的，電影是鞋子裡的一枚小石子兒。它能夠迫使你在盲目的奔跑之中停下來，檢查一下，腳下有什麼問題——進行知曉，生命有

1 中國已故男演員。
2 中國20世紀80年代的卡通。

著如此多種度過的方式，但你選擇了最無聊的一種。

重看這些片子的時候，我處十幾歲的起點上。遇到江樹澪。她的皮膚蒼白似栀子花瓣，笑容素淨如同雪地，獨處總是喜歡在埋頭做題的時候，用手指不斷地撥弄她淺棕色的柔軟頭髮。我記得她很瘦，手臂上的血管像河流一樣分佈凸現，非常好看。關節像男孩子一樣。那時我們的初中校服是大陸少見的制服樣式，襯衫領帶外套，男生長褲女生短裙。江樹澪從不穿裙子。她只著潔白襯衫與黑色長褲，眉目之中有逼人的英氣，若打了領帶再披上制服，那就真是英俊得讓所有男生都慚愧了。

樹澪與我並不同班。初次見她，印象便極深刻。

我未曾料到的是，她亦對我的名字早已熟知。我們都認得對方，但都以為對方不認得自己。在課堂間的走廊上四目相對卻一言不發地錯肩而過，感覺十分異樣。

轉機出現在為元旦晚會排練節目的那段日子。我與她是年級裡鋼琴彈得最好的學生，被安排在一起完成一首四手聯彈。我們在學校的音樂教室天天練習，老師站在一邊監督指導。

那段日子她放學便到我的教室門口來等我，幫我買麵包和盒裝牛奶。我與她練習一會兒，還要回自己班上的舞蹈組排練，她便在一邊靜靜等我。

記得演出前一天晚上，我們在排練結束後吃泡麵充飢，我被別人撞到胳膊，油湯潑在了演出服上。班導師當場就怒火中燒，喝斥了我一頓。是江樹澪站出來說，老師，我能幫她洗乾淨，明天一定不會影響演出的。

那晚我們離開學校的時候，我告訴她說我可以讓媽媽洗乾淨你不用操心，她卻執意要我去廁所換掉裙子交給她來辦。第二天早上我剛起床還沒有脫睡衣的時候，媽媽就喊，外面有同學找你。

我打開門的時候看見樹澪捧著那條裙子站在我家門口傻兮兮地笑，特真誠的樣子。那個場景至今想起來仍舊十分清晰。

元旦晚會上，我們穿一樣的制服上臺完成四手聯彈，下來之後緊接著是我們班的舞蹈，我慌忙換衣服，她在後臺陪我折騰，像個助手。

此後我們變得十分要好——每天下課她都總會來我們班門口晃一圈，把我叫出教室來說說話。下午放學的時候她就在教室門口看著我收拾書包，等我一起回家。彼時課堂間下樓做操她總喜歡牽著我的袖口。這個習慣保持過很久。

3

江樹澪喜歡看電影。猶記得高一某天下午最後一節是班會，樹澪說：「我們校門口那家出租店裡有《在黑暗中漫舞》！走，別開班會了，看片去！」我有些猶豫，但最終還是和她上演一齣戲，在班導師那裡請假。我裝作肚子痛，然後樹澪說要送我回家。等班導師再想細問的時候，我就捂著肚子說，月經來了，太疼。那個男班導不便說什麼，就很不情願地放我們走了。

我們抓起書包衝出去，跑進出租店裡，纏著開店的姐姐播片。我們躲在狹窄陰暗的隔間裡看

《在黑暗中漫舞》，那的確是一部需要一手拿衛生紙一手拿爛雞蛋觀看的電影。碧玉最後將頸子套進繩套，然後凳子無聲地倒下去，畫面上只剩下一堵蒼白的牆。電影倉皇結束。這是小人物的悲劇，碧玉飾演的盲女在工廠裡一邊做活一邊幻想周圍是一齣舞台劇，畫面上她陶醉在舞蹈中不知今夕何年的模樣像錐子般直逼我的眼睛。

我因此記住了拉斯．馮．提爾，這個將電影做為鞋子裡的石子兒的天才，他溫情而天真的笑容背後是骨子裡的殘酷——以溫吞滯重的表演和劇情來猛烈撞擊靈魂的殘酷。我對江樹濤說，我這輩子非嫁他不可。

江樹濤在黑暗中沒說話，那一刻我覺得她一定瞧不起我。

看完電影，我們付了租光碟的一塊錢。開店的姐姐說，行了你們不用給了。我還沒見過這麼小就喜歡看這種電影的人。交個朋友吧——她向我們介紹她叫彥彬。

接下來我們一起瞎聊了好長一陣，她興致很好地和我們說起她最喜歡的歌手就是碧玉，說起大學時代怎樣在教授的眼皮子底下聽碧玉，怎樣和她那個玩爵士鼓的男朋友好上的，怎樣在新年晚會上演唱老鷹樂隊結果一塌糊塗臉面丟盡……

那天我們聊得過久，沒有注意到時間晚了，父母找來學校的時候，我們才剛剛從店裡溜出來，手裡還拿著兩張光碟。我們人贓並獲地被抓回家，一路上母親在我耳邊咆哮，但我腦子裡徘徊的是電影情節，她的話我一句也沒有聽見。

後來江樹澪和我更是經常到那個出租店去晃，一來二往，和那個開店的姐姐熟悉起來。每次去的時候都會推薦我們新到的片子，刊物架上也有新到的電影雜誌，那些是她私人買來收藏的雜誌，通常從創刊號一直到最近一期都齊全。混熟了之後我們可以肆意翻看。有很多難得一見的電影，她都極力幫我們找到，然後讓我們去她店裡看。彥彬對我們很熱情，但我總覺得她是個寂寞的人。樹澪和她常常興致高昂地插科打諢，而我在一邊逡巡於高大的光碟片架子之間，一張張看過去。出於回報，我們常常會去為彥彬義務勞動，搬運些碟片，擦架子之類。

週末我們也常常耗在那家店子裡。總是對大人說是去打籃球，說去對方的家裡玩，其實是溜進小店裡沒完沒了地看電影。我們像兩隻兔子一樣靠在一起，我看到難過之處總是不知不覺就握著江樹澪的手，漸漸用力抓緊，惺惺相惜的味道。偶爾轉過臉來，在變幻的螢光中看見她的側面，黑暗中她纖細的脖頸延伸到鎖骨，像一尊瓷器，細膩光潔，讓人心生愉快。

4

暑假的時候我們突然間虛榮心一發不可收拾，決定一起去學爵士鼓。花園路是琴行的集中地，許多店面都一邊賣樂器一邊有人教。我們看中一家人氣非常好的店鋪走了進去，一個高高大大的男孩子問，想買什麼？樹澪說，想學打鼓。

男孩看看我們，估計心裡有一些訝異，但也沒有多問，便說，我就可以教打鼓。

他是石頭，看上去比我們大七八歲，但實際上和我們同齡。追溯起來，還竟然是我的小學同學，只是不在一個年級。他說，這個市裡許多樂隊的鼓手都是我徒弟，只是我現在是貝斯手。

每週兩次課，樹澪特別積極。每次都提前去，還未走到那家店就聽見石頭在打鼓，整條街都在震。在街道上的女生紛紛側目，透過櫥窗玻璃，他微微抬起頭來自戀地笑。

樹澪會說，他真是沒長大，這麼愛現。

從第一節課起，石頭就對江樹澪的節奏感和音樂悟性讚不絕口。他不像是會讚賞別人的人，我想確實是樹澪太有天賦了，相形之下，我還是放棄比較好。上過幾次課之後我就不想再去了。因為學得很慢，一段簡單的節奏我也要學好多次才能上手。但當我在家吹冷氣、嫌天氣炎熱不願出門上課時，樹澪總是毫不妥協地到我樓下來大喊我的名字，中午的睡覺時間，我擔心我再不理會的話整棟樓的人都要發飆，所以只好老老實實出門來。

某部港產肥皂劇中有這樣一句話，女孩常對所愛的男孩假裝冷漠，男孩常對所不愛的女孩假裝親熱。如果這是真的，那麼，樹澪應該是喜歡石頭了。說起石頭，我覺得他很像《藍色大門》裡的張士豪，很有幾分外表，只是頭髮更長。

第一次課結束了的晚上，我和江樹澪決定去看場電影，一人一罐可樂，在市中心的電影院裡看莫文蔚的《office有鬼》。十分無聊。進行到大半的時候我說我想回去了，試圖站起來，但是瞬間我感到暈眩，頭部失重，馬上要穩不住。我坐下來，不知道自己怎麼了。

樹澪問我，沒事吧？

我說頭突然很暈。

接著她就扶我起來。輕輕扶我到門外，我看了看錶，十點鐘。公車應該都收班了。

還不舒服？她問。

嗯。

我來背你。

開玩笑啊你，別逗了。

誰給你開玩笑啊。

那天是江樹澪一直背著我回去的。買了電影票，身上剩下的錢叫計程車都不夠。我趴在她背上，心裡想江樹澪是個男生我絕對要定她了。走了很長的路之後，我固執地要她放我下來，我已經看到她額上細密的汗水，因為很累而大口呼吸。凌亂的短髮似無從著落的羽毛。那個時刻我們互相對視。

你在想什麼？她問我。臉上有不置可否的笑容。

不。我什麼也沒想，真沒什麼。

5

暑假快結束的時候我對打鼓已經放棄了，樹澪也不再勉強我，獨自去上課。但除此之外，我跟江樹澪還是膩在一起看片，很多很多片。開著冷氣，桌上放著冰西瓜、飲料，有一句沒一句地搭話，到處堆著光碟片，我們坐在冰涼的地板上一張張挑選來看，塞進機器又取出來……這是許多個夏天的縮影。《昨天》是我們都很喜歡的一部，影片最後賈宏聲平直地舉起雙臂，騎在自行車上，沿著日落的坡道向前、向前，沉進黃昏的結局裡。畫外音說，今年我三十歲了。

真像一隻寂寞的鳥。他躺在草坪上，仰望被立交橋分割成碎片的城市上空，字正腔圓地念著一首披頭四的歌詞。

當我發現自己身處煩惱之中
她來到我身邊　為我指引方向
順其自然
當我深陷黑暗的時間
她站在我前面
為我指點路途　順其自然
所以我憂傷的你活在世界上

將會有一個答案
順其自然
即使他們即將分離
他們仍將得到一個結果　順其自然
陰雲密佈的天空　依舊有光明
順其自然
她照耀我　指導明天
順其自然

6

已有一段時間沒去上爵士鼓的課，也沒見到石頭。出乎意料的是，開學之後，他常常在校門口出現，等著送江樹澪回家。我們三個人說說笑笑地一路走，再也不會在出租店停留。我想也許過去那段獨屬於我和樹澪的日子應該告一段落了。我不願再與他們兩個走在一起。

那日我們三個從校門口出來，路過出租店，又碰到彥彬，她叫住我，問，不看片嗎？怎麼很久沒來了？

我們一時說不上來話。我回頭對石頭說，陪她回去吧，我在這兒玩玩兒。不等回答，我就閃進店裡去了，再也不想回頭看她。

我和彥彬邊吃便當邊看《情書》。已經看過幾遍的片子了。彼時仍舊停留在戀色階段，看到柏原崇英俊得一塌糊塗地在圖書館窗前裝憂鬱的樣子，心下動容。兩個穿水手服的孩子在車棚裡借微光找考卷，在山間的馬路上騎著單車兜風，男孩用報紙折成帽子，蓋在女孩頭上，女孩什麼也看不到了，大聲叫起來——世界上的青春原來都是大同小異的。

我下意識地伸出手想要握住誰，但樹澪不在身邊了。

彥彬見我有些低落，並不問我為什麼，只找碴與我打鬧起來，逗我笑。見我高興起來，她又像展示收藏品一樣，驕傲地將她收集到的那些難得一見的電影拿給我看。我問她，你沒有嘗試過考電影學院做電影那行嗎？她說，看電影和拍電影是兩碼事。我那個時候太小。也不懂得該把電影當電影，把人生當人生。

說完她扭過頭去整理手邊的光碟片，電影的配樂和對白恰好給我們襯了一個寂寞的背景。

我頓然覺得，果不其然。我們在電影裡看著別人替我們過著夢裡的人生，看著他們替我們愛，替我們死，動容之時流下眼淚——擦乾之後，那不過是灰飛煙滅的幻象，生活仍然一無所有。

我想到此，正好聽到音響裡放出的一部實驗電影的對白，一個男人的聲音說，我的靈魂朝不保夕，不知道下一秒會有什麼樣的劫難。所以，我想獨自承擔，請你離開。

7

樹澪一時間從我生活裡淡出，不知道去了哪裡。有時候我還是忍不住去她教室看看她在不在，但我只晃一眼，便悻悻地走開。有時候看到她，有時候看不到她。

週日的時候我去石頭的樂器店找她，見到他們正在練一首曲子，樹澪打鼓，石頭貝斯，彈的是《光輝歲月》，只有一小段前奏，二十多個小節完了之後，兩人停下來談笑風生地說著什麼，看上去很快樂。

樹澪已經是一個像模像樣的鼓手了。我隔著櫥窗看著她，覺得她離我越來越遠。我就這麼淡淡地看了看她，然後決意轉身走開。

剩下很長一段時間，我放學一個人沿著有舊式路燈的小街碎碎地走，貼著牆。撿一根樹枝，邊走邊在牆的磚縫間刮下長長一道痕跡，與行走平行。像一隻寂寞的蝸牛那樣留下一條白色軌跡。風吹著磚縫間的灰塵，細細抖落。常常略有神經質地一邊走一邊細細念叨喜歡的電影臺詞。抬起頭來看見星光，心底就微微地快樂起來。

我知道我走過這條路之後，石頭還會陪樹澪這樣走來。他或許會特別體貼地給樹澪披上外套。把樹澪的手裝進他寬大的手掌心。告訴她，他又學會了怎樣一套節奏，又挖到了誰的滯銷出清的水貨ＣＤ。江樹澪會微笑著聽著這個明朗的男孩子侃侃而談。

8

樹澪過生日的時候，又來找我，帶我和彥彬去他們排練的地方玩。

我在桌子上發現一本黑色封皮的五線譜本子，裡面有潦草的速記手譜，還有些許零亂的詩和句子。一首波蘭詩人切斯瓦夫．米沃什的詩，我很喜歡，目光停留在上面。

多麼快樂的一天
霧早就散了我在花園裡幹活蜂鳥停在忍冬花上面
塵世中沒有什麼我想佔有
我知道沒有人值得我妒嫉
無論我遭受了什麼不幸我早已忘記
想到我曾是同樣的人我並不窘迫
我的身體裡沒有疼痛
直起腰
我看見藍色的海和白色的帆

那天我們在石頭那裡待到很晚，走之前喝了他為我們泡的檸檬甜茶。聽Evanescence，聽

Lube，幾首歌翻來覆去，迴圈，迴圈，再迴圈。我的手裡握著樹澪給我的杯子，紅茶中放上用蜂蜜醃製的檸檬片，有釅釅的清涼的色澤以及溫暖的味道。

彥彬坐在我身邊有一搭沒一搭地說話。我心猿意馬地稱應著，想到這房間裡石頭正牽著江樹澪的手，落寞起來。

聽見一個聲線開闊而悲傷的女聲在唱：

Playground school bell rings again
Rain clouds come to play again
Has no one told you she's not breathing?
Hello, I am your mind giving you someone to talk to Hello

If I smile and don't believe
Soon I know I'll wake from this dream
Don't try to fix me, I'm not broken
Hello I am the lie living for you so you can hide
Don't cry

我知道我該過乾淨而嚴肅的生活，該將洋溢的感情隱藏在理性背後。但當我聽到一些悲傷的聲音，面對著電影結束之後升起的黑色字幕，並且獨自在這條路上不知何去何從的時候，我感到生命處於漸漸否定之下，並以妥協的僵硬姿態在宿命的陰影裡漸漸失血。剩下蒼白的空洞容顏。

在過去那些傷春悲秋之中，我寫不下歸期。

9

高二開始的時候，石頭他們樂隊排練的地方搬到我家附近。有些星期天的下午，我在家做作業也隱隱聽得到他的鼓聲，我總是忍不住下樓，跑到他練鼓的地方去，坐在一邊聽他打很久的鼓，休息的時候叫他給我泡檸檬茶。有次我去的時候送給他一隻漂亮的陶釦，用一根黑色的魚線穿著。我覺得他一定不喜歡，因為他只是說謝謝，將它掛在鼓的架子上不再理會，然後又開始打鼓。他又炫耀那些刁鑽的加花[3]以及十八分音符的節奏速度。累了就坐在地上挑CD來聽，索然無味的樣子。我想建議他看些電影。可是我不敢說，因為我怕他又不喜歡。

那段時間江樹澪徹底消失，我不知道她去了哪裡。有一晚我忽然很想她，我希望她能再牽著我的手，說，走，我們蹺課看電影去。

但我知道這不再可能了。

我想念她，一個人逃了晚自習去彥彬那裡找《春光乍洩》來看。

阿榮：「黎耀輝，不如我們重新來過。」

我給阿榮寫了一封信，不知怎麼就寫了很多很多事情。包括他曾經想知道但又不敢問的事情。只記得在信裡的最後一句，我說：「多希望你其實一直將我當個朋友一般，但是又希望你能再對我說一次讓我們從頭來過……」

有些事情真的是不斷循環的。沒多久阿榮給我打電話，問我要護照。其實我想過把護照給他。但是我害怕再次見面。我承認他的話對我很有殺傷力，我不想再繼續下去……

雖然走了很多冤枉路，但終於到了蘇瓦伊瀑布。站在瀑布的下面，我突然覺得很難過。因為我一直以為站在瀑布下面的應該是兩個人……

我總覺得，此刻面對電影畫面的，也應該是兩個人。

10

立夏。樓下院子裡那株挺拔的荷花玉蘭，盛開碩大的花朵，大片的瓢狀的花瓣裹在一起，細膩潔白似一隻精美的瓷器。這是一種桀驁的植物，往往只將花朵盛開在枝尖。但清晨的時候在草地上偶爾發現一片掉落的花瓣，瓢凹裡面盛滿清香的露水，像湖泊。

3 爵士鼓的一種花式打法。

黃昏的時候在樓上觀望它，卻可以發現枝尖上的那一朵花被烈日曬出鏽紅色。這樣的情景總是讓我聯想起自己的生活。

一如我喜歡的一個叫郭珊的作者所說：「有時候我覺得自己太年輕了，懂得書，懂得音樂，懂得電影，但是偏偏不懂得生活。這是個危險的徵兆。令我想起龍山黑陶，硬如瓷，薄如紙，黑如漆，亮如鏡，美得太單純，太洗練，因不實用而不能流傳。」大概將這株玉蘭樹拍進電影裡，會是個絕妙的隱喻蒙太奇。

是個適合規律生活的季節。每天清晨起床，在樓頂上澆花，上午做一些習題，睡過午覺之後看看書，下午日落時分去游一千米自由式，回家沖個澡之後便去找彥彬，夜市開張的時候我們逛遍大街小巷去尋找想要的電影，在夜市一角總會出其不意地發現一些特別難找的片子，比如《破浪而出》、《戰爭安魂曲》。有次那個小販將法斯賓德的五部電影要價二百塊，因為盜版包裝太周正，小販一口咬定是正版，價錢怎麼砍也砍不下來，於是一咬牙，和彥彬一起買了它。拿回去放的時候發現是德語對白而且連英文字幕都沒有，更別談中文了。非常沮喪。

彼時買片子的激情不亞於那些聽大批大批搖滾CD的孩子。彥彬曾經很擔心這些上好的電影會有人租了之後不還，但結果是出乎意料的，這些片子被置於最高一層格子上，佈滿灰塵。沒有人來看一眼。後來彥彬乾脆就將它們收起來，放進自己的木箱子裡。從此再也沒有展放出來。

那年秋天來得很早，高二的暑假不過二十七天。高三開學之前的有個晚上，江樹濤打電話給我，她一直悶在那邊哭。後來才斷斷續續地說，石頭被人打了。他大學也沒有考上，他不要我了。

我在電話這邊聽著她的聲音，恍恍惚惚不相信這是一年前那個率性地穿白色制服襯衫、套黑色的直筒褲與靴子的女孩子。她的短頭髮不知什麼時候就長長，束起好看的馬尾。那個背我回家的孩子，在黑暗小閣樓裡和我一起看電影的孩子。有著潔白的膚色與伶俐眼神的孩子。那個安靜地在樓頂上吹風、姿態挺拔似脜長矢車菊的孩子。

也許是因為這個夏天過去，我們就都十八歲了。

開學的時候我見到她，我們一起進了教室坐下來，她給我一個盒子，說是分手的時候石頭給她讓她交給我的。我打開，裡面是我送他的那只陶釦，還有一張照片。照片上是一隻盛著檸檬紅茶的杯子，帶著釅釅色澤，放在陽臺的圍欄上，背景滿是城市的暮色。

我曾經問江樹濤，石頭給你留下的是什麼。一部難得一見的電影？一段他自己編的鼓點節奏？

她搖搖頭沒有回答。

石頭很快就淡出了我的生活，但我知道江樹濤一定很想念他。他是個迷人的男孩子。江樹濤說高考完了之後他就突然放縱無比，不再練琴，而跟著一些樂隊的人鬼混，最後被人打傷。住了三個月的院。出院以後他來找江樹澪，說分手吧。然後就再也沒了音訊，消失了一樣。但是有件事情我直到畢業也沒有告訴江樹澪，那就是我在我生日的時候收到了一件從俄羅斯寄來的包裹。裡面是他的那個黑色皮製封面的五線譜本。裡面寫的不是歌，而是抄寫的詩句，還有很多帕烏斯托夫斯基的美文。

我一頁頁翻著，像撫摸成長的感覺。

他是去了俄羅斯嗎？此刻，在成為一名聖彼德堡地鐵通道裡的流浪歌手，一個在風中唱歌的少年。做著與過去一樣的夢。

抑或他早已不在了。

這些我無力去想，當我們坐在高三的教室裡日復一日地做題的時候。生活回歸刻板而侷促的狀態。我總是告訴自己，只有一年，沒有什麼不可忍耐。

晚自習很晚才下課，回家的路上路過彥彬的店，偶爾進去喝一杯熱飲，看看雜誌上新拍的電影訊息，幾分鐘就走。再也不敢花一個週末待在這裡看片。

每次走出門，看見那些被眾人的手擦得光亮的言情片、武打片，再想起箱子裡沉悶的歐洲貨，會忽然覺得，就像曲和所說：「其實生命也就那麼短，不是以這種方式度過，就是以那種方式度過。那麼Ｆ４和Kurt真的就有這麼大的差別嗎？一切喜好皆是表現階級的惺惺作態。只是過去不太懂，非要別人對你說，你才知道好惡。」

寒假補課的最後幾天已經臨近春節。路過彥彬的店時發現掛出了「清倉賣碟，五元一片」的招牌。問她為什麼，她說她決定不開店了，想離開這裡去北京找份正式的職業。這樣混下去，自己要毀了的。

我們都沉默下來。良久，她從裡屋拖出兩個箱子來，打開，全是我們喜歡的電影。最上面的那盤是伊朗電影《天堂的顏色》。電影裡的兩個盲眼孩子，每天在野外採集鮮花，裝進籃子裡帶回家，榨成鮮豔的染料，然後奶奶織好精美的掛毯，用染料上色，拿到市集上賣，被旅遊者帶到很遠的地方去。

送給你吧。我也不想留了。真的，我到現在還不懂該把電影當電影，把人生當人生。

彥彬說。

小店裡燈光昏黃，在逼仄的光碟架所圍成的窄道中，我看見她的臉。總覺得彥彬是個寂寞而又善良的人，像我們一樣混淆了電影與人生，因此付出代價。

我忍不住很想哭。但是卻走上前和她擁抱，我說，這樣也好，這樣也好，記得堅持給雜誌寫影評，好好過。

我走出門。裹緊羽絨外套。

黑暗中只是冬雨過後無盡的寒，我抱著兩個沉沉的箱子回家，越走越難過，越走越難過。

在院子裡那株在冬季掉光了葉子的玉蘭樹下，我終於覺得累得走不動了。蹲下來，抱著心愛的電影，好像從此就不願意再站起來。

寒假只有一個星期。開學之後，我覺得日子越來越靜，越來越靜。兩個星期之後，彥彬的店就關門了。取而代之的，是一家賣小吃的店鋪。生意很好，我盡力每次路過的時候都不去看它。彥彬似乎從這個城市消失了，一點痕跡都沒有。現在才想起，我連她電話都沒有——即使有了，我或許也不會打。

很多時候感覺像繞了一個龐大的圓圈，人又回到了原點。

石頭走了，彥彬走了。

每個晚自習放學後，還是只剩下我和樹澪兩個人一起回家。那種感覺，像是自己已經奔跑了很久，在馬上可以虎口脫險的地方，卻突然失去了逃生的欲望。

於是，「我們不缺少任何光榮，但光榮的人中卻缺少我們」。

11

五月的時候天氣晴朗得讓人愉快。第三次模考考完那天，看見公佈欄裡寫著：除國三、高三年級之外，其餘各年級學生下午3：30到階梯教室觀看教育電影《長大成人》。

我路過這塊公佈欄的時候，停下了腳步。那是路學長在九〇年代拍的一部電影，找了很久沒找到。我叫江樹澪一起去看，但是她猶豫了一下說，電影有很多機會看，高考就一次。我看著她，也說不出話來。於是自己一個人翹了課，溜進階梯教室，坐在角落裡偷看。

電影寫世紀末京城裡的一群年輕人，風格晦澀而滯重。內容亦如此。中途有老師咒罵學校怎麼選這樣的電影。我聽了輕輕笑，走出了階梯教室。

這是我中學時代看的最後一部電影。

六月，畢業的季節。

我們全部都長大成人。

是什麼時候，在電影的結局裡放肆地落淚的激情年代就倏忽而過了。在最後的，還能被稱作「孩子」的夏天，我感到前所未有的空虛。和江樹澪一起重新翻開箱子，一張張把彥彬的光碟片看完。日日夜夜。

我覺得一時間生活當中什麼都找不到了。我們都說，只有這一年，沒有什麼不可忍耐。但是真正離開了這一年之後，我們需要忍耐的東西變得更多。

又看朱賽貝．托納多雷的三部曲之一《新天堂樂園》。老人對孩子說——

……這不是電影對白，這是我的心裡話。人生，不像電影。人生……辛苦多了。離開這裡，永遠不要回來。

在這個孩子長大成人，成為一名大導演之後，收到老人留給他的遺物，一卷電影膠片。在觀影室裡，他流著眼淚看著那些從各種各樣的電影裡剪輯下來的吻的鏡頭。這個老人把全世界的吻都送給了這個孩子。

伴著這部電影的尾聲，江樹澪輕聲告訴我，她之所以在最後的日子裡妥協，是因為她曾經向北影報名過，也去考試過，但最終失敗了。她說，我是要面子的人，連對你我也只說是請病假。我抬頭看她，不置一詞，只輕輕摸了她的臉。

離開之前，我猶豫了一下，但還是把石頭的筆記本送給江樹澪。並且告訴她，原諒我因為喜歡，一直留著沒有給你。江樹澪笑著說，你這句話的受詞是什麼？是石頭還是這個本子？還是兩者？然後她笑著說，謝謝。我看著她笑，好像可以回到從前。

12

看電影的人被自己看了，像一場悠長等待的結果是時間未曾流逝。

而成長的結果是忘記了提問的回答。然後是回憶比幻想還不真實，電影比愛情更忠於我們。

生活是無法被記錄的，但可以被歌唱，我們要歌唱了。

——《那時花開》

城事

這是最好的時代，這是最壞的時代；這是智慧的年頭，這是愚蠢的年頭；這是信仰的時期，這是懷疑的時期；這是光明的季節，這是黑暗的季節；這是希望之春，這是失望之冬；我們面前什麼都有，我們面前一無所有；我們都在直奔天堂，我們都在直奔相反的方向。

——查爾斯．狄更斯《雙城記》

1

張藝謀為成都拍了城市宣傳片的那年，每次離開成都，都會在雙流機場的入口處，無一例外地看到路邊那塊巨大的廣告招牌，花圖色樣早就不復記憶，唯記得上面寫著：「成都，一座來了就不想離開的城市」。那招牌氣勢不凡，那句「一座來了就不想離開的城市」顯然是折衷眾多錦囊妙語而來，但我總覺差強人意：它道的不過是一個過客的恭維，卻沒有精妙地說出那股道道地地的成都風味。

李白詠，九天開出一成都，萬戶千門入畫圖。草樹雲山如錦繡，秦川得及此間無。杜甫歎，錦城絲管日紛紛，半入江風半入雲。此曲只應天上有，人間能得幾回聞。劉禹錫記，濯錦江邊兩岸花，春風吹浪正淘沙。女郎剪下鴛鴦錦，將向中流匹晚霞。楊雄賦，都門二九，四百餘閭，兩江珥其市，九橋帶其流。

這些都是幼年時反覆咀嚼的詩句。一筆「窗含西嶺千秋雪」，意猶未盡，妙不可言。這筆墨下的寫意之象，儼然一座昌明隆盛之城，詩禮簪纓之邦。府河作青綢，錦江作綠條，連肌膚都是潤的。一夢千年，流到現世的手裡，舊蘊難存，唯在某條幽苔深深的老巷盡頭，在風輕雨澌的濕濡季候裡，在成都人柔綿如雲的口音裡，辨得依稀殘跡。

2

自幼年起不知在成都進進出出多少次，中學時代亦在那裡度過。它於我，只有家鄉的幻影，卻到底不是我的家鄉。我印記它，是因了它給過我的印記。

人總是不能置身度外地回憶家鄉，而回述一旦被記憶所篡改，失卻的是時光的尊嚴。幸而這裡不是我的家鄉，因此，我想自己大概不會因對它感情充沛而陷入迷局，混淆滄桑之變。我記認的成都，不會是它冗贅繁瑣的街巷之名，不會是它無可媲美的食藝，不會是茶館裡晝夜不停的談笑，不會是俯拾即是的富人和美女，也不會是那遍街多得叫人發愁的小時尚……這是屬於成都人應該印記的東西，不是我記認的。

但我也只能告訴你，我記得的不是什麼，卻不能說出我記得了些什麼。這天地富足閒逸，生出了一片節奏舒緩的花花現世。它終究是不可印記的。

3

我的高中在成都度過。而寫了這些年的字，回頭一看，它也總是無處不在地滲透於我每一篇東西裡面，一些小事反覆提及，叫我感歎自己過得蒼白。當年的朋友們，除了少數幾個仍然堅守大陸之外，其他的孩子們全都四散天涯，全球第一世界國家幾乎都有他們的影子。因為物是人非，他們的名字，若不是放在紙面上，已經叫不出口了。用以描述舊日時光的那些字眼，諸如高三，諸如青春，諸如離別，諸如憂傷喜悅……都是個人感情色彩過於濃重的陳詞濫調。一歲歲長大，那些越年輕的事，越變得經不起重拾。

但至今仍然相信，那時遇到的你們，是一道照進我生命裡的光線。

因為相遇之前，離別之後，我都未曾見到比你們更加優秀的人。那個時候的我們，都是快馬平劍的傲氣少年，即使那些年一直方向模糊，也從未失去前進的激情，也正是在這樣的橫衝直撞中，漸漸劈出一條路來。所以無論是與你們朝夕相處的歲月，還是後來各奔天涯的日子，我都一直在一個安靜的角落裡，為與你們曾是朋友而驕傲。

回想那些年，由於學校封閉式管理的緣故，我其實很少出校。高一時的週末，曾經幾次逃出來住在火烈鳥家裡，週五晚上在離校回家的路上繞到人民南路中段的一家唱片行去淘X-Japan的CD。夜裡火烈鳥的媽媽總催促我們早點睡覺，於是我們只能暗渡陳倉，在狹小房間裡關了燈，盤腿坐在床上一張張聽CD，黑暗中斷斷續續地說話，耳機裡的歌聲像潮水撲岸一般淹沒言語，我們便就此沉默下去。誰也看不清誰的臉，但知道自己並不孤單。偶爾我們還會在週六去會展中心看Cosplay，週日一起去動漫繪畫班。她畫畫，我就帶幾張CD塞著耳機在旁邊安靜地坐一個下午。

這些場景都像極了岩井俊二的電影裡那些平鋪直敘的鏡頭。

火烈鳥住在玉林社區，那是成都很有意思的一個地方。聚集著一些動漫店、電影碟片店，以及白夜、小酒館。前者是一家以電影為主題的酒吧，區區她們就是在那裡找到了傳說中的Lube的CD，翻刻了一張送給我。後者是所謂的成都地下搖滾音樂腹地，曲和在高三時都還不時會去那裡看樂隊演出。

那是一段可愛的日子，所謂的偽憤青偽小資的年代。彼時心浮氣躁，也不懂事，心中總有墮落的衝動，中規中矩的表象下，內心卻躁動得一點誘惑都抵抗不住。有一次和火烈鳥從畫畫班回來的時候碰到另一同學，他正好說他鬱悶想找人一起去買醉，我便毫不猶豫地和他走了。那晚他喝了太多，直到酒吧打烊，我們不得不走出來另尋去處，十分狼狽。大約是凌晨三點鐘，我們橫穿春熙路。這條白晝裡沸騰喧囂的商業街道，在夜深人靜時分竟這樣蕭索陰森。我們相互扶著不知走了多遠，他堅持不住倒在地上，由著心事，哭了出來。我站在旁邊無動於衷地看著他躺在地上流淚。長長的一條黑暗闃靜的街道，就只有我們這樣兩個孤魂一般的身影。好像是被扔在了整個世界的後面，再也回不到人間。

高一寒假的時候也逗留在成都，住在Kathy家裡。我迷戀上會展中心的溜冰場，每天下午都和她去溜冰。頭一次穿冰刀鞋，上手竟然也很順利，不爽之處是場上人多，很容易撞到別人。溜完冰就經常跑到天府廣場毛主席像後面的那家鏈魚火鍋店去吃飯，因為是同學的老爸開的，所以蹭飯也成了習慣。晚上遲遲不回家，像個城市潛行者一樣在喧嘩的都市深處散步，都不說話，快快地走。有一次走了很遠，走到了九眼橋那塊兒，家就快到了，她不願回家，於是停下來點了煙站在路燈下誇張地抽，扮野到無可救藥。

但我仍舊暗自喜歡看她點煙的動作。

4

高二的時候看到搞笑簡訊說，即使上高三（刀山），下火海，我也一樣愛你。那個時候很輕鬆地就笑出來了。而到了高三，這句話才有些許別樣的意義。那些起早貪黑的日子，逼近枯燥的極限。六點半，就被那個喜歡在自以為沒人時嚎一曲《莫斯科郊外的晚上》的生活老師（曲和心中的漂亮姐姐）叫醒，昏昏沉沉起床，洗漱，五分鐘之內就下樓，順路去食堂買麵包雞蛋，到了教室就用飲水機的熱水沖一杯牛奶，坐到座位上一邊看書做題一邊吃早點，一抬頭，剛剛還安靜無人的教室，就已經陸陸續續坐滿了人。此時通常是七點不到。接下來的是一整日密密麻麻的上課和考試、看書和做題，一直要到夜裡十二點。如此暗無天日，到週日才有一次暫停，旋即又是下一個輪迴。期間如果某個中午我們能夠找到藉口溜出學校，去隔壁大學旁的「小春熙路」吃一頓冒菜[1]和牛肉香餅，順便買幾本電影雜誌來補充下精神食糧，就簡直是至上的奢侈了。

高三那年，媽媽來看望我的次數更加頻繁。每次她來學校於我而言都是一個難得的放風機會。媽媽總是帶我到陝西街的賈家樓去吃飯。

1 四川傳統小吃。

成都餐廳多如牛毛，蜀人做川菜手藝大都不錯，甚得滋味。銀杏或皇城老媽等吃排場的地方我是不夠檔次去的，最喜歡的就是陝西街的鐘老鴨和賈家樓。猶記得後者的果味蘆薈和清蒸鱸魚鮮美異常，我每次必點，且不論其他菜色如何，我一個人就可以吃完兩份蘆薈和整條鱸魚。母親坐在對面眼神愛憐地看著我吃飯，自己卻不怎麼動筷子，只是不停地夾菜給我。沉默無話的背後，又似有千言萬語的叮嚀。抬眼若目光相撞，便各自心裡都會酸澀難過起來。我害怕那樣的感覺，所以只低頭吃飯。

不知為何，而今回想起來的時候，當時的枯燥生活變得抽象而模糊，反倒是些許微小的快樂，清晰得毫髮畢現。那時班裡幾個官僚主義分子自封主席、總理、小秘……自成一體，組成國務院。可是後來主席曲和保送了，總理被北外要了，剩下小秘還坐在我的前面。那個一身青銅器臭味的歷史狂一心想考川大的歷史系，忠心耿耿地要在大學繼續做主席的幕僚，儘管事實證明她仍然投奔了資本主義，在香港的大學混得有模有樣。過去，迫於她的淫威，我不得不承認我是她的寵物，每次一下課，她就擺出令人髮指的傲慢姿態對我說，走，跟主人出去遛遛。

因為小青小白數學成績優秀，我們調侃她們是數學老師Mr. Snake的小妾和正室，正所謂「青白雙蛇」一對。小白習慣秋波到處拋，估計體檢時要是醫生不領情就要判斜視的那種，雖然她和我左一聲阿姊，右一聲殼殼地叫得親熱，但是我還是沒有得到她們的數學真傳。姑且就讓她倆姐妹爭完北大爭清華吧。

至於曲和，據說經常在網上被誤認為是個學識淵博才華橫溢玉樹臨風的美男子，而這種猜測只能證明政治課上的口號「要善於從現象認識本質」並非無用。我曾為小青對她的一句形容佩服得五體投地：「單看她那一雙腳，純粹就是一個饅頭上插了五顆胡豆。」如此一隻真人版機器貓，總是不費吹灰之力便激發出所有女老師的母性。過去我跟她在知性美女生物老師面前爭寵的時候，她只要一擺出那副幼稚園小孩想吃冰糕的欠扁模樣，我就知道又一次註定全軍覆沒。何況她的嘴皮之利索，叫人情何以堪。例如高三的某天晚自習之前，雨過天晴，我對她說，看，窗外的晚霞好漂亮！她嬉皮笑臉地回我一句，怎麼著，黨的光輝嗎？——我真想拿圓規給她戳下去。

還有區區，過去曾經被我叫做翠翠，因為她在學完國文課本上節選的《邊城》之後，便數次念叨她喜歡沈從文。我索性賜女主角之名「翠翠」於她，頓時眾人歡呼。高二以來的日子，我們每天一起吃飯。今天你幫我提書包，我去衝飯（即衝鋒食堂排隊買飯），明日我幫你提書包，你去衝飯。常常是別人還沒有找到座位坐下來，我們便吃完午飯回宿舍了；而晚飯吃完，我們都會去散步，繞著學校一圈又一圈，一圈又一圈，還是不想回教室，總是拖到晚自習鈴響，才你拽我我拽你地上樓。如此的後果就是，兩年過去，我們兩人的吃飯速度已經快到他人無法容忍的地步，以至於畢業之後，我在大學食堂再也找不到人吃飯，因為沒有人能夠忍受自己筷子還沒有動幾下，對方就已經吃完，然後惡狠狠地盯著你叫你快點。

所以我總是一個人吃飯。而每次一個人吃飯的時候，我總是這樣地想她。

高三的尾聲，身邊的朋友保送的保送，出國的出國，走了不少。那時兵荒馬亂，並肩作戰的死黨卻漸漸變少。好像大家一到夜間就疲倦而沉默了下來。曲和被保送了之後，就堂而皇之離開學校開始遠途旅行，養貓，總在我為萬惡的數學題生不如死的時候，發來簡訊，說她正在平遙的酒吧邂逅某某，或者正在廣西鄉下的河邊坐著洗腳。

小青被保送北大之後，仍然十分恪盡職守地留在我身邊做同桌，習慣性地用右手食指推推眼鏡，一本正經地提醒我，不准咬手指甲，要奔清華。

區區已經通過了中戲的專業考試，意味著高考不需要數學成績，每日悠哉遊哉，拿著就算一百分制來看也不及格的數學試卷面不改色地從Mr. Snake面前走過去，氣得他夠戧。

5

兩年之前寫這些回憶，可以寫得滔滔不絕字字若淚，一年之前再寫這樣的回憶，就已經不再動容，生怕寫成了矯情。而今再寫這樣的回憶，只剩下經過層層過濾之後印記深刻的很少一些人事了。

忘記。如果沒有忘，何以記。

忘記晚自習之前為了複習單詞準備聽寫而不去吃飯的日子，忘記因為第二次模考考壞而削髮明志的孩子，忘記打滿了凌亂草稿的本子，忘記做也做不完的卷子，忘記放在課桌上殘留著咖啡的杯子，忘記我們坐在一起度過一個又一個晚自習的桌子椅子。

在離高考還有半個月，放了溫書假的那天，我帶著逃亡的心態離開了學校。收拾完所有的書本，足足裝了五大箱。

一路驪歌，我與學校漸行漸遠，從車後窗看過去，那幾棟再熟悉不過的米色建築越來越小，緩緩陷進地平線。成都繞城高速公路上的綠色路牌一塊塊閃退而去，十公里、二十公里、一百公里。一些面孔越來越遠，一些事情越來越淡，像經幡一般掛在時光的軸線上，被拉成了一條漸漸繃緊的弦，最終斷掉。

我曾想，那一片彈丸之地，不過一片操場、一座大樓、幾塊綠茵、幾條曲徑……這何以承載得起一批又一批鮮活得歷歷在目的青春。

這一切將在我那被回憶肆意篡改的頭腦中，漸漸抽象成迷霧塵埃，浮在夢境之外的空茫黑暗中，夜夜夜夜不斷下墜，總有一日塵埃落定。青春還是那樣美麗而遺憾，我已走過。光輝歲月啊！

我會怎樣想念它，我會怎樣想念它並且夢見它，我會怎樣因為不敢想念它而夢也夢不到它。

6

二〇〇五年夏天對我而言是個畢業的季節。每個人問得最多的一句話便是，你去哪兒？一夜之間就各奔天涯的味道。北上臨行的前一夜裡，與曲和徹夜說話。翌日她在月臺上為我送行，我站在緩緩啟動的列車上，想到即將離開這座「來了就不想離開」的城市，一時動情，落了淚。淚只兩滴，抹掉就乾了。轉過身去不忍再睹她的身影，就此決意從今以後要冷暖自知。

北上之前曾有朋友對我說過，天津是一座尷尬的城市，你去了便知道了。

我無動於衷地笑，那又如何。這對我而言不過是座乾淨孑然得沒有任何記憶、沒有任何朋友的城市，以處子之身展現在我眼前。不是北京那樣的夢想之城，也不是成都那樣的回憶之城。我要的便是這樣的置身度外，要的便是這種乾乾淨淨的陌生。

梓童是我大學裡最好的朋友。

那個時候剛進學校，沉澱了一個夏天的失望，仍然直白地寫在臉上，冷漠不近人，顧影自憐，走路都懶得抬頭。開學經過半個學期之後我還叫不全班裡二十個同學的名字。

因為是小班授課，所以總感覺是在上高四。教室裡的位置是任意的，但是無論前面的人怎麼換來換去，最後一排永遠是空給我的。上課的時候我一個人佔據整整最後一排空座位，獨自埋頭看英文小說，一副事不關己的樣子。如果被老師提問，我就氣定神閑地請他再重複一遍問題，然後用流利的英文想當然地作答。老師總是無可奈何地說，You said something, but you said nothing.

我以為我會這麼獨來獨往地過完整整四年的。終於有一天，梓童走過來，叫我的名字，說，你做我師父吧。

我闔上書抬起頭來，哦，哦，好。

那師父，以後我挨著你坐吧。她臉上有小孩子得寸進尺之後的狡黠表情。

哦。好。

梓童是一個很男孩子氣的女生。記得新生大會上，全班人第一次坐在一起。我掃了一眼，心想，唉，只有四個男生，而且論相貌而言其中三個都叫人不敢恭維。剩下的那個還可以恭維的，就是梓童了。

結果她也是個女生。為此我徹底無語了一陣。那會兒正是李宇春紅遍大江南北的時候，中性美成為年度熱門詞彙。我看著梓童這個孩子，覺得她獨立，乾淨，帥氣，禮貌，懂事，是我少年時想要成為的樣子。

我們成了特別好的朋友。教室最後一排座位從此多了一個人，我們兩個人坐在一起，她看《紅樓夢》，我看《簡愛》；我背牛津詞典，她就背朗文詞典，我學德語，她便學法語，我練銅板體字，她也就練銅板體字……在課桌下面玩折紙，或者不停地講話，講到老師忍無可忍地點名制止……英語晨讀的時候她突然提議翹課去唱歌打電玩，我們就立馬收拾書本浩浩蕩蕩閃人。

學校處在五大道片區[2]，那是幾條延續著殖民時代建築遺風的有名街道，天津最漂亮的地方之一。她有時會騎車載著我穿行在大街小巷，帶我去一些挖好東西的地兒。我們去過花卉市場買野百合和梔子，去過八里台挖些雜誌書本……有事兒沒事兒的時候去通宵K歌，喝得東倒西歪，睡在沙發上有一搭沒一搭地說話。天亮的時候勾肩搭背地走出來，宿舍還沒有開門，我們便遊蕩在清晨時分安靜無人的城市裡，從河東區走到河西區……

曾經有段時間我心事很重，總是不開心。晚上她便常常陪我散步，從春天，到夏天。我們在黑暗的校園裡走來走去，聊許多許多話，開許多許多玩笑，我從來沒有和誰在一起這樣地愉快和放鬆過。心情漸漸平靜下來，想，沒有什麼事情不可撐過來，沒有什麼人不可以忘記。我寫這些話的時刻，離她即將出國留學還有三個星期。我一直覺得我不是個懼怕離別的人，但是我卻特別捨不得她走。是因為預感到一旦她也離去，我將徹底孤身一人的緣故吧。我竟又這樣顧盼起來。

7

最近的一次與她一起逛街，梓童說，我將去的大學是一個教會學校。可惜我是一點都不信教的。

彼時我們正走在古文化街上，她又問我，你知道天津有許多西式教堂，都是殖民時代的建築。你去過嗎？

我說沒有。

等我們逛累了，她就帶著我拐進一條巷子，走進了一座很小的天主教堂裡面休息。禮拜堂裡空無一人。米黃色穹頂上面有模糊不清的壁畫，黑色的舊木條椅一排一排地碼著，彷彿白樺林深處某片被遺忘的墓碑。

我們還未坐下，一個五十歲左右的阿姨走過來，操著一口天津話，很激動地對著我們叫喚，孩子……你們來了……你們是上帝的子民……是上帝把你們召喚到這裡來的……小姑娘……來來來坐下……我來給你們講講……不耽誤你們太久的時間……我是想讓你們知道你們從何而來又從何而去……

梓童猛拽我的手示意我趕快閃人，可是我的胳膊已經被那位老阿姨給捉住了，動彈不得，於是我們很無奈地只好以僵硬姿態，站在原地聆聽這位老阿姨的佈道。

2　天津英租界在牆子河外的推廣界的俗稱，位於天津南部。

我不太能聽懂她地道的天津話，唯獨聽清楚一句：這個世界舊了，上帝要把它像捲地毯一樣捲起來。

講了四十分鐘之後我的腿已經站硬了，臉上保持著虔誠的表情，仰望耶穌十字架，肌肉酸疼。為了對佈道者表示尊重，我很有耐心地繼續聽她講《聖經》，講完了之後，那個老阿姨一遍一遍地追問我，你想過死亡嗎？有人在你身邊死去嗎？死亡對於你來說意味著什麼可怕嗎？你知道死亡的真相是什麼嗎……

她一邊說，一邊緩緩靠近我，我驚恐萬分地盯著她，感到無比的羞恥和害怕……我狂捏梓童的手，於是梓童打斷她滔滔不絕的演講，說，阿姨，不行我們真有事兒我們先走了……

我們終於落荒而逃。我不敢回頭，關於生和死、罪孽與福祉的詰問曾經如此頑固地盤繞在我的頭腦，而那個神情偏執的老阿姨，彷彿要重新把我牽回黑洞之外的光明世界——一個充斥著謬誤與真理的世界，一個舊的、像髒地毯一樣應該被上帝捲起來扔掉的世界。

跑出教堂之後，我回頭看見那個老阿姨站在斑駁的拱形青磚小門下，老梧桐的殘枝屈曲盤旋，幽綠的苔蘚植物附著在青磚門上那個古老的石刻十字架上，這個場景像歐洲電影結尾的空鏡頭。

這個世界舊了，上帝要把它像捲地毯一樣捲起來扔掉。老阿姨說這話的時候，做了一個捲東西的手勢。

活像上帝。

或許就是上帝。

被窩是青春的墳墓

特別說明：這是十五歲時的文字，而今看來，已是囉唆繁冗的羞人之筆，確實稚嫩。但我不作任何修改地放置在這裡，向那些無法被修改的青春致敬。謹以鏡鑒，或者紀念。

當我晚上聽著安靜得不得了的大提琴曲《Paganini:maurice gendrom》，間隙之中，聽見十月的風在飛舞，以及南方秋天的夜晚裡無比肅殺和淒戚的雨，手邊的電話響起來，有著初中同學的問候，我溫暖感動地不敢去接。常常在這種時候有時光飛回流轉的錯覺，心疼得讓我想落淚。在短短的國慶假期回到家，此刻躺在兩年前曾經無比厭惡的這張床上。我清晰地記得那些不眠又不醒的日子，像是一幅塞尚的油畫，灰暗而斑斕，凌亂又優美，沒有定義只有展示出來的傷口和甜蜜。在經歷了一個人的孤獨生活之後，忽然感到自己以前對「離開」這個概念的誤解有多麼的盲目和荒謬。那個對家庭有著深刻誤解和怨恨的孩子，那些光線明明滅滅的回憶中的風景，以及這一去不復返的時光，都離我遠去了。我開始學著去追悼它們，並試圖為它們重新安葬一次，豎一尊華麗的墓碑，以紀念我的一些失去。

在這個無比清冷的十月，我又看見我曾無比熟悉的，我家書房的天窗外的那塊鉛灰色天空，飄零的雲朵，流瀉的星辰，還有沉沉的黑夜。我想起我十五歲守著它們走過來的路途，如此顛簸。我知道我今天的妥協是建立在那些疼痛之上的，這是兩種不同形式的勇敢，青春期特有的不安：前者決定不顧一切地去不顧一切，後者決定不顧一切地去顧及一切。我終有今天。當我站在川流不息的人群中忽然抬起頭，感到頭髮被風吹亂並深深地掩埋了我的眼睛，單薄的衣服絲絲透著寒冷，笑容開始悲涼並且含蓄……我站在了一個預知的終點和另一個不預知的起點上。疲憊的長跑永無終止，我們都是荊棘鳥，一生只停下來一次，那是死亡的時刻。

《青春無悔》裡說，成長是憧憬與懷念的天平，當它傾斜得頹然倒下時，那些失去了目光的夜晚該用怎樣的聲音去安慰。

——寫在前面

1

很多很多個這樣的晚上，晚春時節的夜晚裡漸漸彌散開來的暗藍色天光會隨著很舊很舊的風迅速變濃。我在燈光煞白的教室裡看書和做題，抬起頭來眼睛會因為疲勞而出現幻影，那種一條一條的刺痛的影像，然後埋下頭繼續做，心裡面什麼也沒有。

周而復始，周而復始，每一天都是一模一樣的。我記得剛進高中時，一個又高又漂亮的女孩兒對我說，被窩是青春的墳墓，隨後是她放肆的笑聲。這句話很莫名其妙地出現在我腦海裡一直沒有忘記。

我已經離開家了。這個學校一到週末，所有的孩子都提著大包小包回家，他們的父母殷勤地為他們敞開本田車的門，拎過包牽上車。

我收拾好東西回寢室，安靜地生活著，安靜到有風的下午，我站在運動場的看臺上眺望黑色欄杆之外的郊區，瘦而好動的男孩，小飯店寫著錯別字的招牌，垃圾車轟轟地碾過去。常常一直站到天色漸晚，天空中出現絕美的雲霞，我才離去。風卻一直留在那裡，廝守著有時候我疼痛的記憶驚惶擠出的一滴眼淚，花朵一樣搖曳著。

有本書上說，寂寞就是你有話想說的時候沒有人聽，有人聽的時候你無話可說。

二〇〇三年，在秋風恰至的時候，我在無盡惶惑之中進高二，文科。

同桌是個很不簡單的孩子，曲和。年級裡很有名，看了許多書，把自己的文字打成漂亮的印刷體，大本大本地放在身邊，有著天真的笑容。還有許許多多的文科生，非常勤奮向上，我看著都感到害怕。

我一無所有了。當我開始決定好好地找飯吃，我就放棄了所有的追逐。犧牲了很多自由去換取另一個自由，最終得不償失的後果讓我不堪一擊，我既寫不出讓老師們可以不吝嗇分數給予的高考八股，又寫不出我期待的表達柔軟而精緻的文字，最終庸庸碌碌淡淡然然悲悲戚戚地被遺忘，我看著它們，心疼如刀割，淚水久落不下。

曲和是前衛少年雜誌的記者，有大沓大沓的樂評雜誌和大摞大摞的CD，寫大篇大篇的有意思的東西，看大本大本的哲學書，比如那本不是人看的東西——沙特的《存在與虛無》。我覺得我一無所有，我買不起那輛義大利產的概念車，買不到我想要找的電影《夜幕低垂》，我站在聲色犬馬火樹銀花寶馬香車川流不息的大街上，在夜晚熙來攘往的人群中看著店子櫥窗裡的一件很傑作的上衣，色澤華麗沉靜一如我過去的年年歲歲，裁剪異常精彩，我看著一千五百八十八的價碼，望而卻步的心情就像我初次面對感情時的膽怯。我買不起，得不到，如此而已。

站在還有兩天就滿十七歲的無名悲哀上，我感到我塗抹著悲劇色彩的生命被陰影吞噬，就像一部分少年，惶惑，並一再懷疑。

我開始現實。

我看著操場上那些高三的孩子因為不用穿校服而顯得明媚張揚的樣子，人人都是一張寂寞的臉。我覺得說出「我高三了」這話一定非常驕傲，但我還沒有。我雖然已經安靜地去一道一道地解數學，聽課時用鋼筆行楷記筆記，下晚自習後伴著常常沒有月亮的夜色輕輕回寢室。沖澡，上床，繼續看書。聽一張大提琴，然後入睡。生活得那樣單純，近乎侷促刻板的平實具體。聽著樓下有女生撥吉他的聲音我可以突然覺得難過，那把音色響亮的吉他躺在櫃子裡，清晰地記得換和絃時，左手和指板摩擦而生的極似哭泣的聲音，像是一種控訴。媽媽週末打電話給我，要努力啊勤勤……我在電話這頭用很溫和的聲音回答，嗯我會的媽媽你放心。但是抬起頭被穿堂而過的疾風刺倒，並看見我的青春這條路的盡頭有黑色的洪流提前洶湧而來，時光拉著我在這頭迅速奔跑。這條路越來越短越來越短，我非常地難過。

曲和有著許多最近一期的旅遊雜誌，捧著它笑容天真地說我想去哪裡哪裡，我覺得看這種書比自虐還可怕，曲和也有同感。我剛剛能夠心如止水，死寂。我不能像她那樣桀驁地寫東西，用漂亮的措辭非常優美地把中國教育剮得體無完膚痛快淋漓，然後愉快地寫下「我們單薄的青春……」最後是漂亮的批語和同樣漂亮的分數。我從小就只會寫「李白的詩歌表達了對祖國大好河山的熱愛」。我看著這些空洞無邊的東西已經非常平靜了。我的青春已經不再單薄，它已經厚重地踩過我抽身離開，剩下我緊緊擁抱著疼痛的理想。於是我寧願只關心我的飯卡上還有多少餘額，錢包裡有幾張票子還夠不夠我買張神州行[1]來給ＳＫＹ發簡訊。就像我對曲和說我太愛大提琴了，我怕拉不好褻瀆了它所以寧願不拉，曲和說你啊有自知之明。

因為我們都如此輕易地走到了別人的光環和陰影的籠罩下，愚蠢地聒噪，還堅信這是自己的優點和價值所在。而我淡然地堅持以蒼白的語言盡我所能刻畫出理想與現實之間的敵對，以及內心深處庫存已久的冷漠與希望，決絕與妥協。真實真實再真實。青春，我可愛的青春。

曲和寫著長長的有關中世紀文藝復興時期理性與感性的探討，把所能認識的哲思滲透進去，表達人文關懷，在晚自習的時候拿給我看，寫得很好是能得分的作文。我看了覺得難過也就是為自己難過。因為一再告訴自己看現實，看高考，看成績，看排名，其餘山崩地裂世界末日都與我無關，於是我曾有的澎湃的思想在不堪寂寞之中倏然消失，剩下我一個空殼，一個漸漸癟下去的球，滾不動了。於一個孩子，這是最大的悲劇，一個真實的普遍的悲劇。個人的悲劇對歷史不過是一行語焉不詳的斷句，時光白駒過隙，我們做為人類欲望這齣壯闊的悲劇中沒有野心的小人物，有理由對記錄，對由詞語構成的歷史產生懷疑，但是畢竟無能為力。

2

在我屈指可數的幾篇還算寫完了的東西之中，我總是重複不斷地提到十五歲那年的離別。那是我心中完美的一道烙印，時時灼痛。

我記得以前張揚的日子。蜷在教室最後一排靠窗的位置，一天一天地看雲，且聽風吟。耳朵裡塞著金屬，或者你愛我我愛你的情歌，瘋一樣地寫桌面文學，桌上牆上滿是我的筆跡，為此賠了學校不少錢。還有和朋友傳紙條。放學之後軋馬路，十分鐘可以回家的路途我要走半個小時。那些昏黃的日日夜夜，我牽著靖的手走在日落的坡道上，與年輕的幻想相遇，詢問快速流逝的光陰，心裡無比平靜地蔓延出憂傷，開滿學校後面的山崗。荒蕪的風把我包圍。

1 中國大陸通信商旗下的儲值卡品牌。

我知道，我還沒有到生命只剩下回憶的年齡，我一邊戀戀不捨地回首，一邊沾沾自喜地前瞻。唯獨冷漠地面對今日。這是怎樣的可悲。回到家裡看著母親疲倦煩躁卻滿是容忍的面容，心疼不已但是緘默。我是她雙手種出的麥子，我怎麼忍心告訴她，我真的想離開了我真的不想再去學校了，我常常不做作業，我夜夜在鎖了書房門之後從來不會看書，我只是關掉燈，推開窗戶，坐在七樓的窗臺上一根一根地抽煙。我常常深夜不想回家，無法忍受專斷的家庭我寧願選擇自殺為反抗。那個春天我在花園高大喬木下面待過很久，一地的眼淚。城市裡許多我十五年了都沒有到過的小街小巷在那段日子被我一一踩過。也曾經在最糟糕的夜晚放學不回家，我深愛的人把我攬在肩膀上無聲哭泣，寧願回家之後挨罵也不想走。我熱愛這個黑暗中的城市，我坐在窗臺上，凝望在我腳下匍匐行走的人們，疲倦而匆忙。還有星辰一樣的燈光綿延到黑暗深處。天色漸晚。在那些夜裡，我總是覺得自己像一個年輕的王，穿著華美的袍，站在懸崖上歌泣。腳下有眾多的子民，都是自己的影子，天真的落寞的善良的罪惡的。像是一場紙醉金迷的盛大演出，靈魂飄沒。

可是我今天以晦澀的口吻把他們展示到紙上的時候，記錄變得蒼白無力。那些花朵一樣搖曳的過去，像時光一樣沒有辦法庫存。

3

我意猶未盡地想起你，以及有關你的所有。凌晨的雨，五月城郊的熱情陽光，教學樓西北角上的最後幾級階梯，在我醒過來之後你溫和的容顏，還有我在七樓的窗臺上喊出的你的名字，一切風逝。這些色彩游離的畫面構成我失敗的初戀的全部背景，像古代的壁畫一樣漫漶在歲月的撫摩之中。你寫在沙灘上的猶豫被潮汐捲走，但是在我心中卻鐫銘如銅刻。我在那幾年年輕得危險重重的日子裡，總是猶豫地、欲言又止地想向你表達我對你的關懷有無盡渴求，幼稚並且執著得令你無可奈何，可是你那麼善良，總是我一打電話你就出來陪我在街上亂晃，晃到凌晨你都睏得不行了才叫我回家，可是我依然孩子氣地戀戀不捨。

你還記不記得五月的假期我們心血來潮地在一個午後往郊外走，一直走一直走，沿途是鄉村泥土的味道，有一點乾燥，甚至夾雜著牲畜的氣味。風並不大，搖晃著喬木高大的枝幹，嘩嘩地響著，土狗，男孩們瘋跑，灰塵飛舞。太陽的眼淚落滿了我們的肩膀和面孔。我們走了那麼遠那麼遠，在城市的盡頭看見大片大片廢棄的倉庫和工廠，還有破敗的貧民住宅。這個場景有點像歐洲電影高潮過去之後的短暫間歇。太陽都垂垂落下了，我們站在河邊梳理愉快的心情和疲倦的笑容。心滿意足。

回去的時候我卻落在你後面腳步拖遝。幸福的步道總是這樣短，我們可不可以賴著不走。回家洗澡的時候看見自己曬得紅紅的臉，覺得甜蜜暢快，卻同時不乏感傷。畢竟這麼美好的午後又只能躺在回憶裡了。

你還記不記得畢業後的假期，我們去了遊客甚少的原始森林。溪澗清澈歡快猶似情人的眼淚，山山林林的虎嘯猿啼鳥啾禽啁，以及清晨的霧靄絲綢一樣纏繞在皮膚上。我們爬到山頂還看到了濃郁的綠色，層層疊疊地蔓延到遠方，偶爾被一間農舍、一座白塔、一行飛鷺打斷，於是這綠色就靈動起來，我觸手可及。

那天我們站在山頂，風呼呼地灌過來，我真的幾欲落淚。我想告訴你，我的愛，可是最終沉默地下山，帶著莫名其妙的沮喪，因為我還很失敗地沒有帶相機。

那天晚上我們在潮濕的、木搭的小房子裡住，夜色被檀木窗櫺分割成一小塊一小塊，和颼颼冷風一起瀉進來，我也第一次看見那麼多的螢火蟲，在黑暗中平靜而憂鬱地飛舞。晃晃悠悠的，像我們曾有的點點時光。

我一個人坐在床上喝了兩聽[2]啤酒。和你說話，看著你睡過去。然後輕輕地走到院子裡，看著這間小木屋覺得莫名的傷感。我親愛的你睡在這間房子裡並不知曉外面夜色如水，繁星滿天。

凌晨的時候我在牆上用煙蒂寫下「Te Amo」。黑黑的粗粗的塗炭。

也許你並不知道，美麗的旅途在我心裡疼如刀割。一直一直。

第二天我們下山準備回家。空氣裡彌漫著濕潤的草香。回到車水馬龍的城市，我對你說再見。是的，從那以後我再也沒有見過你，也沒有你陪我在闃然無聲的大街上晃了，再也沒有愉快的行走了，一切再次風逝。

我們都對了還是錯了，我們都愛了但是忘了。走的時候你哭了還是怎了，我只是疼了但還是笑了。

我想引用一句被說過很多次的話，我生命中的溫暖就這麼多，全部給了你，叫我以後怎麼再對別人微笑。

十五歲那年綿柔的細膩心情在現實的逼迫中垂死掙扎，我在惶惶不可終日之中等待幸福的泅渡。我唯一的信仰就是能牽著你的手一直走下去，走到盡頭再看錯到哪裡。這種單純而且可愛的科幻一生只會有一次，它可以輕易地被扼殺在搖籃裡。在學色彩的時候，導師說過，水粉畫中的灰色不是指黑白相間的灰色，是指無數種顏色相混，這種很灰的背景能凸現層次感，使背景襯布退下去，導師也很稱讚我對灰色的運用。而我只是覺得這種顏色像極了我的成長，斑斕成模糊一片。

我在最後的離別時刻，聽見自己關節拔高的聲音，細胞分裂時窸窸窣窣的聲音，不停地掉屑，齒輪在堅硬地磨合。可是疼痛已經不再切膚。我想告別你的那天晚上是漫天的霪雨。窗外嘈雜一片。我那麼想最後見你一面啊，那麼想。

我遺棄了你們，把你們狠狠地甩在後面，一個人決絕地行走。該走了吧。

只是偶爾回述往事，會感傷地想起榛子在畢業典禮結束之後騎著單車載我穿越喧嘩的城市，燈光快得拉成線一閃而逝。還有昊在黃玉蘭之下給我的匆忙的吻……一切都是未知的。

後我來到新的學校，母親忙裡忙外地幫我收拾寢室，溫和地囑咐我要好好照顧自己。然後姿態僵硬地和我擁抱——我已經記不起上一次擁抱是在多少年以前——她背影消失在陰暗仄仄的樓道裡的那一刻，我忽然感到淚水瘋一樣地在眼眶裡沸騰。我淚流滿面。忽然醒悟我是這麼脆弱的孩子，我愛我的母親一直都愛非常地愛。因為我們太像了，所以骨子裡相似的缺點

2「聽」是「tin」的音譯，也是一罐的意思。

開始頂撞，但都是無惡意和不刻意的。少年要經歷世態炎涼和人間冷暖才會知道父母的愛是唯一不計條件和回報的。那一刻我感到無比悲哀和落寞。

就這麼啊，我離開了家。

這段我生命初始的離別帶給我的不是普通意義上的離別，它讓我揠苗助長似的突然成熟了許多。摒棄了多少不切實際的點綴，從雲端落到半空中。所幸還沒有衰老到頹然栽到地下。

4

當我趴在教室窗臺上看著校園裡規整劃一的草坪和乾乾淨淨的水泥壩子，那些穿著校服背著大包包頂著純色頭髮的孩子——那些一模一樣真的是一模一樣的孩子踩著大步小步穿行的時候，我想起我小時候最愛坐上去的那堵圍牆。我坐在牆上一下午一下午地看秋風跑過山坡，葉子一夜間枯黃。那時偷懶不練鋼琴去山坡上和小朋友玩過家家，撿果子吃最終人贓並獲地被抓回來挨罵。還有在舅舅的花園裡把鬱金香的球莖全部肢解，把汁液塗抹到衣服上。我一時間竟然忘記了我已經不再年少，校園的喇叭裡聒噪著小妹妹之輩寫得酸了吧唧的抒情作文，黑板上還有一大片作業……我親愛的不羈年華啊，小K你還記不記得，我們在罰站的下午對著牆壁猜剪刀石頭布，你突然說：「我要飛了！」於是我看見老師辦公室的窗外掠過一群白鴿，靜靜地無聲飛翔。白色的羽毛純潔得一如你掛著泥印和汗水的臉，乾淨得我多年以後回想起來都覺得清晰如昨。

曲和的文字已經凝練沉著得不需要再怕高考作文了，但是我呢。我已經不再關心心情之外的一切。我是一個鬱鬱不得志的畫家，重複地描繪同一處狹隘的風景。風景消失了我也就該死了。現在的我關心天氣、心情、食物、成績。唯一還會做的是翻開大卷大卷的素描、水粉畫、速寫，看看上面簽的日期是否還完整。然後找出五線譜一頁頁翻，從拜爾到徹爾尼599到749到849到299到740，最後是前年夏天折磨死我的李斯特匈牙利狂想曲5。僵硬的手掀開琴蓋，落到黑白鍵盤上，觸目驚心地顫抖起來，像村上春樹寫的敏一樣無法彈下去。抱著吉他笨拙地撥著同一個和弦，一滴眼淚落下撞擊在鋼弦上，我聽見驚雷炸響的沉重控訴。悲哀從心底溢出來，打濕我的臉，我沉鬱下來，不再說話。

這就是成長嗎？像是一頁頁翻書的感覺。

在今天依然稚氣的思想背景和貧窮的束縛下，我不上網，不喜歡聊天灌水衝浪製作個人主頁，我不打電玩不看電視，我不看文獻也不看名著，更不看武俠但也不看新聞時事。朱總理都下課了我還不知道十六大[3]開過了，伊拉克都炸平了我還不知道除了老美還有什麼同夥和那丫一起因為什麼要興師動眾。共產主義都要實現了我依然只記得兩千年前赫拉克利特說人不可能兩次踏進同一條河。曲和都要換電吉他了我依然抱著木吉用乾澀的聲音哼著〈白樺林〉。我越來越退居現實和潮流，我心甘情願落得平庸。我從來不小資，唯一一點憤青的衝

3 中國共產黨全國代表大會，每五年舉行一次。

動都扼殺在搖籃裡。我也不罵政治課的無聊和灌輸知識的強制了，考試紅紅的一片我告訴自己不要怕不要怕下次好好來……

……

我看著我自己，心疼如刀割。那個張揚的孩子哪裡去了？本來可以不用這麼快長大的。我看著自己十六歲就開始衰老的頭腦，悲憤，非常地悲憤。我想揪住時光的衣領一拳打死他。我感覺我身處蜂擁向前追趕幸福理想金錢洋房小車美女的趨之若鶩的人群之中，夾在中間被踉踉蹌蹌趔趔趄趄地推著打著擠著撞著帶向前去，他們都精神飽滿興致勃勃地在橫流的物欲之中堅定向前追趕。我不要。我還遺忘了一個背包在後面，那裡面裝著我的玩具和食物。我要回去拿……我一定要回去拿。我會逆流而退的。這是我的一個理想，我無數次夢見一個逆著人群行走的人，臉上刻著決絕與妥協並存的堅定和猶豫。一直在行走，他的理想是要嘛找到世界的起點，要嘛毀滅在宇宙的盡頭。

卡夫卡說，真的道路與其說是用來供人行走的，不如說是用來絆人的。

我在荒蕪的風中迷惘地尋找星辰的方向，疲憊昂奮又停不下來。創世之初的洪荒從神話和經書中湧來。我站在島中央急切地張望，可是天空之上的黑色颶風沉沉地壓下來。但是我依舊相信，我像耶和華一樣仁慈地相信，我們做為有思維的生物是上帝的傑作，在黑色的天地之外有著明媚的雪原和祥和的村莊。我們終將做為一個光榮的傷疤裝點歷史，然後被後人輕輕摩挲。我們只是在經歷一個生命的夢境，渾濁的像是處在絕路，但是在太陽醒來並開始將他的眼淚澆灌這片皴裂的土地之時，一切都將重新開始。就像那部坎城電影的對白：「是的，幻想，我們缺少幻想。」

我總是以抗拒的眼神看待榮枯迭替，晝夜輪迴。反反覆覆像是一首歌被翻唱翻唱再翻唱。醒來，睡下，斗轉星移。

我瘋一樣地成天念著口頭禪「我崩潰了」一邊壞壞地笑，摸著曲和的頭說開光開光我來給你開光。透過鏡片可以看到曲和清澈的眼神，神似一個可愛的頑童，我看著覺得溫暖。我們過著單純的生活，單純得不用擔心失業或者貨幣貶值，破產或者金融危機。泡沫經濟氾濫的後現代工業讓我覺得其實太富了也不好，你看日本經濟多疲軟。我們中國人舉著紅旗手捧著蛋在大道上浩浩蕩蕩的精神共產讓西方人歎為觀止。

像我們這樣的孩子擁有著平凡的出生和註定平凡的死亡。但是一路上由夢想、信念、抗爭、憂傷，以及不停息的鼓點、舞蹈打造的青春，即使終將幻滅成灰燼飛揚之後沉沉落下，但畢竟不失華麗和悲壯過。我在雜誌上看到過這樣的一段話：「在歌舞昇平的和平年代，青春在一代又一代人中老去，又在一代又一代人中長成。回望起來，不止華衣與愛情，不止學習與時尚，不止鮮血和革命，不止奮鬥與理想，不止英雄與奉獻。」傑索魯的「比馬龍」效應告訴我們意志的確是生命不可缺少的力量。在上個世紀海明威借用葛楚．史坦的那句「你們都是迷惘的一代」做為處女小說的開篇時，我們即被冷酷的歲月冠以一個溫暖如花開的名字「年輕人」。所以我們高聲呼喊年輕就是他媽的一切的時候，不會有人指責我們的笑容太過玩世不恭。青春的意義在於哪怕憂傷地淚流滿面，依然是一首夾雜著搖滾味道的安魂曲。

5

我寫到這裡的時候，發現窗外有著明媚的秋陽，燦若霓裳。我想起在記憶深處飄蕩的光斑，撒遍暗處的空白。我像不聽話的孩子那樣，掀起還未開場的戲劇的帷幕，虔誠又調皮地窺視人生的悲喜。那些隱藏在各式各樣面孔的人們在讚美詩的廢墟上演繹著他們豪邁的愛情與權謀。在這種嘗試性的描述中，我以暢快淋漓的惡意把人生撕碎了看，斷章取義導致我一再錯不可饒。可是並不罪過。因為對於從來都是完好地冷藏反抗性並循規蹈矩生活的人們來說，他們的人生還沒有撕碎就已經死亡了。

契訶夫說，如果已經活過來的那段人生只是一個草稿，有一遍謄寫該有多好。可是我想，我潦草的青春和也許同樣潦草的人生是優美的，沒有成為物欲獵取的尤物。

曲和的筆記本上有這麼一段話：

原來有些事真的是不經意的完整，有些人真的是出乎想像的命中註定。……無論上天給我怎樣的軀殼，我上演了十七年的悲歡，一些人一些事就這麼明明滅滅地刻在沿途的風景中。我學會了安穩學會了謊言學會了冷靜學會了沉默學會了堅忍。輾轉中的快樂在百轉千回中碎成一地琉璃，我站在風中把它們掃進心底最陰暗的角落。再也沒有關係。那樣明眸皓齒地對別人微笑，靈魂噴薄影子踟躕。只剩堅強無處不在。

所以如果有不幸你要自己承擔，安慰有時候捉襟見肘，自己不堅強也要打得堅強。還沒有衣不蔽體食不果腹舉目無親，我們沒有資格難過，我們還能把快樂寫得源遠流長。

6

在物質豐富得不需要信仰來支撐的今天，我們有足夠精力關心內心的小情調而不至於餓死。這也是生活被關心得感到空虛的原因。

我回憶起你的笑容在黃昏徐徐綻放，你的善良最終保護了我橫衝直撞的感情不至於遍體鱗傷，你一直一直都維護了我關於愛情的全部臆想沒有過早坍塌。還有我親愛的朋友們，如此寬容我與生俱來的冷漠和一些一開口就與寒冷相凍結的告白。我懷著虔誠的感恩一路離別一路祈禱你們能在塵世找到幸福，雖然就像錢先生說的那樣，永遠快樂不僅渺茫地不能實現而且荒謬地不能成立，可是因了祝福是對苦難的祭奠，我們隱忍地活著就是甜蜜地對痛苦進行復仇。所以我依然單純地希望你們都永遠快樂，願我們把這句話以陪葬的身分帶進墳墓。我見過你最深情的面孔和最柔軟的笑意，在炎涼的世態之中，燈火一樣給予我苟且的能力，邊走邊愛。

從前寂寞的孩子渴求海洋那樣令人窒息的無盡關懷，但是在多年以後我們都看到了世界的荒蕪和深不可測，即使被溫暖如春的浮華與明媚所掩蓋卻依舊無法消失。所以我總是對朋友們說要好好地過，好好地過。成長必然充斥了生命的創痛，我們還可以肩並肩尋找幸福就已足夠。

我想紀念你們。在我十六歲垂垂老去之前的朋友。我知道你們對我的愛以各種方式表達給我，也許我曾經拒絕收到，可是在我回憶往事的時候這一切熠熠生輝，炫目得我來不及遮住眼睛就潸然淚下。一路的聚聚散散中我們曾經圍在一起取暖，風雨無懼。雖然在冬天過去我們又將收拾好各自記憶的行李匆匆上路，走在這彌漫著廣闊憂鬱的土地上，一如幾百年來一代又一代候鳥一樣的年輕人，很快就各奔天涯。可是風景依然是存在的，我們都見過夢境裡的如黛青山，滿溪桃花，野花迎風飄擺好像是在傾訴衷腸，綠草萋萋抖動恰似相戀纏綿……似水年華，如夢光陰，此生足矣。

每個星光墜落的夜晚，我裹緊棉被沉沉地閉上眼睛。

淺淺的睡眠，沉沉的夢幻，醒來，你已在彼岸。

少年殘像

但願你的旅途漫長

——〔希臘〕卡瓦菲斯《伊薩卡島》

序幕

「紹城，下雪了。」

闊別了多年之後，某個冬天的深處。我尚未醒來，閉著眼睛，在昏默的清晨中捕捉到他的聲音。「好多年沒看到過下雪了。」他繼續自言自語，伸出手來撫摸我的眉毛。這細微的動作如此熟悉，讓我在睡夢中閉著眼睛輕輕笑起來，可又落寞地覺得，這些年來我們的闊別，如同縱橫交錯的溝壑，使得我們如今像是站在山巔遙遙相望。

他起身來，上身赤裸，走到窗前，猛力推開窗戶。十二月的北方，風夾著絮棉一樣的雪花撲進屋裡來，天色昏黃如同舊琺瑯杯裡的一層茶垢。寒風吹得我頭皮發麻，我緊緊裹在被子裡，端視良久，眼看著他背影輪廓彷彿要融進風雪裡一般。

等他轉過身來的時候，凍得發青的軀幹，像一樹冷杉一樣孑然站立，擋住了光線。寒風從他冷兵器一樣堅硬的肩峰上滑過，似在拋光他的身體輪廓。那線條有別少年時的單薄，卻依舊擔當著我多年的想念。一時間我覺得那軀體彷彿在逼著我。我們就這麼一言不發地對視，然後眼看著他彎下身來撫我的頭，捋起我額前的頭髮。他的瞳仁在暗處閃亮，俯身說：

「我走了，再見。」

「凱，你記不記得……」

我喊著他，他寸寸離去，沒有回頭。

我叫喊著醒來，之行的手抓住我。

「你又做夢了。」她說。

我眼底有淚，凝視她的面容，只覺得模糊而落寞。她挪過身體來抱緊我，我感到陌生，卻依然想在這柔軟的懷抱中止息。

這些年，我時常以各種各樣的形式夢見他。夢見他從我們中學的校門口閃過。夢見他與我告別。夢見他跳下高塔，墜入一群鴿子的紛紛羽翼，像一片葉子一樣消失。夢見一片遙望無垠的麥田，他躺在無人的深處，麥稈柔韌地在風中倒伏。

那又是少年時的夢了。

第一章

1

兒時的紹城深秋，候鳥耐不住冷寂，早早離開那裡深灰的天空，只剩下雲朵守望沒有翅膀的飛翔。天寒欲雪。黃昏日復一日地降臨，一大片愴然的赭黃色餘暉鋪在天邊，猶如神的麥田。我知道，冬天很快就要接踵而至了，初雪過後，紹城將一片寂靜荒涼。

在窄小的閣樓裡，我抹掉窗玻璃上的水霧，向外遙望。一片熟稔的世界在我眼前洞開：天空顫抖著深深泛寒，灰色的低矮的樓房輪廓模糊，成群的鴿子靜靜飛翔。霧氣蒙然，被黑色的朽木窗櫺分割成小塊小塊的方形，在紹城萬籟俱寂的夜裡，比暗夜更暗。

我被午夜時分的鞭炮聲驚醒，看見窗外陡然升起豔麗煙花，流光雍容，從窗戶照射進來，將我的閣樓變成了一座通體透明的琉璃城堡。閣樓下面，母親打開門迎接除夕之夜匆忙歸來的父親，絮絮叨叨地幫他卸掉行李。我醒來了。清醒得居然聞得到破門而入的寒氣。

每年的這個時候，父親必伴隨這風雪歸來。

2

小學畢業那年夏天格外炎熱。晴空上的雲朵彷彿被烈日煮沸了，翻滾著幻化不定的絮絲，白得耀眼，熱氣灼人。而在我的記憶裡，那是一季眼淚和汗水一樣豐沛的炎夏。父母終於以離婚的形式告別了無休止的爭吵和打罵，爾後父親再一次離開了我和母親，離開了小小的紹城，去了很遠的地方。唯有不同的是，他這一次離開，將再也不會回來了。

離別的那天中午，我躲在蒸籠般的狹小閣樓裡，汗如雨下，卻一直不敢出來。那天的日光那麼強烈，晌午的蟬聲聒噪個不停，聲浪迫人。母親的哭聲從樓下陣陣傳來，但父親一直沉默。一瞬間我聽到了開門的聲音，緊接著房門又重重地被摔上。

我明白父親走了。

一時間我在床沿邊坐立不安，開始不停流淚。雙手用力抓扯床單，用力到快要把棉布給抓破。十分鐘之後，我站起身來迅速衝出門去一路狂奔到車站，跑著跑著只覺得涼鞋底都被曬化了的柏油地面給燙熟了，灼得腳底鑽心地疼痛。

我在萬頭攢動的擁擠人群中氣喘吁吁地找尋父親的身影，跑過去拉著他的手不放。烈日之下，我拉著父親的手什麼都說不出來，只是一直抽泣，狼狽而無助地看著他。

良久，父親把我的手拿開，抹掉我的淚，在司機不耐煩的催促下，一言不發地上了車。

整個下午，我都站在車站廣場。頭頂被曬得針刺般灼痛，臉上的皮膚被淚水裡的鹽分醃得生疼，感覺像一張繃緊的快要撕裂的布。夜幕降臨的時候，車站裡的人漸漸稀落，越發清靜下來，白晝的餘熱卻還在升騰，我渾身已經被汗水濕透。母親到車站來找我，出現在我背後。她輕輕把手放在我的肩上，對我說：「我們回家吧，紹城。」

我生於紹城。於是父母將我取名為紹城。我擁有一座和我一模一樣的城市，或者說，紹城擁有一個和它一模一樣的我。在偏遠的西北之隅，紹城無聲無息地在漫長歲月中接受烈日炙烤以及北風肆虐。父親不甘心一輩子在這個偏城埋沒此生，於是在我還未滿歲的時候，帶著一點家底，離開了工廠，下海去經商，幾乎終年不在家。

聽母親說，父親下海的頭兩年處境十分艱難，每逢春節，父親回家捨不得坐飛機，又買不上火車票，就硬生生在春運火車上咬著牙僵站三天三夜，不吃不睡。下了火車還要換乘破舊的長途客車，顛簸近十個小時，頂著深夜的乾風燥雪趕回家來。

父親的腳在漫長的路途上總會因為久站不動而嚴重凍傷，潰爛流膿，與皮靴粘在一起，脫下來的時候鮮血淋漓。

我是記得的。我記得每年除夕父親回到家來，第一件事情便是用放了陳皮的熱水洗腳。他的大衣肩頭堆滿了積雪，面色憔悴，冰冷紅腫的腳上流著血。他因為疼痛而咬緊了牙關的樣子令我無限傷心。

我便是帶著那樣的傷心，靜靜看著母親蹲下來，流著淚為父親洗腳。

熬過了那些年，父親的生意開始蒸蒸日上，往家裡匯的錢也越來越多。春節的時候坐飛機回來，還會給我們捎來很多禮物。那幾年，是我記憶中最甜美的時光。沒有再看到父親紅腫流血的腳，也沒有再看到他咬緊牙關強忍疼痛的樣子。進了家門之後，父親第一件事情便是歡笑著把我抱起來，舉著兜圈。他大聲喚我的名字，城城，城城。我被父親舉過肩頭不停旋轉，恍惚之間看到母親柔和舒展的笑容，那樣的美。

後來的後來，父親不再回來了，連春節也是。冷清的除夕，母親神情幽怨，一言不發地坐在飯桌前，目光無神地注視著空洞的方向，直到整桌飯菜變涼，也沒有舉起筷子。良久之後，我不忍心再看下去，便站起身輕手輕腳把飯菜收拾起來，扶著母親去客廳坐下。我握著母親的手說：「媽媽，爸爸會回來的，你別難過。」

「你還不懂……」母親欲言又止。

我蝸居的小閣樓上，鴿子在黎明的熹微晨光中第一遍出巢飛翔，我早已習慣在它們啪啪扇動翅膀的聲音之中醒來，睜眼便可仰望灰藍色的蒼穹，靜默地向我展開一片廣袤而憂傷的笑靨。而暮色四合的時候，鴿子們帶著飛翔的倦意心滿意足地歸巢，唧唧咕咕的聲音，溫情而樸素。我知道，當夜幕低垂，母親便會又一次在漫漫長夜的荒寒中，艱苦而無望地等待父親的歸來。此後那些寒冷而清靜的除夕，我早早睡下，卻依然被午夜時分的鞭炮聲驚醒，睜開眼睛看見窗外陡然升起豔麗煙花，流光薙容，從窗戶照射進來，將我的閣樓變成了一座通體透明的琉璃城堡。但我再也聽不到開門聲，再也聽不到母親幫父親卸下行李，再也聞不到那盆早早準備好的散發著陳皮香氣的熱水了。

我就這樣醒來，躺在閣樓裡的小床上，在陣陣煙花過後的沉寂中，重新陷入沉睡。我明白我必須睡著，因為只有在夢裡，我才能與父親重聚。

那些年的冬天，紹城變得越來越冷。

彼時我還在父母工廠的子弟學校讀小學。同學們都是職工子女，父母也大都相互認識，班裡面就有好幾個同學的父母和我父親一同下海。不知什麼時候起，那幫孩子從家長里短的閑言碎語中聽到一些話，然後開始莫名其妙地起哄我，總是喜歡在教室裡大聲地叫：「紹城，你老爸是下海游泳淹死了，還是下海去吃螃蟹被噎死了啊……」「是跟別的女人好了，不要你們了吧？」

我羞辱難當，忍無可忍，啪的一聲撂下筆，把課桌一掀就衝過去和他們打架。常常是在我和他們扭打成一團、正要力不從心敗下陣來的關鍵時刻，凱站出來幫我。凱是班長，年級裡最出眾的男孩兒。他喝斥那些起哄我的同學：都給我住手！要不我叫老師！

然後他站到我前面來，擋住那些不懷好意的目光，從容不迫地把我的書包和筆撿起來遞給我，說，紹城，我跟老師說了，讓我坐你同桌。沒人敢欺負你。

3

我一直喜歡紹城的雪。只有下雪的時候，紹城看上去才不那麼灰暗。一下雪，我便興奮地跑出去，穿過大院，叫上凱，一起去滑冰和打雪仗。我們脫掉外套，放肆地撲倒在雪地，團好雪球，興奮地打起雪仗來。打累了就去湖上滑冰。那是向別人炫耀父親送我的冰刀鞋的好機會，我喜歡飛快地滑，站直了身體，張開雙臂，快得像是要飛起來一樣——那一刻能感覺自己像是冰宮中的快樂王子，敞開了精美華麗的冰雕之門，迎進一群白色的鴿子，與他們一起飛向鐘樓的尖頂。

就是在一個玩得特別愉快的星期天下午，我回到家裡，卻赫然看見父親已經坐在客廳。我總覺得有什麼不對，於是就這麼看定他，猶豫地小聲說：「爸，你什麼時候回來的……」然後我發現我可憐的母親坐在他身邊，臉上掛著淚痕，一言不發。

那個初雪過後的晴夜，皎潔的月光灑滿了我的閣樓。我在銀霜般的月光中睡過去，間或一再被他們吵架的聲音給驚醒。他們鬧了一夜，母親也哭了一夜。

我開始習慣他們吵架。吵得你死我活，父親動手打母親，母親就尖叫著摔碎所有的瓷器，殘片散落整個小廚房。我靜默地回到我的閣樓，關上房門，面向一窗月光傾城，手足無措。

在那樣的夜裡，如果我被他們吵得睡不著，就會起床來偷偷地離開閣樓，從後院溜出去找凱。夜色深濃，寒氣逼人，我遊魂一般穿過逼仄而森然的小巷，貼著冰冷的牆，左拐右拐，慌張地跑向他的家。他住一樓，我敲他的窗玻璃，他就會打開窗，然後讓我踩著墊腳的磚頭翻進去。我剛在凱的窗臺上露出半張臉，夜神就已經輕盈敏捷地一躍而起，跳到我眼前來，舔著舌頭，藍眼睛炯炯有神地望著我。

夜神是一隻灰黑相雜的貓。

凱的家裡只有奶奶。他的父母都一起下海經商，因為創業艱難，所以一開始不敢把孩子帶上。凱和奶奶一起住，管束上比我們都自由。父母爭吵不休的時候，我就逃往凱的家。在漆黑的小房間裡，我脫掉鞋就直接蹦到凱的床上去，累了就伸展四肢躺下來，偶爾徹夜聊天。我們不停地不停地說，而夜神則時而蹲踞在床上用匪夷所思的眼神望著我們，時而為發現了一隻在陽臺上落腳歇息的夜鶯而興奮地撲過去喵喵直嚷，時而無聊至極，兀自跳到窗臺上去靜靜蜷縮起來睡覺，渾身落滿霜雪般的月光。

某個夜晚，凱把夜神抱在懷裡，在黑暗中對我說，城，你知道為什麼每一次他們起哄你父親的時候，我都會忍不住站出來幫你嗎？

我忐忑地回答，不知道。

因為我的父親已經死了。凱說。

我驚訝地望著凱，瞠目結舌。

他告訴我，其實父親和母親到那邊去之後不久，就出了意外。媽媽怕奶奶承受不起，不敢告訴她老人家。春節也不敢回來。她只讓我知道。

我問，那你媽媽不怕你承受不起嗎？

凱說，我爸爸只會打人，賭錢，喝酒。他在那邊花光了媽媽掙的所有錢。我恨他。

我不再吭聲。凱也沉默。

每次臨走的時候，我翻上他的窗臺，就順勢騎在上面，快樂地對他說，凱，再見。夜神，再見。他便一手抱著夜神，一手拍拍我的背，說，紹城，以後你開心的時候，也要來找我。

凱的眼睛在熠熠閃光，星辰一樣發亮。目光卻又深得像一口井，引人不由自主地墜落進去，卻又看不到希望。

父親在家逗留了一個星期，吵了一個星期。後來他悄無聲息地離開，一如他回來時那樣——等我放學回家，發現父親已經走了。母親問我，城城，若爸爸和媽媽要分開，你決定跟哪一個呢？

4

在日光灼烈的盛夏，我們騎一個小時的自行車去水庫游泳，一路上大汗淋漓，道旁的楊樹綠葉窸窸窣窣地翻飛著，如同裙子上的碎花一樣細小，落下滿地繚亂的影子。我在騎車的時候偶爾會伸手抓著凱的車把搖晃他，卻被出乎意料的一隻迎頭撞來的牛蠅給嚇了一跳，身子一閃，車就歪去一邊險些摔倒，只聽見它翅膀顫動的聲音在耳畔「嗡」的一下飄過。我們打打鬧鬧騎得飛快，到了岸邊就把車子一扔，撲騰到水裡去。我們比賽游泳，每一次都不分高下。唯有一次，我眼看著凱要勝過我，便玩起了把戲，佯裝驚慌地大叫一聲「抽筋了救命啊」，然後撲騰兩下憋一口氣沉進水裡。凱不出所料慌忙趕過來救我，我被拉上水面時對他做了張鬼臉，氣得他又把我按在水裡，嗆了好幾口。

直到看守水庫的老人氣急敗壞地把我們揪上來，才想起已經到了回家的時候。一個下午過去，渾身已經曬成赭紅，皮膚又因為被水浸泡而泛白。騎著車一路趕回去，夕陽一片醉紅，被樹梢分割得支離破碎。

在下坡路上張開雙臂滑翔，到了小巷的末端，我們拍拍肩膀道別，然後各自回家。

推開家門，屋裡昏暗並且靜如死寂，與剛才明快喧鬧的歡愉迥然劃清了界限。我又看見母親憂鬱而憔悴的臉，不自覺地便壓低了聲音，調整呼吸，輕聲叫她，媽，我回來了。

她聲音沙啞，低聲囑咐我，去洗手，吃飯了。

我把自行車推到裡屋去放好，默默走到廚房去。只覺得這昏暗與至靜，幾欲讓我陷入失明失聰的幻覺之中，並且孤身一人。

那些遙遠的夏天，我們在一起趕假期作業，做航模，用磁鐵玩遊戲，騎車，游泳，看小人書，偷偷剪下大人皮鞋的後跟那一塊，用來做彈弓，或者為了爭一疊自黏貼紙而和夥伴打起架來。

那個時候覺得成長是一件漫長得讓人失去耐心的事情——生於這個偌大的世界的某個角落，

在日光之下像精力旺盛的幼獸一般盲目奔跑與嬉戲，人生好像永遠都在自己面前咫尺之遙卻無法接近，永遠猜不到若真的走進了命運的迷宮，將在那一個又一個令人好奇的拐角背後，遇到哪些冥冥中等待著自己的人與事。又要等到多少年以後，才能從那些令自己始料不及，卻又在別人眼裡平凡得缺乏新意的悲歡離合中，恍然醒悟，原來早已踏入人生迷局。我從來沒有意識到自己正在長大，卻又不得不承認自己正是在這樣的毫無意識之中，以迅疾的速度成長。

我最後一次因為被同學恥笑而打架，是在五年級的時候。

早自習，老師說今天班長不能來上學，大家要自覺遵守紀律。風紀股長要代替班長全權負責來，說完老師離開了教室。我不知道凱有什麼事，十分著急，轉身四處向同學打聽凱到底怎麼了。講臺上趾高氣揚的風紀股長大聲點我的名字，紹城，你在講什麼？再講話我記你名字下來告給老師聽！

我回答她，我什麼也沒講。

話音未落，我身後的一個小子冒出一句話來：他到處問凱為什麼沒有來呢！是吧，紹城？你們倆好得跟穿一條褲襠似的，我看……到底是你喜歡凱還是凱喜歡你啊……

班裡的同學頓時炸開了鍋，好幾個男生大聲叫著，是凱喜歡紹城，他對我說過……

他們紛繁混亂的聲音擠進我的耳朵，我只覺得什麼都聽不見了，頭腦中嗡嗡直響，熱血沖得我腦門一片猩紅，我一把抄起板凳朝後面的小子砸了過去。大家鬧得更凶了。我正與他打起來的時候，教室的門砰的一聲巨響，應聲而開。凱站在門口，眼神倔強地望著我。全班一下子靜了下來。

大家沉默了一會兒，忽然不知是誰冒出一個聲音來，說，凱，你要是真喜歡紹城，就去親一下人家！快啊，親給我們看看啊！

全班又開始蠢蠢欲動起來，坐在我身邊的幾個不懷好意的傢伙瘋狂地煽動著，他們不停地說，凱，去啊，你的威風哪兒去了？怎麼，敢說不敢做嗎……

我處在凱的視線聚焦點上，覺得自己的臉快要被他的目光灼燒起來。就這樣我目睹凱突然大步大步衝過來，一路哐哐當當地撞歪了無數桌椅。他在眾目睽睽之下站到我面前來，眼神炯炯地望著我。我看見他過來，心裡害怕極了，怕得閉上了眼睛，心臟狂跳到快要碎裂，耳邊只有那些傢伙們亢奮的呼喊聲，一浪高過一浪。

我暗自念叨，你可別這樣，凱……

然而當我睜開眼睛，我看到從來沒有打過架的凱，重重地出拳和那幾個小子打了起來。他大聲地喊，你們要再敢捉弄他，我……

全班炸開了鍋，人聲鼎沸，有的叫喊，有的拍桌子，有幾個孩子飛快地衝出了教室，向老師告狀。各種噪音匯成股股聲浪震盪著我的鼓膜。我如芒在背。

因為這場鬧事，我們被老師帶到了辦公室去。面向牆壁站立，聽著老師的厲聲數落。她說，凱，你一直都是個好孩子，現在你馬上要轉學，我本來指望你給同學們留一個好榜樣，可是你怎麼頭腦發熱變成這樣了？像什麼話？

我絲毫不知道凱要轉學的事情，一時間驚訝萬分地側過臉去望著他，難以置信地搖著頭。

凱仍然站得筆直。他鎮定地回答，老師，紹城一直被人欺負，我不能不管。

那幾個孩子不依，吵吵嚷嚷地說，誰欺負他了啊，胡說呢……

老師一陣不耐煩，喝斥道，全都給我住嘴！我問你，紹城——老師將臉轉向了我——他們都起哄你些什麼啊？

我費力地思索，要不要告狀。但最終我只覺得那些話我說不出口——無論是恥笑我的父親，還是恥笑我與凱。於是過了半晌，我低下頭去，輕輕地搖頭。然後用低得我自己都聽不見的聲音說，他們沒有起哄我……

那幾個傢伙擺出一副得意的樣子，而凱突然哭了。

……我已經不記得後來發生了些什麼事。是否因此有被請家長，是否有被暴打一頓……我都不再記得。我只記得那個瞬間，凱露出那麼難以置信的、失望的神情，熠熠閃光的眼睛被淚水模糊，眼神不再清晰。我只記得我們面向牆壁被罰站了一整個上午，並且頭一次在這樣長時間的獨處中，沉默得無話可說。凱在我面前哭了，他只說了一句話，紹城，我以後走了，你怎麼辦？

我不去看他，扭頭望著窗外陽光，明亮刺眼。

那天夜裡，父母依然在吵架。我從夢中被吵醒，躺在床上仰望黑色的夜。我起身想要離開，卻忽然想起我已經無處可去。於是我只好獨自一人爬到樓頂，在屋脊上，頂著一穹星光靜靜獨坐。

我在萬籟俱寂之中，聽見夜神的叫聲。

凱的身影出現在院子裡。他抱著夜神，說，你怎麼在屋頂？

我不回答他。

於是凱又說，我要走了，紹城。我想拜託你，幫我好好照顧夜神，好嗎？

我依舊不回答他。

凱在原地站了一會兒，然後對懷裡的夜神耳語了幾句，便把它放到地上。夜神聽從凱的話，噌噌地躥上了樓頂，腳步輕捷地走到我身邊來。它一直是一隻神奇的聰明的貓。

我抱起夜神，凱悵然若失的背影漸漸消失在夜色中。

凱真的走了。

他轉學，和奶奶一起離開了紹城。我想，是他母親把他接回到身邊去了吧。他一走，我才感到自己獨自一人，無可依靠，每一天都過得煎熬。

我也煎熬著父親數次不定期地回來，專為與母親離婚的那些日子。他們在廚房做飯時猛烈吵架，到餐桌坐下時，彼此一言不發，氣氛侷促而詭異。也許只是礙於我的存在，才未直白到將離婚的事提上餐桌。

我吃完飯便獨自回到閣樓。而他們的爭吵很快升級，母親在廚房放聲大哭。父親暴躁地摔門而走。我從閣樓上輕輕下來，走進廚房，把蹲伏在地上的母親扶起來。我在水槽邊洗碗，心裡越來越難過，空曠得彷彿聽得見回聲。

我守望閣樓上日復一日展翅飛翔的鴿子，看它們的身影變成一群黑點，消失在茫茫的天際，然後等待它們在日暮時分倦飛而歸巢，咕咕鳴叫。夜裡，我抱著夜神睡，或者和它一起坐在樓頂，與滿天星斗耳語。

我將誦讀我的憂鬱的詩句，幻想終有一日能遠涉重重山崗，去找尋失樂的荒塚。野花遍地。月光如淚。群鴿離去，讓落寞的飛翔貼滿了天空。父親的挽留早已在我腳步之後。沿著退潮的白色海岸，冬天終於來臨。

第二章

1

暮夏。

暮夏的白楊，細碎的灰綠色葉片在風中銀鈴一般翻飛，聲姿悅人，斑駁的影子撒了一地繚亂的舞步。我總覺得夏天是一年當中最慘烈的季節，那些用了一整年的時間來忍耐和蘊積的事件與情感好像都忽然被炎熱喚醒了，然後預謀不軌地一齊跳到生活中來搗亂。

我跟父親一起生活的最後一段短暫時間，便是在夏天裡。某個夜晚，父母又是一宿的激烈爭吵，翌日清晨，我起床洗漱，準備去上學，見到父親在收拾東西。我問他：「爸爸，你要去哪兒？」

他抬頭看我一眼，沒有回答，只顧著手上的事情。那日中午，我頭頂著晌午的烈日，在汽車駛過之後嗆人的揚塵中，燥熱而狼狽地走回家，一路沉默不言。汗水從額前大滴大滴地滾落下來。父親為我開門，抽著煙，皺起眉頭，面色陰沉。吐出的藍色煙霧，模糊了他的臉。

沒有人做午飯。沒有人說話。我進門，低著頭從父親旁邊擦身而過，徑直走上自己的閣樓。我把書包扔在床上，僵坐在那裡。

便是在那個難忘的中午——

我躲在蒸籠般的狹小閣樓裡熱得汗如雨下，卻一直沒有出來。日光那麼劇烈，晌午的蟬聲聒噪個不停。母親的哭聲從樓下陣陣傳來，父親沉默。瞬間我聽到開門的聲音，緊接著房門又重重地被摔上了。

我明白父親走了。一時間我在床沿邊坐立不安，開始不停流淚。雙手用力抓著床單，用力到快要把棉布給抓破。十分鐘之後，我站起身來便迅速衝出門去一路狂奔到車站，在攢動的擁擠人群中氣喘吁吁地找尋父親的身影。我跑過去拉著他的手不放。烈日之下，我拉著父親的手什麼都說不出來，只是一直抽泣，狼狽而無助地看著他。

良久，父親放開我的手，抹掉我的淚，在司機不耐煩的催促下一言不發地上了車。

整個下午，我都站在車站廣場。頭頂被曬得針刺般灼燒，臉被淚水裡的鹹澀鹽分醃得生疼，感覺皮膚像是一張緊繃得快要被撕碎的紙。夜幕降臨的時候，車站裡的人漸漸稀落，越發冷清。母親到車站來找我，出現在我背後。她輕輕把手放在我的肩上，對我說，我們回家吧，紹城。

我覺得母親的手冷得像是冬夜裡飄落到肩頭的雪。

父親走後，生活依然沒有什麼改變。常年來我與母親都早已經習慣了沒有父親的生活。我開始在夢境裡想不起來父親的面孔。這個給予我一半骨血的親人，像是一串來自命運底部的回聲，在森然而閉鎖的深淵裡，他的聲音由強到弱，漸漸幻滅。我開始覺得，有些人事，一開始就不屬於你的，就總歸是要走。

一季季雁陣歸去來兮，掠過空中的時候，啼聲憂悒而邈遠，把天地都喊得蒼涼。依然是在這座蕭條冷清的灰色舊工業城市，我開始上初中。我毫無選擇地又一次要將我的成長交付給它。這一次是青春。

黑漆的紫檀書桌上，陳舊的答錄機搭著一塊白色的紗棉布，一摞老歌卡帶整齊地摞在上面。鐵罩檯燈，在深濃的寧靜夜晚打開一片溫情的暖色光暈，安靜得令人傷感。燈下一隻蘇聯產的老鬧鐘，錶盤上是羅馬數字，做為爺爺晚年的立功獎賞，走動的時候齒輪之聲依然鏗鏘響亮。一摞厚厚的參考書和作業本，因為勤奮的使用而卷了角。書桌前的老籐椅泛著暗黃，腿腳不再結實，此刻只有帆布書包安臥在它懷裡。而櫸木窗櫺也已經腐朽變形，斑斑油漆像乾涸的土地般龜裂，灰塵模糊了小塊小塊的方格子玻璃。拉開印有竹葉暗紋的藍色窗簾，望出去是一片同樣陳舊的世界。

這樣的老閣樓，讓你想起你奶奶的縫紉機，你父親遺忘在抽屜底部的幾枚肩章，或者是你好奇多年卻不敢打開的一本塑膠封皮舊日記。

而對於我來講，記憶僅有的作用，只是一再提醒我，我曾經在怎樣的毫不自知之中，練就了遺忘與漠然的稟賦，用以面對一些妄想中的，或者是事實上的非難。

夜裡，當我在安靜的閣樓裡做題的時候，母親常常會拿著打毛衣的棒針和線團請求來我身邊陪我做功課。她表情悒鬱，幽幽地念叨：「一個人在下面看電視冷清著呢，上來陪你坐坐也好。你只管做你的功課，媽不打擾你。」

我每次聽見她的聲音，心中都會哀傷。

而夜神還不懂得這些，它只會面無表情地伸出粉紅的小舌舔一舔嘴唇，藍眼睛慵懶地望著我。我轉身做作業，它便很快索然無味地離去，在房間裡獨自一圈圈神經質地遊走。

是那種靜得只能聽見自己一個人的呼吸的生活。

母親害了肝病，越來越虛弱，早上起不了床，終日幾乎是以中藥為食。

我自然要照顧她。於是每天清晨，我比鴿子起得早，在黑暗中穿衣，然後到廚房去煮雞蛋，蒸饅頭，沖牛奶，煎中藥，洗臉刷牙。把早飯和藥都放到桌上，喚醒母親，然後背上書包便去上學。

因為沉默寡言，一直都是受人忽略的孩子。到母親工廠的工會閱覽室去借很多的書來看。那些書種類繁雜而陳舊，有許多或許自買來就從未有人看過。借書的陳姨說話嘮叨，卻心地善良，每次看到我去，她都分外熱情。而我也經常可以獲得多借幾本的特權。

我借到的第一本書，是出版年代久遠的《安娜・卡列妮娜》。繁體字。人物的名字有底線。中間有很多很多缺頁。開篇的第一句話，托爾斯泰說：「幸福的家庭都是相似的，不幸的家庭，各有各的不幸。」

而關於這樣的舊書，我又想起芥川龍之介的一句話。他說：「人生就像一本缺頁很多的書。說它是一本書，的確很勉強。但它畢竟是一本書。」

那些年，我差不多看遍了閱覽室所有的書，從《汽車修理》到《水滸傳》，飢不擇食地閱讀，囫圇吞棗。我從不間斷地看，無論是在午休時安靜無人的教室，還是在人聲鼎沸的課間。有時候一整天，都不會說一句話。而我的私人世界亦因孑然獨立而被完好地保存了起來，不被任何人所窺視或者打擾。比如說，當我與夜神一起坐在樓頂曬太陽的星期天下午，或者在深夜的檯燈下面寫一些從不寄出的信的時候。

而彼時我還不知道母親的病已經到了那步田地。

夜裡她肝疼得睡不著，就坐在床上徹夜不眠地織毛衣，神經質地不肯停下來，又開始偷偷用嗎啡，已經上了癮。發作起來的時候，就像毒癮纏身那樣死去活來。我一開始還不知道，只能驚恐萬分地在門口看著她痛苦的樣子，嚇得不敢說話。

母親第一次連續五個晝夜目不交睫，我從夢中驚醒，聽見她在樓下哭。我忐忑不安，輕手輕腳地下樓去，推開母親房間的門。燈依然亮著，毛衣的線團散落了一地，母親因為連日的不睡，眼睛裡已經全部是血絲。她神經質地對我絮叨，說她總是頭痛欲裂，可是到了晚上還是睡不著。

母親滿是血絲的眼神，空洞而絕望地望著我，望著我……想說什麼，一句話也沒說出來。

我束手無策地站在那裡，心裡像是一大片漆黑的荒原，燃燒著熊熊野火。

母親獨自一人把我從小養大，我知道她的苦，但我從來都不知道，那是一種怎樣的苦。我成長至今，唯一能夠瞭解到她內心的途徑，無非是她時不時的哭泣。而生活在紹城的鬱鬱寡歡的平民們，因為底層生活的諸多艱辛，並不對眼淚見怪。包括我。畢竟我們常常在還未清楚瞭解痛苦的來源之前，就已經安然地接受了它的結果。

母親的肝病不見好轉，失眠很嚴重，抑鬱，幻聽，厭食，精神常常遊走在崩潰邊緣。常常臥床低燒，渾身無力。形容邋遢憔悴，越來越自閉，拒絕任何形式的出門。已經不能夠去上班，只請病假在家。工廠效益不好，她一分錢的工資都拿不到。

我照顧母親的生活。她不肯出門，於是只好輪到我每日放學回家，順路從菜市場買菜，回來給母親做飯，煎藥。家裡終年彌漫著中藥味。到了月中旬，就去收發室領取父親的匯款單。

我時常慶幸，因為父親的撫養費，我們的生活還不至於捉襟見肘。

而當我背著書包提著一筧蔬菜和生肉走出菜市場，被偶然碰到的同學奚落或者嗤笑的時候，我已經再也不會像小時候那樣衝過去跟他們打架了。我視而不見地走過去，心像一塊無動於衷的石頭。

讀書用功。成績優異。我一度天真地以為，我的成績會使母親驕傲，笑顏逐開，心情豁朗……進而康復並且正常起來。然而沒有。那段死寂的歲月，母親每況愈下。持續了三年。到我中考的時候，母親終於還是住院了。

醫院簡陋而蕭條。母親的病房就在一樓，我每日放學都會繞去看望她，但我總是不敢進去——我只是趴在窗臺上，踮起腳尖，遠遠地，怯怯地看著我可憐的母親：她躺在病床上，蓋著薄薄的白色被單，渾身插滿了各種各樣張牙舞爪的管子，吊瓶從來都沒有取下來過……母親閉著眼睛僵直地躺在那裡，似乎毫無知覺，周圍也沒有人，空曠而明亮的病房裡面灑滿了白得晃眼的陽光，看起來彷彿是近在天國的門前。我就這樣踮著腳雙肘趴在窗臺上長久地凝視她，腳酸手麻，卻不敢挪開目光，因為感到無限清晰的害怕，只覺得母親要離我而去，眼淚就不知不覺猛地唰唰掉下來……

我多想回到童年時光。彼時我還是和夥伴們一起在冬天溜冰，在夏天游泳的無憂無慮的孩子，彼時父親還會在除夕之夜頂著大雪歸來，進門之後放下行李，便把我抱起來舉過肩頭飛快旋轉，笑著叫我的名字，城城，城城，城城。而母親的柔和笑容，徐徐綻放。

但我知道這一切再也回不來了。

在紹城陰霾的蒼穹之下，我年復一年地告訴自己，一切都會好的。一切都會有的。我就這麼念叨著鼓勵自己，因為書裡面告訴我說，人可以失去一切，但終究不能夠失去希望。

2

初中畢業的夏天。

那日我一大早就去學校拿重點高中的錄取通知書，心情有些愉快，照例在回家的路上順道去買菜，我想多買些母親喜歡吃的來做好了之後給她送去，一起慶祝一下。忙活了一陣，我端著熱騰騰的飯盒出了門，胸口襯衫的口袋裡揣著一紙通知書，灼熱明朗的陽光下面，我像匹驕傲的小馬一樣匆匆往醫院跑。那日依舊是蒼白的晴朗，有些炎熱，高大的楊樹被風吹得唰唰響，我一路跑著，汗水從額頭上癢癢地滴下來。

跨進醫院的大門，我就看見一大群人在住院樓前圍成一圈，慌張而恐懼地竊竊私語。我忽然一陣莫名的緊張，擠過去看——

一具屍體赫然近在眼前，潦草地被一張藍色的床單罩著，頭部一大攤黑濃的血蔓延到地面上，床單末端露出的半截小腿赤裸著，也沒有穿鞋。

人群中一個驚慌的聲音忽然叫我的名字，紹城!!——你怎麼來了!!快走啊……是陳姨。她拽著我往外拖，人們也紛紛拽著我往外拖，他們都慌亂起來，有一個聲音無意中說，造孽啊……怎麼被孩子撞見了啊……

一瞬間我無法呼吸，感覺五臟六腑突然被掏空，一具皮囊站立不穩……一陣古墓般的寒氣從腳底傳遍全身，頭暈目眩，飯盒砰的一聲掉在地上，熱氣尚存的飯菜撒出來，立馬被踩成了爛泥。

我發狂一樣不分青紅皂白地對阻攔我的人拳打腳踢，掙脫了之後就朝母親衝過去……我撲在母親身體上驚慌地嚎哭，恐懼萬分，卻又在意識不清之中撩起了床單——就這樣母親慘不忍睹的遺容逼進我的視野——頭骨都已經摔得變了形，像一張上了朱紅油彩的薄薄的皮影人兒，黏稠的血混合著腦漿從頭下蔓延出來，鼻腔也出血……我被嚇得不停驚叫，眼前一黑，幾近昏厥過去。

那年暮夏發生的事情，是命途之中的一個巨大地塹，深深裂縫觸目驚心地橫在路上，一直劈入地心去。那一季夏天，我常常整日獨坐，千百次地問，母親為什麼要以這樣的方式離開我呢？回答我的聲音除了牆上的掛鐘又哢嗒一聲走過一秒之外，仍然是闃靜。我明白這永遠是沒有答案的提問，我想，也許只是她太累，從生活中再也看不到一絲希望吧。但是，連我也不能夠成為她的希望嗎。但凡想到這裡，我心裡便有隱隱的恨意。

彼時我幾乎夜夜噩夢。一再撞見母親那張滿是血的臉，然後痛哭著醒來。我開始懼怕睡眠。在夜裡一想起來，就怕得渾身顫抖。

陳姨善心收留我在她家借住。我沒有回過家。也不敢回家。在事情發生之後的很長一段時間裡——那些空落的白天過後的黑夜，那些不眠的黑夜過後的白天，我不知道家裡閣樓上的鴿子是否依然在白晝裡一遍遍寂寞地飛翔，從窗口望出去的夕陽是否依然如一汪猩紅的鮮血。

而我也不知道夜神因為飢餓早已溜出了家，獨自出去覓食，不再回來。這一年的流火七月，我過得晨昏不辨，晝夜不分。像個真正的弱者，一言不發地等待命運的判決。命運中有些事件就像是一個不知從何處踢過來的皮球，張牙舞爪地飛過來將你砸暈，有時候碎了一地的金銀讓你中個頭彩，有時候潑了一身的糞土讓你翻身不得。世上重大的幸運和厄運都是沒有前兆的，也發生得毫無道理。可惜我們常常花費一生的時間去試圖追問這個本身就沒有答案的問題。

陳姨替我聯繫上父親，把事情都告訴了他，讓他回來接我。

我知道無路可走，只能離開紹城。

父親回來的那天，陳姨陪我去車站接他。我站在車站的廣場，想起了幾年前他離開我的時候。同樣的夏天，同樣的烈日。

如此我又看到了他。他下車的時候，臉上掛著疲憊困頓的神情。我們面面相對，咫尺之遙，就在那一瞬間，我便覺得他老了。他走過來，只是摸摸我的頭，沒有言語。這一切與我設想中的情景，完全是一模一樣的。

「我們回家吧。」他淡淡地說。

夜裡，父親與我一起在家中吃晚飯。他問我：「行李收拾好了嗎？」父親語氣平淡，又略帶小心謹慎。我沉默地點點頭，埋著頭不看他。他便又帶著無奈，猶豫地伸手過來輕輕撫摸我的頭。

翌日臨走之前，我卻忽然想起了夜神。自從母親出事，我就再也沒有看見過它了。我不顧父親的阻攔，出門尋找。在烈日下，我汗流浹背地循著條條小巷找遍了所有它逗留過的牆腳，但是仍然不見蹤跡。最後我筋疲力盡地回到樓下的院子裡，難過地站在太陽底下痛快淋漓地落淚，狼狽不堪。父親走過來，一言不發地摸摸我的頭，然後牽著我手，帶我離開。

我回頭，看見我童年時久居的小閣樓還留在那裡，在明亮的日光中，瓦片發亮，鴿子們沿著屋脊站立成一排。灰塵迷蒙的窗戶面向我，猶如一雙眼睛注視著我。

紹城，再見。

3

我跟隨父親來到南方城市。剛到時，夏天仍未結束，空氣潮濕悶熱，持續下雨。從來沒見過那麼豐沛的雨水，四處都有茂盛的闊葉植物，層層疊疊覆蓋著，拼命往上躥長，姿態格外盛情，彷彿一抓就是一把綠。道路兩旁的法國梧桐，蓊鬱的枝葉在行人的肩上留下無數斑駁的影子。

當我和父親出現在他的新家時，我愣住了。

凱站在我的眼前，說，紹城，你終於來了。

這個回憶中的少年，已經長得那麼高。穿著寬鬆的白色T恤，一條看起來很清爽的水綠色的短褲。修長而健康的胳膊和腿。趿著夾腳拖。剛剛洗了澡，頭髮濕濕的，散發著一股洗髮水的味道。乾淨而年輕的臉。他對我說，紹城，你終於來了。

我難以置信地看著他，無力地垂下手，將行李重重地撂在地上，抬起頭困惑而傷感地看著父親。父親表情尷尬，輕聲對我說，城城，有些事情你慢慢會知道的。

那便是我來到這個家庭裡的第一天。凱帶著我一一看房間。這是飯廳，這是廚房，這是主臥，這是副衛生間，這是我的房間……

房子雖不是十分寬敞，裝修卻精緻考究。凱的房間，地上鋪的是從大阪訂購的榻榻米。臥具都是進口的棉布，一片純色的米黃，枕頭是正方形。房間裡貼著格調簡約高雅的牆紙，與楓木家具十分陪襯。牆上掛著各種各樣的葉脈標本以作裝飾。靠近窗臺的地方，放置著一架天文望遠鏡、一套爵士鼓和一把吉他。書桌前方掛著一張巨幅的黑白布畫。一個梳辮子的女孩的背影，提著籃子，獨自一人消失在空曠的麥田。遠處的地平線上有一棵樹，彷彿那就是她的家。

凱說，這是我最喜歡的一個樂團的專輯封面。他望著我的時候，眼睛還是那麼明澈。

父親在凱的房間裡面鋪好一套乾淨的寢具，他說，這裡地價太貴，我們家的房子不夠寬，你就先和凱住一個房間吧。我點點頭，從包裡拿出毛巾和洗漱用具，走進浴室去。

我站在蓮蓬頭下面沖澡，疲憊不堪，覺得周圍陌生，又卑微無力。竟忽然想起母親，於是雙手捂住臉，一邊沖洗，一邊在水中流下淚來。

我披著浴巾走進房間裡，看到凱坐在電腦前，螢光打在他的臉上。他回過頭來看到我，然後就笑著關掉了電腦，走過來拍我的肩膀。我一邊擦頭一邊看著他手腳利索地在榻榻米上鋪好了我的寢具。闊別了三年，那個夜裡，我們像是回到了小時候。躺在黑暗房間的中間，徹夜不眠地聊天，有說不完的話。

凱緩緩對我說起，當年父母們一起停薪留職下海闖天地，凱的父親意外身亡，我父親出於道義，在種種難關上幫了凱的母親很多大忙。他們漸生情愫，到後來……這就是為什麼，我父親堅定不移地與我母親離了婚。

之後父親來到這裡，與他母親重建家庭。隨後，他們把凱和奶奶也帶來了。然而凱的奶奶承受不住晚年喪子的打擊，也不適應這裡的氣候，很快病逝。這一串變故像一場暴風雨，過去之後，一切狼藉但又平靜。這就是他們一家三口現在的生活。凱一直說，我沉默地聽著。說到凌晨的時候，凱起身，一言不發地走過去，坐到高凳上，用天文望遠鏡觀察星空，只給我留下一個輪廓熹微的背影。他說，紹城，我真懷念，若現在是在你家的閣樓裡，那麼，不知會看見多少星星。

他又說，你爸爸把你母親的事情都告訴我了。一切都會好的，一切都會有的。紹城，你要相信。凱的言語中有無限鎮定與溫和，讓我覺得安心。

我沒有應他的話，因為疲累，漸漸睡了過去。

那是我在那個夏天，頭一次沉睡，並且在沉睡中沒有夢見母親的死。

在新家的生活還不錯。

有時候我感覺自己似乎已經具有遺忘的稟賦。我以為我會朝思暮想紹城的閣樓、鴿子、夜神……然而，事實上我幾乎很快就把它們扔在了腦後。爸爸和凱的母親對我都很好，凱也一直陪伴我，看得出他們都在千方百計地幫我平復心緒。我內心感動，卻不願表露。

那段假期，凱帶我到處坐公車逛逛，也買些衣服、球鞋，熟悉下城市街道，有時候帶我去看他的一些外校朋友們的樂團排練，站在一堆人前面，笑著向別人介紹，這是我兄弟。下午他就帶著我騎單車去海邊游泳，像我們小時候那樣，直到月色已高才回家。

那處海灘顯然很少有人來遊玩。沙灘很粗糲，十分扎腳，岸邊也有岩石。但卻因為人少，獨享一份安寧。

我第一次看見海。站立在鹹潤的海風中，因徒然面對過於廣大無邊的藍色，忽然就言不由衷地落寞起來。凱朝海邊走去，半路上蹲下去撿起了個什麼東西。他站起來的時候，舉起一隻風箏高興地朝我叫喊，紹城，這裡居然有一隻斷了線的風箏！

我就這麼遠遠地看著這個回憶中的少年。那日他穿著一件條紋藍白相間的純棉T恤，健康而年輕的身體，沾滿了陽光的味道，頭髮和衣衫都被風吹得像要飛起來一樣。少年舉著一隻斑爛的風箏，笑著大聲叫我的名字，沒心沒肺的樣子。身後是一大片藍得讓人狠狠心疼的海。忽然間我覺得他像一隻生活在海洋深處的漂亮海豚，又快樂又寂寞，和一隻寄居蟹做伴就可以度過一整個溫暖的下午。

他是我的少年，也是我自己。

月色下的大海，涼爽至極。一片片浪潮給海岸線綴了精緻的白色蕾絲。海邊除了濤聲，萬籟俱寂。我們並排著躺下來，雙手枕在腦後。仰望壯麗的銀河，胸中有愴然的欣喜。凱伸手過來，輕輕撫摸我的眉毛。他閉著眼睛彷彿是在細細感受，說，紹城，撫摸一個人的眉毛的時候便可以知道他的心事。很久以前，你在我家睡著了之後，我撫摸你的眉毛，便覺得你不開心。因為你在夢裡都沒有舒展眉頭。

於是我也就很憂心。

第三章

1

九月。我與凱進入同一所高中。

我不習慣南方學校的陌生環境，也不怎麼聽得懂身邊的同學說話，所以常常懶得開口，甚至不願抬頭看人。各種各樣的小情緒經過青春期的發酵，整個人不知不覺中總是面帶陰悒沉默的神色，看起來便是拒人於千里之外的模樣。剛進新學校，就暗自感到幾乎所有人都對我敬而遠之，似乎有種善意的孤立。

而凱不一樣，三年的南方生活之後，他像一束晴光，瞳孔明亮濕潤，彷彿眼中淌著一條熱帶雨林深處的河流。他朗然的笑容，十分討好，卻也絲毫不造作。挺拔的身軀。乾淨的襯衫。面龐上的線條日漸英武銳利。剛進高中，他就已經成了風雲人物。跟他走在一起，總會有女生指指戳戳或者議論紛紛。

我知道，他向來就是這麼出眾的。

我厭倦生命的重複。但是依然要這麼無可選擇地生活。因為住在同一處家，我和凱便每天幾乎形影不離。一道上學放學，上課下課。他的座位就在我的前面，我與之行都常常看到他趴在數學課上睡覺的背影。偶爾我會忍不住用筆戳他，把他弄醒。也有很多時候他莫名其妙轉過身來看我們，不過多數時候是找我的作業答案來對。傍晚他總要打會兒球再走，我便在空蕩蕩的教室裡做著作業等他，偶爾做累了，就站起來走到窗邊，看一會兒他跟同學在樓下操場打球的場面。那時候還沒有晚自習，離開學校的時候，我總是已經做完了作業，而他的收穫是滿頭大汗或者中了幾個三分球的開心。

他喜歡在校門口吃一點鳳梨羹或者蔥花煎餅再走，於是回家的時間常常是拖到很晚。在點亮了華燈的街道上，我們兩個人一前一後騎車，大聲地聊天。他總喜歡把手搭在我的肩膀上並肩騎車，時而把我攬得很近，時而猛烈搖晃我，卻又暗自緊緊抓住我的胳臂，不讓我摔。每天回家後，都是面對一樣的父母，吃一樣的晚飯，睡一樣的房間。只是他常常懶得做作業，尤其是英文、國文之類的，喜歡直接拿我的來抄。

如此的生活，令我恍然間覺得青春只是另一場童年，漫長得永遠不會消失一樣。

凱又開始彈吉他並且打鼓，在學校風風火火地組了一個樂團，是隊長。有人曾經對我形容他小狼一樣的笑容。凱帶著那樣的笑容招搖過市，牽引一串女孩子的目光。而我走在他旁邊，相形之下神情陰鬱冷漠，只像一塊面無表情的石頭。我知道同學們常常背地裡取笑我是一張撲克臉。

在開學考試中，我第二，而同桌的葉之行是第一。葉之行是前十名中唯一的女生。

三毛曾用這樣的話來寫她的一次情動：「今生就是這樣開始的。」

之行長髮漆黑如瀑，又猶如飄搖的歌聲。膚色蒼白，並不愛笑，因為格外的聰慧而眼神鎮定安寧，目光有秋陽的瀲灩。與靈氣的夜神一模一樣。非常地瘦。她於我的印象，就像是一隻長久習慣於飛翔的鳥。她的長髮在埋頭寫字的時候傾瀉下來，若與我坐得靠近，便會鋪散到我的桌面上來。如同一片最暗的夜。

這樣過目不忘的美好，是令人甘願用整個青春去相遇的姑娘。之行，之行。

雖然是同桌，我與之行一直沒有什麼言語。除了上課之外，我依然大部分時間都在閱讀，雖然看的書都與課業無關。很習慣在人聲鼎沸的課間，一個人旁若無人地坐在那裡讀書，可以什麼都聽不到。心無旁騖。

做課間操的那個長長的下課時間，活躍的男生們拉著凱去踢球，一撥人吵吵嚷嚷地帶著一路笑聲跑出去，剩下寥寥幾個人在教室裡做衛生檢查。我從來不去做操。班導師忍無可忍地找我談話，無非就是說那些集體榮譽感，和同學要融洽相處……我順從地點頭，但是還是不會去。成績好，老師也就奈何不得了，不再管我。

葉之行自然不會與班裡那些麻雀般吵鬧乏味的女生深交，但是因為為人隨和，她和每個人的關係也都不錯。君子之交淡如水的味道。唯獨與我顯得生疏。開學三個多月以來，我們都還沒有說過話。也許又是我性格的緣故。我並不覺得失落，相反，隱隱感覺我們都在將對方特殊對待，多少令人欣喜。

學校的新年藝術節上，我們班的合唱節目剛剛完畢，緊接著是葉之行的大提琴演奏。合唱的同學眾多，退場拖延了很長時間。我最後一個從舞臺上走下來，在後臺與之行擦肩而過。她走過我身旁，我卻看到她頭上的白色花飾掉了下來。我猶疑了一下，從地上撿起花飾追上去。在出場口，我站在她身後，伸手將花飾從她肩上遞過去，之行轉過身來，看到是我，略有驚奇。但她鎮定自若地朝我微笑，說，謝謝，已經來不及弄上去了。我馬上就登臺。話音未落，幕布已拉開，台下掌聲似潮水般起伏。

我回到觀眾席，注視著舞臺上的葉之行。她穿白色的演出禮服，與另一個彈鋼琴的女生合作演奏了兩首大提琴名曲《Ave Maria, Arpeggione Sonata》。琴聲深處哀婉淒切，我卻心緒煩雜，無心聆聽。凱看見我手裡的白色花飾，竟脫口就問，怎麼，葉之行的嗎？

我點頭不語。我沒有告訴他，此刻我多想能夠親手將它戴在之行那潑墨般的長髮上。凱看著我手裡的那只花飾，又意味深長地看看我，沒有說話。

那個夜晚，晚會散場之後，我找到之行，遞上那朵頭飾。她演出服未脫，抬頭望著我。身著盛裝，她看起來彷彿不是往日我認識的之行。目光淋漓，彷彿剛剛潤過淚，柔如絲帛，亦似冀待我最起碼的禮節性的恭維。然而在散場的人潮湧動之中，我望著她的眼睛，竟說不出一句話。只是一言不發地站在那裡。咫尺之遙，唯恐被她的美再次捕獲，於是深深地低下了頭。

葉之行有所失望，她接過了那朵花，說，謝謝，紹城。我得去換掉演出服了。再見。

我心緒紊亂，沮喪地走出禮堂。在正門口，凱騎在車上，遠遠地招呼我一起回家。我告訴凱，我不走，我等之行出來。如果她沒有人陪伴，我要送她一道回家。你先走吧！

凱聽完，眼神複雜地看著我，沒有說什麼，轉身離去。

那日我便等在那裡，良久之後，仍不見之行。我不甘心，又走回去，發現禮堂已經清場完畢，連門也緊鎖了。我心裡涼透，只好獨自一人慢慢騎車回去。

在樓下的花園裡，我看見凱還百無聊賴地坐在單車的後座上等著我。我詫異，問，怎麼不回家？

凱鎮定自若地望著我，說，我剛剛把葉之行送回去。想必你也沒有到家，正等你一起上樓。省得爸媽擔心。末了，他又說，我現在才發現，原來之行和我們差不多順路。

我難以置信地看著凱。黑暗中，我們一言不發地對視。我覺得凱的眼神十分複雜，並且隱隱覺得事情並沒有那麼簡單。

2

新年晚會的第二天，上完兩節課，我還在有些為昨日的事情緒不佳。做操時間到了，班導師特意來催促，大聲說，今天督導有檢查，全部同學都下去做操！言畢意味深長地瞪我一眼。凱也拉我，不停地說，走啦，走啦，走啦……

他的哥們兒在催他下去踢球，他一邊應和著一邊回頭一個勁兒叫我。我不理會，獨自拿一本雜誌來埋頭翻看。凱的朋友們等得不耐煩，便直接過來把他拽走了。全班人都逐漸離開了教室，葉之行遲遲未走，我看她一眼，沒有多想，便只顧埋頭看雜誌。待人去室空時，她站起來說，紹城，下去做操吧。

我抬頭一愣，怔怔地看著她，未來得及想出如何作答，她又說，好歹不能上了三年高中一次廣播操都沒有做吧！她又微微笑起來。

那是我們第一次說話。我低頭略略遲疑，便闔上了雜誌，隨她一起走出教室。走在樓梯上，剛好遇到氣喘吁吁跑上來的凱。他吃驚地說，你要去哪兒？

我說，能去哪兒？做操唄。

他難以置信地看看我，又看看之行，說，班導剛剛專門叫我上來捉你下去做操呢，靠，你小子什麼時候這麼自覺了？他使勁拍我肩膀，又不懷好意地說，哦……是人家葉子叫你的吧……原來你也……

我不耐煩，便打斷他，不就做個操嘛，班導說什麼督導檢查，臨走時還瞪我一眼，我能不去嗎……

話音未落凱便一巴掌拍我肩膀上，說，當我第一天認識你呢，靠，越是老師叫你怎麼著你越不會怎麼著吧，你這背地兒使壞的……

我們打打鬧鬧下樓，葉之行不言語，聽著我們兩個扯淡，笑而不語。

當日放學，凱下去打球，我像往常一般留在教室裡做作業。之行說，每天都這麼晚回家嗎？

我笑笑，說，等著凱。

那我和你一起等他吧。之行說完，不由分說便坐下來拿出了作業。

我暗自驚喜，卻又強作鎮定，兩人不說話，安靜地開始各自做作業。不知怎麼的，她坐我旁邊，我完全做不進去作業，無法專心，但是心情卻特別愉快。凱打完球跑上樓來的時候，看見我們坐在一起，朗然的笑容驟然收斂了起來，他皺著眉頭非常突兀地冒出來一句，說，你怎麼還在這兒？

我們都愣在那裡，不知道他到底指的是誰。

從那日起，凱放學後竟然不再打球，堅持送之行回家。誠懇而殷勤是他的魅力，加上又順路，情理之中，讓人無法拒絕。凱總是一下課就轉過身來，走到我們倆的課桌前，笑容溫和地對之行說，收拾好了嗎？我們走吧。

之行坐在他的單車後座上，我們三個人共騎一路。為了保證父母永遠看到我們同時回來，我就在分岔口駐足，等待凱拐進小巷將葉之行送回家，然後反身出來與我一道回去。

我一個人落寞地站在分岔口目送凱和之行離開，僅那麼一小會兒，心裡像被一隻鐵杵不停地搗攪，說不出來的滋味兒。

那樣的滋味兒說不出來，卻愈加鮮明地刻在我的臉上。那段時間我沉默得像一隻影子，與凱變得生分而尷尬。我們兩個人再也不會徹夜說話，取而代之的是我看書直到深夜，而凱無所事事地用天文望遠鏡觀察星空，或者輕輕在一邊撥吉他練習音階，用節拍器打拍子。他也會沒事兒找事兒地跟我說話，蹲在椅子上像只小鷹似的。我若做題做得煩，就會直言不諱地說你別折騰了行不我做題呢。他通常都會一聲不響地提起吉他走出去。

那樣的夜晚，在疲倦不堪的間隙，我抬起頭來，常常會覺得我又回到了紹城的小閣樓。但又覺得，物非人非，在這個離家遙遠的南方城市，再也看不到鴿子一遍遍出巢飛翔，也沒有了灰藍色的蒼穹，沒有月光。

3

那夜我又開始反復做噩夢，夢見墜樓而死的母親，夢見我撲過去，撩開來一看，卻又是之行的臉……我哭喊著驚醒，滿頭大汗，醒來便止不住地流淚。凱被我吵醒，他不問我怎麼了，也不開燈，只是十分熨帖地沉默著，摸摸我的頭，讓我安靜，然後起身來走出門去從廚房給我倒一杯熱牛奶壓驚。他撫著我的背敦促我喝完牛奶，溫厚的手掌停留在我的肩上，我聽見他對我說，沒事兒，沒事兒⋯⋯

我捧著熱氣騰騰的玻璃杯，抬頭便赫然撞見凱深深的目光，深得像一口井，引人不自覺地墜落，卻又看不到希望。

沉默了很久，最後我忍不住問他，凱，你是不是很喜歡之行？

他反問我，你是不是也很喜歡之行？

我埋下頭，沒有回答。他也沒有。

4

中午放學的時候，我到辦公室找班導物理老師給我單獨講題，一會兒幾個同學氣喘吁吁地衝進來，大聲說凱出事了。我心裡一驚，跟隨他們跑過去。原來是他的樂團要排練，佔用了一幫排舞的人的場地，兩幫人本來就有過節，這次更是互不相讓，出手打了起來，凱被他們從階梯上推下去摔倒，骨折了。老師來了之後厲聲喝斥，幾個打紅了眼的學生都只好停手。凱狼狽不堪地蜷在地上疼得直叫，我趕緊過去扶他，可他疼得根本站不起來，只是用力抓著我的肩膀。我被他拉近，卻聽到他的第一句話竟然是說：這下你可以單獨送之行回家了⋯⋯

我氣不打一處來，忍不住罵道，什麼時候了，你還說這些！

在凱缺席的那段日子，我終於如願以償地獲得與葉之行獨處的機會。夜裡晚自習放學，我讓之行坐在我的單車後座上，送她回家。

我以為我們會很開心，然而事實卻並非如我願。以往我們三個人同路時，一路上都托凱的福，歡聲笑語不斷。但當只剩下我與葉之行時，我們就一路沉默無言，悶得快要讓人窒息一樣。我擔心之行會厭煩，於是問她，之行，和我在一起是不是很悶？

之行不言。良久之後，她忽然又回答，沒有，沒有。聲音十分柔和，在我的身後蕩漾開來如淺淺的漣漪。

若不是親自送她一程，我真不知道她家門口的小巷這麼美。兩邊的牆面爬滿了蓊鬱的爬牆虎，牆角青苔陰涼地順著走勢延伸過去。偶有一叢叢嬌豔欲滴的薔薇，翠綠的碎葉枝條從牆頭傾瀉下來，其間點綴著些許暗香襲人的深紅花朵。

沿著這一路幽香深入，直到她家樓下的院子。那夜她穿了堇紅的裙，躍下車的時候裙擺蕩漾起來。之行的頭髮在燈光下面閃著幽藍的光澤，一隻樸素的蝴蝶結繫在辮梢。她跳下我的車，在暗淡的路燈光線中對我說再見。我一寸寸目送她的身影消失在夜色，捨不得她走。

於是我叫住她，說，之行，以後我能夠每天都送你嗎？

她轉身望著我。那一刻她與我近在咫尺，我聞到她身上雨後草地一般的辛香，一時間愉悅卻又傷感。

她沒有回答，只是站在那裡目光隱隱爍爍地看著我。

我心下一陣戚然，忍不住伸手把她抱在懷裡，輕輕親吻。

5

那段日子我和她走得很近，像校園裡的大部分情侶一樣，課間一起去做廣播操，回來用保溫杯打熱水沖雀巢咖啡，中午一起在學校門口的餐廳吃飯，午休時在教室看書聊天，或者趴在課桌上睡覺，自習時找一個安靜無人的教室坐在一起做作業，同戴一副耳機聽歌，放學騎車帶她回家，上學路上我提早出門，在她家的巷口等著她一同去學校。週末偶爾一起去看望凱……我依舊並不與她多說話，只是覺得，我的心意她能懂。

凱還在醫院的時候，爸爸叫我每個星期天都去病房陪他給他補課。可是不管我在跟他講什麼，他總是聽得心不在焉，讓他補作業，他也不做。有時候我拿書本拍他的頭，叫他認真點，他就那麼怔怔地望著我，問，最近之行怎麼樣了……？

凱出院回家，已經是三個月之後的事情了。家裡的書桌上放著一摞我從學校給他帶回來的試卷和題庫本。他把那些卷子拿起來看了一眼，又很不耐煩地扔到一邊。

石膏還沒有拆掉，凱每天要夾著一副拐杖來上學，腿上綁著厚厚的固定石膏的紗布，看起來很滑稽。我們的教室在三樓，我就每天都背著凱上樓梯。葉之行幫我們拎著書包拿著拐杖，我背著他一步步爬上去。凱伏在我的背上，把臉靠著我的脖頸，故意像馬駒一樣用鼻孔使勁噴氣，癢得我不行，還不知好歹地揶揄我，紹城，這樣下去練一段時間你就可以變成肌肉猛男啦……

終於有一次我忍不住停下來大聲罵他，再聒噪我就把你扔這兒！一個大男人好意思說自己不會用拐杖上樓梯也就算了，還這麼沒良心！凱見我停下來生了氣，就又裝孫子一樣哄人，用敷衍的語氣趕緊說，好好好我不說我不說……

旁邊的葉之行就笑我們倆。我看看她，忽地有些不好意思，也就不跟他計較，趕緊上樓。

那段時間我們三個還是一起回家，但是戲劇性地變成了凱拖著一條木偶腿坐在我的自行車後座，騎到了分岔口就停下來，然後我讓他乖乖待在那裡等著我送之行進院子。

送走了之行，我折返回來，看見巷口的昏暗路燈下凱落寞地坐在我的自行車後座，表情無辜而又無奈，單腳著地的樣子很滑稽。我走過去，他便低低地問我，紹城，你們在一起了嗎？

我說，算是吧。

我們一路無言地騎車回家。凱拿著拐杖，騰了一隻手扶著我的腰。一路上他扶著我，竟越勒越緊，又好像在抖。我納悶，就把車剎住，停下來問他，你怎麼了？

我扭過頭去看他，他正低低地埋著頭，說，紹城，從小到大，我都覺得是你需要我。但是我現在才覺得，是我要靠你。凱說完抬起頭，我冷不防撞見了他的眼，目光那麼深，深得像一口井，引人不自覺地墜落，卻又看不到希望。

他就這麼又定定地說，紹城，你別想得到之行。我要她。

我隱隱覺得事情並不如他說的那般簡單，可我又不知如何應對。我想若換作是別人我會跟他硬扛到底的，可是跟我說這話的是凱。從小幫著我護著我長大的兄弟，父母吵架的夜裡躲到他家裡去徹夜聊天的兄弟。我聽了他這話，竟然什麼都說不出來，只一言不發地繼續踏上了踏板往前騎。可心卻被死死地揪住，也說不清為什麼。

凱受傷住院缺課太多，回到學校又變得對什麼都提不起精神來，不願看書做題，跟他補習他也不耐煩，成績就漸漸跟不上來了。腿好了以後，就又天天紮進樂團裡玩樂器。

其實他以前一手搞起來的那個樂團裡，除了凱一個人還在堅守，其他人都因為學業壓力而退出了。樂團的朋友解散聚餐的那天，凱把我也叫上了。在學校門口的小飯館裡，他們還喝多了。大家東倒西歪的時候，凱非要提議回到學校去打籃球。不知是他有號召力，還是大夥兒覺得退出樂團對不住他，抑或是大家都心情不好想要發洩，他們幾個二話不說就朝學校操場奔去了。那天下著滂沱大雨，地面的積水踩上去四處飛濺，場景特別刺激。幾個喝多了的孩子在大雨中打球，淋得渾身濕透，球鞋裡都倒得出水來。他們摔倒在地上，哈哈大笑躺著不起來，白色T恤上全是泥水……那是在高三之前的最後一段時光。

凱的骨折剛剛好，我站在場外看著他在雨中打球，有些擔心，可我勸不住他。大雨順著我的面額滾落下來，我的眼睛越來越模糊。我看著凱，便想起了小時候的他，想起了母親，想起了之行，不知為何覺得想哭。我不知道我那天究竟有沒有哭泣，淚水或許已經混跡在雨水裡，給我一個天衣無縫的掩護，連我自己都不可分辨。

可我真的想他們了。

我以為樂團的事凱會就此甘休，沒有想到後來凱又跟以前幾個校外搞搖滾的朋友黏糊起來，借機投靠了幾個還算有點小名氣的樂手組了新的樂團，擔任節奏吉他。他開始頻繁地找機會溜出去，跟著那幾個人浩浩蕩蕩地在街上竄來竄去找場地排練。後來一個挺有名的搖滾酒吧老闆發了善心，在白天騰出四個小時時間關門停業，專門給他們做排練。

凱背地裡幾次找到之行，要她參加他的新樂團，給他們寫歌，做主唱。之行過來徵求我的意見，問，你說我應該去嗎？

我不明白為什麼凱一定要叫著之行去，所以也就只是平淡地說，你自己看著辦啊。之行搖搖頭，自言自語地說，高三這麼忙，哪有時間啊……我裝作面無表情，可還是聽了心裡一甜。然而等到凱驕傲地對我說葉之行成了他們的主唱的時候，我簡直不敢相信。我脫口就說，高三這麼忙，之行她……凱使勁捶我的肩膀說，你以為誰都跟你似的呀，讀書不要命的……

因為是白天才能排練，所以他經常從學校翹課。一旦要走的時候，就故意很痞地走過來告訴我一聲，說，喂，老師爸媽問到了你知道該怎麼辦吧？老規矩。他又會說，之行，我們排練好了，你只需要花一點時間來配一下唱就可以了。

我厭惡他此刻的作態，於是只管埋頭做題，低聲敷衍地應一下。抬頭的時候他早就走出教室了。

彼時年少的感情，驕傲又軟弱。太純太淨，脆得像水晶。一些話，很小很輕，竟也可以像在心上劃一道赫然醒目的刮痕。

此後晚自習和週末，之行就時不時跟凱一起消失，去排練——或者是小演出——天知道。但是為什麼，我可以在人聲鼎沸的課間旁若無人地安靜看書，卻不能在晚自習之行離開之後的安靜的座位上做題。

她不在我身邊，我心裡難過又浮躁，真想撕掉書本衝出去找到她，只要看到她就好。我就這麼在氣氛壓抑而安靜的晚自習教室裡難過地閉上了眼睛，想念紹城的小閣樓。想念那個在鴿子出巢飛翔的展翅之聲中醒來的小小少年，睜眼便可仰望灰藍色的蒼穹，靜默展開一片廣袤而憂傷的笑靨。夜裡獨自抱著黑貓，面對一窗月光傾城的夜晚，靜默無言。

之行，情動的第一刻，果真是世間萬象向我們打開的第一扇門嗎？若不是，那麼為什麼人總是因情而初次踏入紛繁世間，獲得此生第一筆想念、第一次眼淚、第一夜的需索或者第一句註定幻滅的承諾，這樣的路程終止於愛的靜默，或者恨的喧雜。

是你對我說的嗎？感情是照亮灰色人間的燈光。世間的萬千感情之中，愛情並不最美麗，卻最顫動人心。因了它的慘與美。之行，之行。

6

高三十二月的時候，年級裡幾個頂尖學生要北上去參加一個考試，本來並不很想去，因為耽誤上課，可是通過了的話，高考能加分或者保送，所以大家也就積極起來。之行也在列，不過她險些就沒能被選上。同學們集體訂火車票的時候，我沒有參加，直接買了機票。問之行，她淡淡說，機票貴呢，誰都跟你似的，我買不起。

一句話就戧住了。

那段時間我們總是因為這樣那樣的原因產生隔閡。之行是南方人，可她一直夢想去北方。曾經我們要好的時候，說好要考一樣的大學，說好一起在冬天去北方旅行，說好要陪她看一場雪……那已經是去年這個時候的事情了。我不知道她是否還記得我們說好過的事，心裡一陣難過，遲疑地問她，之行，你可記得……我們說好……

她看著我的眼睛，明白無誤地答，我記得，可是這是去考試，與其你叫我跟你一起走，你怎麼就不能跟我們大家一起走呢？

我一時無言，心裡十分失望。

坐火車北上的同學提前走了，之行也走了。身邊空蕩蕩，叫我有些落寞。凱沒管那麼多，搬了座位到我身邊來和我同桌。之行走後，凱又在放學後去球場打球，我獨自在教室做作業，或者百無聊賴地站在窗邊看著樓下那些打球的少年。天色越來越暗，我心裡想念她。放學回家路上，我們騎著車聊天，凱問我，紹城，你和之行考一樣的大學嗎？以後也在一起？我說，誰知道呢，我們現在好像很不對勁。他又勸我，好啦，沒事的，你們總會好的……哪像我……真是不知道高考我怎麼辦。

幾日之後我到北京，剛好就是一場大雪。考場是設在一所知名大學裡，我到的時候天已經黑了，給先到的同學們打電話，他們卻說他們正在外面和在北京的學長們聚餐。我只好獨自帶著行李一路問過來，把偌大的校園走了個遍，才終於找到了分給我的留學生公寓。那晚風特別大，一路都是雪，到了公寓之後又上下折騰，等辦理好手續，管理員交給我鑰匙，我已經疲憊不堪，打開門，環視一下這間一個人的小公寓，覺得環境很不錯。把行李放在一邊，倒在床上便睡了過去。

不知道睡過去多久，忽然被電話吵醒。竟然是之行。她只是簡短地說，紹城，下樓來。

我下樓去，見之行一個人在大廳裡等我，她牽著我的手便往外走。冬夜的校園冷寂多了，風很大，我的手放在口袋裡，迎面呼吸著清冷乾燥的風，熟稔得好像是回到了紹城。之行很興奮，一路咯吱咯吱地踩著路邊的碎冰和積雪。我們走到一處空曠的球場，她看著大片平整無痕的處子般的雪面，高興地走過去說，我們來畫個什麼東西吧。於是我們兩個人在那片雪地上踩來踩去，花了半個多小時，畫出一朵巨大的向日葵。之行還嫌不過癮，便又拉著我到看臺上去看那朵花的模樣。

你的花盤畫得一點都不圓啊！她抗議道，我又回應她，哪像你的花瓣啊，整個兒都是參差不齊的，哪有這樣的向日葵！我們打鬧起來，跑下看臺，跑到空地上，之行團起地上的雪，捏成雪球砸我，我們一邊跑一邊大笑，汗水都流下來。

那晚之行堅持要在宿舍區的修車店租輛自行車。我告訴她北方晚上騎車很冷的，可是她還是要我騎車帶她在校園裡轉悠。一路上她十分聰明地將雙手放進我衣服裡，貼近我的背，以免迎面吹風。我們繞著校園騎了很久。冬日北方的晴夜。暗紫色的蒼穹上飄浮著幾絲雲朵，沒有星辰。乾冷的風唰唰地掠過高大的樹木，樹們褪盡了葉子，覆蓋著點點白雪的鳥窩夾在枝椏間，像是樹的明亮眼睛。騎著車，撲面而來的風潔淨而乾燥，帶著雪的氣味。

夜色下的校園。沿著點亮了華燈的道路，我們經過了漂亮的綜合體育館、氣派的教學樓、古樸的禮堂、高大的圖書館，路過在那些專為激勵高三學生而耀武揚威地印在參考書封面的著名校園景點，路過一些做完實驗匆匆低頭走回宿舍的工科學生，路過燈火通明的宿舍樓，聽到男生們唱歌大笑的爽朗聲音，路過在燈光昏黃的林蔭道下親吻的年輕情侶……那樣的時刻，我忽然覺得好像這一切就是我們夢寐以求的樣子，我們咬著牙告訴自己熬過了這一年，一切都會好了，一切都會有了——就像我們現在眼前的這一切一樣。

之行在我身後說，紹城，我太喜歡北方冬天的夜晚了。我覺得我們以後就會是這個樣子的，就是在這裡，就是在這樣的晚上，我們可以在那些樓裡自習，然後出來散步……住在這裡的宿舍……我們會很開心的……

嗯……我相信。

末了，她又自言自語似的，無限肯定地加上了這三個字。

我感到她揣在我外套裡的雙手將我抱得更緊了，她的頭靠在我的後背上，無限幸福甜蜜。我沒有戴手套，雙手握著車把吹了好久的冷風，已經凍得生疼，關節似乎都不能屈伸自如了。可我卻不願停下來，那畢竟是我們過得最開心的一晚。

在這個依稀看到了未來的夜晚，我們懷抱脆弱而盛大的憧憬，好像那些身外之物，說不要就不要了，而這個世界停留在那裡等著逗我們開心。那是只有年輕時候才會有的不知天高地厚。但唯有這樣的衝動和勇氣，才叫我們過著這樣熱淚盈眶的青春。

7

和她一起回到公寓的時候已經是夜裡十一點半。我送她進房間。進門之後她未開燈，黑暗中她就站在門後，眼睛明亮地望著我。我們相視一會兒，她拉我進門。

她親吻我的時候嘴唇還是冰冷的，像雪一樣。我只覺得心疼她受寒，於是緊緊地抱住她。又隱隱覺得，似乎什麼事情會發生。我的心臟幾乎快要碎裂一樣劇烈跳動。那一刻房間裡靜極了，窗外便是城郊，一陣城際輕軌[1]的聲音轟轟地掠過去，好像是碾在我的心跳上。

我幾乎屏住了呼吸，沉默了兩秒，突然我電話響了。接起來，是凱。

他一改往常的語氣，聲音非常低沉。他問，紹城，你到了嗎？我擔心你。

我回答他，一切都好啊，別擔心。

他又問，你在哪兒？幹嘛呢？

我轉過身去含糊其辭地說，沒什麼，在公寓裡待著呢。

聊了幾句之後，我掛掉電話，轉過身去看到之行時，她已經百無聊賴地開了燈，站在書桌前收拾東西了。我一時間覺得非常尷尬，便輕聲對她說，之行，早點休息，我回去了。

她點頭，說，晚安。

接下來的幾日我們連續參加考試和面試，時間雖不緊張，心理壓力卻大。考完試我就在考場門口等著她出來，一起去食堂吃飯。周圍坐著不少考生，大聲地在那裡對答案，姿態十分傲慢的樣子。我們相視一笑，端起盤子便起身找一個安靜的角落。我與之行都是討厭考完試對答案的人，一邊吃飯一邊閒聊，絕口不提考試的事情。晚上的時候還是會和之行出來散散步。走路聊天時我勸她，之行，回去之後不要再去忙樂團的事情了，你以後可以有很多機會

1 中國鐵路。

去組樂團，但是現在我們只有一次機會高考，我想看到你好起來……之行接過我的話頭，說，其實我也不是很想去，不過凱一直拼命求我，我過意不去。而且跟他們合作了幾次，我也覺得非常有意思，我也就是去練一下唱，並不浪費太多時間，所以你不要擔心。下學期如果太忙，我會退出的。

聽她這樣說，我便不便再多言。低頭一路默默走著，回到公寓。

三天之後我們考完試，好多同學都一起訂飛機票趕回來。在幾千英尺的高空，氣壓一變我就開始耳鳴，整個側臉的神經都疼痛不已。我咬著牙靠在座位上，閉上了眼睛。

到的時候是星期天下午，爸爸媽媽來機場接我，凱也來了。

他一看到我，便興奮地撲上來擁抱。爸爸急切地問我，考得怎麼樣？我點點頭，說，還行，應該沒什麼問題。

那日我們一家四口直接把車開到酒樓去吃海鮮。飯桌上洋溢著飯菜的香氣，色香俱全的食物，父母和凱的笑臉……父親叫了兩大杯啤酒，給我們斟了一杯又一杯。喧嘩的大廳裡迴響著食客們五花八門的南方口音，觥籌交錯之間，這甜美幸福的場景似乎完美得十分虛假，我一低頭瞬間，就回想起童年時在紹城與母親相依為命的清苦生活。那些下著大雪等待著父親歸來的冰冷年夜飯，那些隔著牆壁也清晰可聞的爭吵，那些離婚之後母親一人肝疼得輾轉不眠的夜晚……

我抬起頭來看著父親和凱的母親親密應對的場面，不知不覺便想，當我頂著烈日一放學就趕緊回家煎好中藥做好飯菜，汗流浹背地跑到醫院給母親送過去的時候，父親正和這個女人享受著新居，開車兜風吃飯喝酒……我不堪再想，一瞬間覺得很難受。我放下筷子便離席而去，走到廁所，頭有點暈，伏在洗手臺邊拼命地捧涼水洗臉。

良久，凱走到了我的背後來。他拍我的背，說，紹城，你怎麼了？我不應他，埋頭捧一掬水，把臉浸在下去屏住了呼吸，覺得心臟底部的熱血在往上湧。凱沒有走開，一直在我身後撫我的肩背，那一刻我一閉眼，便看見母親死去的樣子，突然忍無可忍，轉身啪的一下打開他的手，狠狠地瞪著他。凱被我弄得莫名其妙，看著我不說話，臉色也陰沉下來。我衝動之下，一把把他推進廁所去，然後猛地抓著他的衣領，推搡著大聲地問他，你老爸幹嘛要死?!你老媽幹嘛要勾引我老爸?!你媽跟我爸過好日子的時候，你知不知道我跟我媽過得有多苦?!她得了肝癌，整夜疼得睡不著，那會兒你媽跟我爸在床上廝混?!你又跑哪兒去了？明明發生這麼大的事，明明就跟我爸在一起，也不吭一聲，連封信都沒有!!……

我話音未完，凱一把推開我，啪地就給我一耳光。

他的手掌摑在我臉上，那樣的重，我只覺得耳朵裡嗡嗡作響，捂著火辣辣的臉，望著他，淚水不由自主奪眶而出。凱朝我吼道，你有病啊！你爸跟我媽的事情，關我什麼事啊！你要發神經你也找對冤家啊！你以為我很好受啊?!你知道我花了多長的時間來接受你爸接受這個家?!

我一時只覺得屈辱，忽然失去控制一樣撲上去就把他推倒，他後退，後腦勺響當當地撞在門上，我不理會，動手打起來，可他只是推擋我，並沒有還手。我的拳頭落在他鼻樑上，他疼得大叫，捂著臉的手一拿開，便眼看著鼻血流出來，染得滿手鮮紅。我被這鮮紅給震懾住，停了手，趔趄地爬起來，酒樓的警衛過來了，爸也過來了。我被他們架著帶出去，凱也被扶了起來。

我的攪局，終於把一家人鬧得不歡而散。

回去的路上，我們坐在車裡，沉默不語。父親開車和母親坐在前面，我與凱並排。我清醒過來，心裡萬分愧疚。怯生生地看看凱，見他正把臉轉向窗外，不願理我。那晚我們一直都沒有說話，睡覺的時候，我躺在他旁邊，他一直背過去無聲無息，也不知道是不是睡著。我問，凱，你睡著了嗎？

他沒有吭聲。

我說，凱，對不起。

他還是沒有說話。

這是這麼多年來我們第一次這樣打架。我想到他之前一直推擋我卻始終不還手，覺得自己十足可鄙。我難過得裹進被子裡，蜷起身來，覺得渾身無力，漸漸睡了過去。過了很久，我被屋裡的響動弄醒，睜開眼睛來看到凱坐在望遠鏡旁的高凳上，一直在那兒看著我睡覺。我說，你醒了？

他走過來，屈膝跪在我旁邊，伸出手來摸摸我的眉毛。我閉上眼睛，細細感覺到他的手指在我的眉毛上停留。過了一會兒他又躺下，側過身來，把手搭在我的胸口。這是我們年少時的習慣了。那是我們還在紹城的時候，大冬天夜裡，屋裡暖氣很差勁，我們躺在一起靠得那樣近，相互取暖。只是長大後，我們都不再會這樣。

人長大之後，真的什麼都變了。

第四章

1

一個終年都是同一種顏色的城市更容易讓人習慣生活的死水，心安理得。紹城是灰色，這裡是綠色。無處不在的綠色，葉片和雨水細細密密將視野包裹起來，綠色填充了城市鋼筋水泥的縫隙，天空中鴿子振翅的聲音被噪音淹沒。生活被整齊地切割成與上課下課、開學放假相吻合的無數段落，整塊整塊往下掉，一切都過得太快了。

從北京考完試回來一個月之後，我得到了好消息，考試順利通過，高考可以加分二十。可是隨之而來的壞消息是，之行沒有通過。那段時間晚自習，老師們輪番找她談話，說成績，說高考，還包括強行制止她跟我再交往。家長會那天散會後，我和之行，還有我們的家長，都被老師叫到辦公室去專門談話。她的母親憤憤地對我說，以後離我們家之行遠一點！你們現在是在自毀前程懂不懂？

我低頭說，阿姨，您別誤會，我們什麼都沒有。

之行的母親情緒激動地說，什麼都沒有？那要等到什麼都有了的時候再說啊?!

老師怕大家鬧大了，息事寧人地叫我和我的父母先回去，之行還留在辦公室，我走出去的時候回頭看見之行當著老師的面被她爸爸摑了一巴掌，眼淚唰唰地掉。我想家長們還不知道我們搞樂團團的事情，否則她肯定更挨得慘。我心情複雜，覺得對不起她，什麼都不敢說了。

我們的座位也被調開了，凱成了我的同桌，之行離我們遠遠的，我時常回頭去看她，卻總是只見她埋著頭做題，心情似乎很糟糕的樣子。

我特別認真地跟凱說：「凱，你放過之行吧，不要再讓她去你們樂團了，她真的需要專心讀書了……」凱卻泰然自若地說：「這樣的事情得看之行自己的決定吧？我們瞎操心也沒用吧？我生日的時候我們樂團將有首場原創作品的演出，這段時間正在排練呢。」

「我不光是說之行，凱，你也該收收心了，高考這把刀還懸在你腦袋上呢，你就忍不了這半年嗎？等你考上大學有的是時間玩樂團啊！」我正色道。

凱白了我一眼，揶揄我：「好，老媽！我聽你的！」

下課我去找之行，說：「之行，樂團的事情，你能不能不要摻和了，你看，你上次考試沒有通過，對你來說高考壓力更大了，我們說好要考上……」

沒想到之行特別敏感地抬起頭來打斷我的話說：「紹城，我自己知道該怎麼辦，你不用管我。樂團的事，既然已經走到這個份上，我不能現在一走了之。你不要跟別人講就好。」

「你也不要再跟我提那次考試。」她又加上一句。

我愣在她面前，不知道說什麼好。

那段時間，老師們把我們倆看得緊，我與之行之間冷卻下來，幾近回到以前的樣子。但她依然與凱相處得很投機。上午最後一節他們一起逃了體育課去排練，回來的時候下午第一節課也遲到了。他們手牽手走到了教室門口，被老師抓個正著，老師無奈地點點頭讓他們進來，班裡有一陣噓聲。凱坐下來的時候，我說：「你們也太囂張了，老師一問我就得幫你扛著，你也收斂點吧，真是的。」

凱轉過頭來貼在我耳邊問：「你跟葉子掰了？」

我一驚，說：「你幹嘛這麼說？」

凱邪氣地笑笑，說：「她今天跟我說你們完了。」

我被這話噎住，還沒有想好下文，凱就說：「好啦，不就失個戀啦，有什麼好躲躲藏藏的。還有我呢。」

我氣得罵他：「有病！」

那一整節課我徹底沒有聽進去，想不通為什麼凱會咬定我跟之行已經分開，想不通為什麼之行會和凱說那樣的話，想不通他們為什麼突然這麼好，手牽手走到教室門口來……我想問，卻又終究不敢問，渾渾噩噩地過了一個下午，撞見之行的眼睛，心裡都會像刀割一樣疼。晚自習是英語模考。已經開始了十分鐘，我拿著整張試卷，感覺一個字都看不進去，情緒紊亂至極。我忍無可忍地撂下筆，一言不發地當眾直接收拾書包站了起來，找老師請假，說我發燒不舒服想要回家。

老師相當信任我，臨走時還把我帶到辦公室，十分關切地堅持倒了杯水讓我吃一片阿斯匹靈。

我想我確實病了。

回到家裡，我扔了書包，躺進被窩裡就睡。凱照常是上了晚自習才回來，我裝作睡著，也沒有搭理他。我暗自給自己打了個賭，要是今天晚上十二點之前之行沒有給我來電話或者問我怎麼提前回家，我就徹底忘記她。

事實是，那天晚上之行就真的沒有消息。我不甘心，可笑地一再把這個打賭的期限單方面推遲，一點。兩點。三點。天亮之前。上學之前。最後我對自己說，要是早自習結束之前她都還不過來跟我說話，我就徹底忘了她……

結果仍然沒有。我的心涼透了。

那是連難過都沒有時間的高三。我知道我不能難過，因為我昨天一個晚上都沒有上自習，欠下了一張英語考卷，欠下了四科作業……我跑到廁所去沖了一把涼水臉，回來便鎮定自若地開始補作業。

真是一段難熬的日子。但是我知道我會挺過來的。獨自冷冷清清過了段時間，凱十八歲生日就到了。那天是週六。依然是雷打不動的補課。下午最後一節課鈴聲驟然響起，教室瞬間就嘈雜混亂了起來，有些迫不及待想要回家的同學甚至已經跑出了教室。我拿著一本折著角的參考書上前去問問題，老師說，好的，跟我到辦公室來。

我跟隨老師走在走廊上，卻撞見凱和之行親密地交談著。我努力目不斜視地從他們身邊走過，手中卻緊緊攥著那本書，內心有一股無以言狀的辛澀。我想我這樣——只知道下課之後尾隨著老師追到辦公室去問參考書上刁鑽的例題，平日裡吝嗇笑容，鬱鬱寡歡——的傢伙，大概只會是一個讓人興味索然的角色。

突然間，我為這個我不喜歡的自己而感到難過。

老師耐心給我解題，又與我交談了一些學習狀況，不知不覺過去很長時間，窗外天色已經昏暗。我謝過老師，走出了辦公室。回到教室門口卻發現人早就走光，前後門都已被鎖上，而我的書包還留在裡面。我摸出手機想打電話找教學樓值班室的人幫我開門，開機之後卻看到凱的簡訊。

「怎麼關機？鎖門了，書包我已幫你拿走，你別回家了，我們今晚在L有首場，葉子也在，你快來啊，我都給爸媽說好我們在外面請同學吃生日飯。」

L是他們樂團排練演出的酒吧，他也一直管葉之行叫葉子。我闔上手機，摸摸口袋發現僥倖還有一點乘車的零錢，本來想直接回家，卻又不能這樣連書包都沒有就一個人回去，於是還是只好去L，順便去看看之行。

自從察覺她對凱的加倍殷勤回報以無限曖昧，我便拒她千里，因為我怎麼也懂不了她，我也放不下自尊去冰釋前嫌。我們莫名其妙冷戰很久了。

我在L門口看見凱的樂團首場演出的告示板，遲疑很久，終於進去挑了一個角落裡的僻靜座位坐下，蜷在沙發裡不願抬頭看人。凱上場前在我身邊坐了一會兒。他已經脫掉了校服，穿便裝和牛仔褲，也許是因為快要首場演出的緣故，人顯得精神。他面帶若隱若現的微笑，目光滯留在人群聚集的吧台，漫不經心地對我說：「還有半個多小時就開始了。你就在這兒坐吧。喝什麼？」

我說：「不想喝。」

他忽然微笑，側過臉來對我說：「你什麼時候能夠不按照我意料中的話來回答問題。」說完，他拍拍我膝蓋，站起來轉身離開。

一瓶嘉士伯啤酒，半杯冷牛奶。凱把它們放在我面前的桌子上，見我無動於衷地望著他，他便又幫我開瓶，將啤酒沖進牛奶裡。

「這樣很好喝，我覺得你會不喜歡單喝啤酒。」他說。我看到他埋著頭彎下腰來開瓶的動作，T恤衫的領口裡露出好看的鎖骨，臉部只留下了線條明快的下巴輪廓。那一刻我們無限逼近，周圍無限黑暗。我忽然有些傷心。

這曾經是十多年前與我一起在紹城度過漫長歲月的夥伴。而今……發生了很多事，我們都不再像從前。

大約是氣氛所致，我突然對他說：「生日快樂。」

凱抬起頭來微微錯愕，很快就明亮地笑起來，說：「別裝了，你想什麼我可清楚呢。我可不讓你見葉子，她在茶水間一個人待著呢。你也別想拿到你書包閃人回家。」

他說完就晃晃悠悠地離開了。

凱走了。我一個人安然待在角落，目光四處逡巡，看到吧台邊上坐著一個穿著草綠色敞領棉衫的年輕女子，衣著極簡潔，甚至樸素，一如她垂順的漆黑辮子，在燈光之下閃著金屬般的幽藍光澤。世間有許多因為過分的衣飾和妝容而美得累贅的女子。可是她的美沒有一絲多餘。如同四月的夜晚一般溫和而清涼的臉孔，隱隱約約映照在她對面的玻璃飾壁上，變成一紙寫意的水墨肖像，被我看見。她身邊的一群朋友在說話，唯獨她安靜地聽，開口極少，卻一直帶著雪地一般素淨的笑容。與之行如出一轍。

來L的人越來越多，不知過了多久，凱和他的樂團成員們上場了，設備調了半天，最後終於清晰地聽見鼓手舉起鼓槌開節奏的四下清脆聲響，激烈的鼓點和貝斯就鋪天蓋地而來。前面有不少人站了起來，我什麼都看不到，於是索性坐下來，在叢林一般的人群中，緊握著杯子埋下了頭。

就這樣我聽到她的歌聲。在舞步一般的鼓點獨奏中，她吐字模糊地輕輕念詞。一段她的念唱結束之後，節奏吉他又跟進。他們的演奏，基本上一半是原創，一半是穿插自己改編的Maximilian Hecker的歌。我不知道之行這麼喜歡Maximilian Hecker，我從她那裡聽說MH還是我們剛剛認識不久後的事情。我回憶起那時的她。

那時放學後凱去打籃球，她留下來和我一起坐在教室裡面做作業，她塞著耳機聽音樂，某個時刻我忽然聽見她耳機裡面爆發出轟鳴的噪音，驚訝不已。我用胳膊輕輕撞她手肘，說，你耳機裡面的聲音，我都聽見了，那麼吵，會傷耳朵的。葉之行一臉茫然地摘下耳機，認真地對我說，吵到你了？對不起，其實MH的歌不是這樣的，只是剛才那段比較激烈一點而已。你聽嗎？

她把耳機塞過來，給我聽了一首〈My Friend〉。

事隔已久，我此刻獨自在黑暗的角落想起那一天。之行，你可知那是我們此生第一次愉快交談。你對我說起MH這個來自德國的樂手，在柏林蒼穹下開始音樂生活的靦腆青年。我與你一樣一瞬間就愛上了他的歌，〈Rose〉，〈Kate Moss〉，〈My Frind〉、〈Snow〉、

〈Powder Blue〉……我記得你寫下聽MH的感受，你說——「像是遠遠走過來的一個剛剛哭過的孩子，深黑瞳仁如兩顆飄浮在太空深處的寂寞星球。濕潤的睫毛像是帶著露水的青草那樣好看。深夜你想在他的聲音中背身睡去，卻感覺到他就在身邊，在黑暗裡扭開一盞柔和的燈，沉默不語。」

我慢慢陷入回憶，站起身來，費力地擠過人群到吧台邊去。耳邊依然還是沸騰的演奏和雜亂的人聲，我漸漸覺得有些微微頭暈，疲倦得忍不住趴伏在厚實的原木吧台上，在嘈雜中閉上了眼睛。

那個時刻我看到的是一些光感飽滿的記憶膠片飛快地從眼前拉過去。童年除夕之夜的絢麗煙花。晨曦中鴿子飛翔的身影。還有父親溫和的臉。與凱一起游泳的池塘。母親憂鬱的病容……

我這麼年輕，居然就已經有了回憶。

不知道昏睡過去多久，我被旁邊一個陌生人不小心猛撞了一下，陡然醒了。回過神來的時候，之行的歌聲還在木吉他的琴弦上輕輕飄搖。吉他手換和絃的時候左手手指與指板摩擦發出尖厲的聲音，引人沉迷。我又聽見《My Friend》。她的聲音卻比MH黯淡慘傷，像失焦的相片，帶著欲泣的氣息之聲。那是我頭一次聽見她的歌聲。我被她的聲音擊中，低頭不語。

Can you hear me stumbling, my friends
'cause suddenly the darkness became my friend, that strokes my head
Can you hear me counting the days
'cause every little second that passes by just hurts like hell

Leaving is my only choice
Will you cry for me

'cause all of the men that looked in your eyes
And all of the boys that lie at your feet
Forget how to breathe, forget how to speak
And all of them want you tonight
So hold me tight

……

臨近尾聲的地方，歌聲與節奏吉他停了下來，在原本安靜的長段主音吉他獨奏中，人群陡然興奮呼叫起來，我不知道怎麼回事，直起身來向前面探望，目光穿越人群，便看見凱正在臺上吻她。

我怔怔地看著，只覺得疲倦而傷心，便又伏下身趴在吧台上，蟄伏在心底的難過，突然將我擊倒，我埋在臂彎裡哭了出來。

2

之行過來拍我肩膀的時候，我才抬起頭來。她說，過來和大家喝兩杯吧，算是慶功，也給凱過生日。話音未落，她已不由分說拉著我過去。光線很暗，我看到她微醺的面色，知道她也許已經喝得有點多了。但是她看不到我臉上的狼狽淚痕，於是我趁機在她背後用袖口狠狠地擦乾。

夜深，酒吧裡的人已經漸漸稀少。樂團的人圍坐在一起，除了凱與之行兩個仍舊乾淨年輕的少年，其他幾人都帶著常年混跡夜店的頹廢面貌，令人聯想起他們的渾濁生活，幾乎令我不願與之對話，只坐下來喝悶酒。過了很長時間，我已經非常疲倦，而凱和之行卻興致大好，和幾個樂手一起情緒亢奮地邊喝邊說話，言談之中，葉之行姿態十分輕浮，與之前判若兩人。

我預感時間已經很晚，想到父母必定已經非常擔心，於是打算回家去。起身走到茶水間去把書包拿了過來，正準備開口和他們打招呼說我回家，坐在對面的之行卻忽然伸手攔住我，然後大聲叫所有人安靜，站了起來狠狠地斟了一大杯酒，在眾目睽睽之下端著杯子朝我走過來。

她靠近我的時候，身姿輕佻妖嬈，陌生得令我幾乎不認識。我不忍看到她的酒後失態，扭過頭去，頭腦中浮現出初次見面的場景。那個引我情動的瞬間，好像已經沉在海底，不復追尋。

之行的笑容帶著無限傷感，她笑著站在我身邊說，紹城，乾杯。

我們響亮地碰杯，一飲而盡。她竟先喝完，眼神銳利地逼視我的眼睛，問，喜歡我今天唱的歌嗎？

我一時不知她話下之意，於是一言不發地低下頭緊握杯子僵立在她面前。

她忽然無奈地苦笑，又說，記得前年新年晚會結束的時候，你拿著我的白色頭飾追上來要還給我，我回頭一看你，你就一言不發地低下了頭……紹城，你知不知道……

凱預料到什麼，很敏感起身走過來打斷她的話，說，你喝多了，葉子，過來跟我坐。

凱溫和地撫摸她的肩膀，牽著她的手把她往懷裡拉，試圖安撫她，可是之行轉過頭去，特別難過地說，凱算我求你了，這一次你一定不要攔我，抱歉我是真的不愛你，我一開始就不懂得拒絕你，我也只是一直拒絕不了你……對不起……對不起……

凱愣住了，臉色漸漸鐵青。之行又轉過頭，眼淚倏然滑落，激切地對我說，紹城，我後悔從那個瞬間起喜歡上你。因為我喜歡的是你最不配被喜歡上的地方。你幾乎毫無感情，冷漠孤僻得讓人覺得你從來就不曾想過別人，從來沒有人能瞭解你究竟在想什麼，你只會自憐自戀……

之行未說完，凱竟然粗暴地強行伸手捂住了她的嘴，眼神堅硬得像冰，叫人害怕。

眾目睽睽之下，凱一字一頓地說，你不可以這樣說他，你根本不瞭解他，他經歷過的事情，從來沒有對你說過，所以你根本不可能瞭解他，所以你根本不可能知道他究竟在想什麼！

凱大聲喊著，我與之行都難以置信地看著他。他的眼神那樣深，深得像一口井，他又大聲說——可是我知道！這麼多年，我與他從小一起長大，我全都知道！除了我之外，沒有人瞭解他！我更不可能讓你喜歡他！我恨不得你消失！

凱幾乎是拽著之行的手臂，帶著哭腔失控地對她大喊出來。

之行被嚇得面無血色，與他面面相覷。

我瞠目結舌……只覺得忽然間世界都靜了下來。一切都是這麼的突然，卻又好像都是註定。

凱已出此言，也許略有懊悔，在一段漫長的寂靜之後，他深深地埋下頭去，雙手縮了回來，落寞地轉身走到一邊。只剩下我與之行面面相覷。

良久的沉默之後，之行只是輕輕地問我：

紹城，你從來沒有對我說過你的心裡話。我只想問你一次，就一次——你喜歡我嗎？

我怔怔地看著她，又看看凱，一言不發，背上書包奪門而出。走出L，冷風吹來，人便清醒了些。我一路慢慢走，覺得想來可笑，難道我如此喜歡之行，她竟絲毫看不出來嗎？我在他人眼中果真這般冷漠無情嗎？忽然間我內心湧起對自己的巨大失望。我想告訴她一切，可是只要一想到凱還站在一邊，我便無論如何說不出口。

我一路想一路走回了我家樓下，最終決定還是不進去了。畢竟渾身酒氣，凱也沒有在一起，回家必定被父母反覆盤問。如此一來，只好又打電話到家裡，撒謊說我們和同學吃飯弄得太晚，死黨留我們在他家過一宿，明天星期天反正沒課，今天晚上我們就不回來了。凱的母親接到我的電話。她非常相信我，還一再說這麼晚回來不安全，叫我們在同學家好好休息。也許是由於內心一直歉疚於我母親的緣故，她對我十分關愛，也小心客氣。這下她也不敢多問，我便掛了電話，但心中難受了起來。

3

偉人說，我們可以在有些時候對所有人說謊，也可以在所有時候對有些人說謊，但是我們不能在所有時候對所有人說謊。

4

那夜，我不斷給凱打電話，想要告訴他我已經給父母撒了謊，為了統一口徑要叫他也別回家。但是凱怎麼也不接電話，我無奈，只好守在樓下等著他回來，擔心謊言穿幫。坐在石階上，喝的酒在胃裡翻騰，我一陣陣暈，疲倦得堅持不住的時候，終於蜷縮著睡著了。

翌日凌晨，我被身邊清潔工掃地的聲音吵醒，勉強睜開乾澀的眼睛，發現天剛剛濛濛亮。我頭疼欲裂，想打電話找凱，可是發現手機沒電到根本開不了機。

轉念間又覺得，凱如果回家來，肯定會碰得到我坐在這裡。而就算他礙於昨日發生的事不願叫我，他也必然為了讓父母安心而和我一起進家門。何況他一直沒有回我的電話。究竟怎麼了？

我不由得擔心起來。於是顧不上太多，便趕緊打車往L趕去。

L關著門，我越發一陣焦急，使勁敲門。過了很久，鼓手才睡眼惺忪地來開門。我劈頭就問，凱呢？他朝裡面努努嘴，我便跟著進去。

凱還昏睡在茶水間的沙發上，叫他也不醒。我又問鼓手之行在哪兒，他不耐煩地扔下一句，他們三個人昨晚送葉之行回去了。

我想到貝斯鍵盤還有主音吉他們三個人送葉之行回去，應該不會遇到什麼事，於是稍稍放下心來，把凱叫醒，扶著他去廁所洗臉。

凱仍然還是站不穩，看到他那狼狽的樣子，我忍不住數落他，怎麼這點酒量都沒有，都睡了一晚上了，還這樣。昨晚你竟然就這麼睡了，也不想想之行的安全，還好別人送她回去了。

凱靠在水池邊，在嘩嘩的冷水中洗頭洗臉，關了龍頭，又一言不發地俯下身，撩起T恤胡亂擦擦臉，抬起頭來，濕漉漉的，憔悴而疲憊地看了看我，什麼也沒有說。

那日我們又在L休息了一會兒，我給凱喝了醒酒湯，中午的時候我們若無其事地回了家，彷彿真的是若無其事。

直到下午五點的時候，班導師打電話到家裡來。

父親接完電話，臉色鐵青。他轉過身來神情萬分嚴肅地說，葉之行一夜未歸，直到現在還沒有消息。老師說，有同學透露，你們昨夜一起到酒吧去演出了。

你們必須說實話，到底怎麼了？

我被直覺中的凶兆擊中，頓時覺得手心滲著冷汗。我看到凱埋下頭去，雙手支撐在膝蓋上，捂住了臉。

我知道她肯定是出事了。

5

半個小時之後，我們趕到了葉之行的家裡，班導師和兩個警察也在。剛一開門，葉之行的父親失去理智，劈頭蓋臉就給了我兩個耳光，下手特別狠，我耳朵一陣轟鳴，被搧得趔趄後退，撞在凱的身上，他一把用力扶住我。我的父親忍不住說，大家是因為擔心之行而來，請您冷靜點！

凱見我鼻血流出，疼得直咧嘴，抬起頭來大聲吼叫，事情跟他沒關係，你憑什麼亂打人！葉之行的父親像暴獸一般大吼，你們人都站在這裡了，就不敢說沒關係！她要是有個三長兩短我要你的命！說完揚起手就又要打人……

若不是警察上前把他按住，我想我和凱都會被他打死的。

那夜我們守在之行的家裡，在電話機旁等待著她杳無音訊的歸期。

她一定是出事了。所有當事人的電話都打不通，也找不到一絲線索。我心跳狂奔，每一秒鐘都是煎熬。警察在夜裡八點的時候，決定照凱提供的那幾個樂手的地址，主動出勤搜索。我們一處處找遍了幾個樂手可能住的地方，可是三個人都沒有蹤影。事情更加蹊蹺了。終於在筋疲力盡的凌晨，之行的母親從家裡打來電話，說，別找了，之行回家了。

我們又趕緊折回，趕到之行家裡。

當我看到魂飛魄散的之行被她母親抱在懷裡一直抖個不停，她們母女倆哭成一團的時候，我的淚水簌簌落下來。凱噙著眼淚站在我身邊，一言不發地攥緊了拳頭。

之行和她的家人都已經崩潰，我們意識到一定是出了大事。警察擔心葉之行的父親失去理智洩憤於我和凱，於是趕緊把我們送回家。

知道事情的全部真相，已經是在兩天之後了。

我們還在學校上課，警察來找我們，把我和凱從教室裡叫走，說是要做詢證協助破案。本來要被帶到派出所去，可是一個好心的老師說我們不能耽誤太多上課，於是就協商在她辦公室去給我們做筆錄。一路上我都非常緊張。凱在我身邊，我知道他心裡也很忐忑。在那個老師的個人辦公室裡，那個身穿制服的員警在我們對面坐下來，拿出一遝公文來，照著檔記錄把案情大致念了一遍，平靜冰冷的聲調像是只不過在讀一篇枯燥課文：

——原來幾個樂手一直以為凱和之行是一對兒，那晚串通好，想給凱一個禮物，讓他在十八歲生日和女友初試雲雨，又怕葉之行的矜持成不了事，便自作主張在他倆不知道的情況下給之行的飲料裡下了春藥，然後佯裝敬酒讓她喝下。

可我們三個出人意料地爆發了爭吵，感情的真相一覽無遺。晚上我走了之後，凱因為情緒惡劣，又灌下了半斤二鍋頭還有好幾瓶啤酒，吐得一塌糊塗，不省人事地倒在茶水間昏睡過去。鼓手也喝醉了，剩下貝斯手他們三個。他們開始是好心，把意識不清的葉之行送回去，可是半路上，她飲料裡下的藥已經開始發作，幾個猥瑣的男人耐不住情欲，便把她帶到旅館……

翌日凌晨葉之行醒來，不堪入目的場景幾乎令她昏倒過去。她哭喊大叫，幾近失常。那幾個男人不知她反應會如此強烈，怕她回去之後報警，不敢讓她走，束手無策之下便先軟禁了她一天，威懾了她一天……

員警面無表情地說，案情涉及了違禁藥品，受害者的監護人控告強暴，嫌疑人已經躲藏起來，現在正在緝捕，你們必須提供一切知道的線索……

我早已經失去控制，聯想起那晚葉之行反常的輕佻妖嬈，心裡像是被戳了一刀。未等員警說完，我便放聲哭喊著當著所有人的面揪住了凱的領子，把他推搡到牆角去狠狠地撞。我大叫著，你這個混蛋，誰讓你扔下之行的，誰讓你喝醉的!!……我罵著他，又想到那晚是因為自己先落荒而逃才惹出的事情，悔恨得生不如死。

凱的頭在牆上磕出幾聲巨響，員警衝過來把我拉到一邊，我眼睜睜看著凱的淚水沿著鬢角滾落下來，整個人背貼著牆壁無力地滑下去，像一隻戳破了的沙袋，倒在牆角，露出後腦勺在白色牆面上留下的斑斑血跡。我不知道我下手如此之狠，自己也嚇了一跳。

他蹲在牆角，半晌沒有出聲，末了，他淒涼地問，你他媽的就這麼恨我嗎？

6

父母把我們接回去的時候，我看到父親緊鎖的眉頭，傷心得不知道說什麼好。晚上一家人坐在一起。那晚家裡的客廳，靜得像墳墓一樣，燈光那樣的昏默。父親還未開口說話，凱就忽然跪在我們面前，說，爸，媽，紹城，對不起……我對不起葉之行，也對不起你們……

凱的母親把他扶起來，說，好了，凱，都別說了，都過去了，你們兄弟倆都要好好的……

她說到這裡，我覺得凱好像更難過了，他撲進了他媽媽的懷裡，我聽不見他哭，只看到他的身體在顫抖。

依然還是要去上學。但是我再也沒有在學校看到之行。也看不到凱。自從之行出事，他就一直翹課。我覺得我無法原諒他，於是也懶得管他去了哪裡。即便是老師問到，我也說不知道。其實我本來就不知道他去了哪裡。

可我知道我不能翹課，我要堅持下去，而且我要好好地堅持下去。我答應過她，我們要一起去北方，我們要考一樣的大學，我們以後要像那天晚上一樣，就在那所夢寐以求的大學裡，就在清寒有風的冬夜裡，自習，散步，我們說過要那樣的……之行，之行，你快點好起來，之行……我咬著牙深深地埋著頭，即便眼淚一滴一滴地濕了卷子，也依舊不停地寫下去，好像我不能停止，停止了便是阻斷了我們共同的夢。

凱整日不在，下了晚自習，我一個人回家。三年來，還從來沒有一個人回家過。過去身邊有凱，有之行，一路說說笑笑，那麼快就到家。而現在一個人，才發現這段路走得這麼孤獨、這麼長。回到家裡，踏進房門的那一刻，心力交瘁的父母總是無奈而又無辜地問，城城，凱又沒有跟你一起回來嗎？我只是搖頭，一言不發地走進房間去關上門做作業。

父親輕輕地敲開門走進房間來，撫摸著我的頭，說，城城，你們都該懂事了。

他多半也知道，自從之行出事之後，凱成天翹課不知去向，我獨自一人在學校很受孤立，老師和家長擔心這事情影響到高三的緊張學習，幾乎視我為瘟神。而之行更是不可能來學校了……

被徹底顛覆的生活，像一道裂口橫在未盡的路上。世界之大，我卻不知其折或遠。

7

那日下了晚自習，我自己騎車回家。路過之行家的分岔口，忍不住停下來，許久望著之行的窗戶。燈已經滅了。我逗留徘徊了一會兒，就又回家了。

到家樓下，卻撞見凱。他幾日都翹課，我不知他究竟在做什麼。那日在黑暗中，他站在我前方，彷彿就是在等我。我遠遠地就停下車來，看著他。

凱向我走近，我瞠目結舌地看見他白色襯衫上滿是暗紅的血跡，雙手沾滿了鮮血。

我定在原地動彈不得，只見凱走到我面前來，他眼神那麼深，像一口井，引人不自覺地墜落進去，卻又看不到希望。

凱輕輕靠向我，貼近我的肩，漸漸無力地倒在我身上。那一刻我與他無限靠近，感到他劇烈而無序的心跳，如同是遠方的鼓聲。我發不出聲音，只能伸手緊緊抓著他的背，用力扶住，生怕他就這樣倒在地上，就這樣要在我面前死去，像個中彈的士兵。他疲倦地倒在我身上，卻用盡力氣一直顫抖著舉起沾滿鮮血的手，唯恐碰髒我的衣服一樣。

我聽見他說，紹城，我不欠你了，我也不欠葉子了……你別恨我了……我沒想害她……我更沒想害你……

他的血和眼淚沾染在我身上，像炭火一般燒灼著我。那一刻我覺得他開始快要從我生命中消失了。

就是在那一夜，他找到了那三個樂手，佯裝是要說什麼事情，把其中一人叫到廁所，然後二話不說，便朝那人捅了兩刀，放倒那人之後回來，又用刀刺向剩下兩人，最後是被那個打架特狠的貝斯手用玻璃瓶砸傷，才罷手……他蓄意傷人，雖然未出人命，但仍舊是逃不過坐牢。

他翹課那麼長的時間，是為了去找到那三人尋仇。

這是我無論如何也始料不及的。

這一切發生在他剛滿十八歲的那幾天。這個充滿了黑色幽默的時機，使得命運的判決顯得格外殘酷。

我難以忘記他被送上囚車時候的情景。車子漸漸離開，他的母親幾近崩潰地拍打著車窗，追著汽車跑了很遠很遠。而我站在原地挪不動腳步。只看見他回過頭來透過後窗的玻璃神情荒涼地看著我，留下一幀少年的殘像。他仍舊在那裡看著我，可我覺得他的面容，他溫熱的生命，已經從我眼前消失，遁入無盡死寂中去了。

8

再見到之行，是一個月之後。我走出教室，無意中在走廊的盡頭遠遠地看見了她的身影——在教務處的門口，她與她母親站在一起，已經辦好了轉學手續，正準備離開。我幾乎本能般地就要喊她的名字，之行，之行，可是她的名字卻梗塞在我的嗓子眼兒，我連聲音都發不出來。

一瞬間我的心臟被狠狠捏緊，童年時目睹的母親死去的情景洶湧地急速閃回……

我立即退後，幾乎只能靠著牆壁才能平衡身體。閉上眼睛的時刻，眼淚終於灼熱地滾下來。我將永世記得這一面。儘管倉促而突然，那是到畢業為止我見她的最後一面。之行的面容依然素淨如雪地，只是沒有任何笑容。事後多年才知道，因為做完一場流產手術，皮膚顯得蒼白無血色。

她短暫出現，然後迅速從我視線中消失。可是她漸行漸遠的背影彷彿輻射著一股強大無比的磁場，我心裡銳痛，只有緊緊背靠著牆壁，雙手用力附著在冰冷的牆上，才能控制自己的軀體抗拒那股磁場的吸力，不至於失控地奔過去把她抱在懷裡，撫著她的長髮，懇求她的原諒，並且回答我們最後一句未完的對話。

紹城，你從來沒有對我說過你的心裡話。我只想問你一次，就一次——你喜歡我嗎？

我就這樣於記憶的回聲中漸漸失聰，蹲下來雙手捂住了臉。覺得自己從此就再也不想站起。

中午回家之後，和父母一起去看守所看望凱。在會客室，因為沒有隔欄，按照規定服刑人員必須戴上手銬。父親怕凱的母親承受不了這種直白的刺激，懇求刑警寬容一下，給凱解開手銬。

獄警看著這明亮而漂亮的少年，因為詫異他為何會淪落成重刑犯而微微皺了眉頭，惻隱心起，便答應了父親。

凱坐在我們對面，一言不發。像一塊冰石。他母親拿出保溫飯桶，裡面熱氣騰騰的燉菜散發出香氣。那是凱最愛吃的。她顫抖著將保溫飯桶推到凱的面前，又小心翼翼拿出許多吃的和穿的，東西在凱的面前幾乎堆成了小山。

可是這少年仍舊無動於衷，一言不發，神情肅靜而冰冷。

聽著母親淚流滿面地對凱絮絮叨叨，我竟再一次忍不住落淚。鹹澀的液體漸漸浸潤了我的整張臉。我恍然間回到父親走失的夏天。烈日下我在車站哭了一個下午，眼淚已經乾涸在臉上，辛辣而生疼。一時間我胸中一陣愴然，在凱的母親那聞之令人揪心的哭訴聲中，緊緊抓住了身邊父親的手。

被告知時間到了的時候，凱一秒都沒有遲疑就站起身來朝獄警走去，伸出雙手等待上銬。

我看著凱被刑警帶走的背影，叫住他，凱，等等。

我對他說，我今天見著之行了，她身體已經恢復，來辦理轉學。凱，其實你不必要這樣，我根本沒有恨你。

話音落下，我凝視凱穿著囚服的身影為此微微停頓了一瞬，然後又繼續以平緩的步子走向拐角，最終消失。消失到另一個寂靜的，充滿了飛翔、麥田，以及回憶的世界中去。

他是我的少年。他也是我自己。

第五章

1

其實我沒有想到，我生命裡最安寧的一段時期，竟然就是高三的最後兩個月。凱與之行都走了，我一個人在戰場上孤軍奮戰，一副了無牽掛的樣子。但我總害怕再也見不到她，而事實上我除了那樣一個沒有見證的許諾之外一無所有——要考到那所大學去，一定要和她在那裡見面。

高三最後的日子裡，在那些兵荒馬亂的模考和燈光慘白的晚自習上，我總會一再想起那個冬夜裡，她那樣對我說起：紹城，我太喜歡北方冬天的夜晚了。我覺得我們以後就會是這個樣子的，就是在這裡，就是在這樣的晚上，我們可以真正一起在那些樓裡自習，然後出來散步……住在這裡的宿舍……

我相信。

她說得那樣篤定，我知道她一定不會忘記。

六月，在聒噪的蟬聲中，最後一門考試結束的鈴聲響起的時刻，我放下筆，抬起頭看見空白的黑板，頭腦裡第一個出現的，就是之行。

我無法確知，此時此刻，她是否也抱著同樣無怨無悔的心情，在這高三歲月的告別式上，一個人緩緩從被落日鍍成一片金色的考場走出來，在一大群喧鬧的孩子們中間——和我一樣——避開那些大聲地對答案的考生，避開那些被問東問西的學生團團圍住的老師，避開那些扔掉書本勾肩搭背地去網咖的男孩，避開那些因為考砸而蹲在角落裡哭的女孩……默默地想念她。

我一個個想起那些人的名字，之行、凱、父親、母親、夜神，還有我的紹城……我一步步走著，好像一個光輝的青春段落，正在從我的生命中無聲脫落，丟失在空茫的光年之外。

我回到學校去領通知書的時候，並沒有想像中的興奮。彷彿覺得這一切應當是理所當然。唯一放不下的事情，是找到我們的教務處老師，詢問葉之行轉學後的去向。

但是我得到的答案卻只是：不方便告訴你。

2

高考之後的日子，父親一直都很欣慰。領了通知書的第二天，我們一家人去看望凱。凱朝我們走過來，大概由於已經漸漸習慣牢獄生活，他面色已經不再那樣冰冷，卻依然是死寂。我對他說，凱，我考上了。

他艱難地給我一個笑容，說，祝賀你？之行呢，之行也考上了吧？

我說，……我後來一直都問不到之行的消息。

他不再說話。

3

在去北京的飛機上，我惴惴不安地設想如果碰到了之行，該會怎樣。到了學校，我到處搜尋新生名單，可是我始終沒有看到葉之行這三個字。一學期下來，我徹底絕望了。之行沒在這裡。

你失約了，之行。我慢慢想著，又揣測起她出事之後經歷的那些事情，我便覺得，也對，她過得一定很難。她又或許到了更好的學校，有她自己的新的人生。我竟感到一種訣別的意味，心下悵然。之行，之行。

大一的一年過得非常安靜。獨自一人在校園裡上課，自習，吃飯，散步，日子像水一樣流淌。走在校園裡，總覺得身邊少了一個人。

期末考試之前，下了一場雪。我跑到去年我們畫了一朵向日葵的那片空曠球場上，一個人給她寫了一地的信。寫到最後鞋子已經被雪水濕透了，我卻打不上句點。想說的話太多，我沮喪地躺在雪地上，躺在給她寫的那封信上，閉著眼睛，覺得眼淚在臉上結成了冰。

第二年開學的時候，另一個系的朋友在張羅他們系的迎新大會，他打手機給我說純淨水不夠了，叫我搬一件過來。

我扛著一箱水，悄悄走到主席臺的後臺，剛好聽到主持人說，歡迎新生代表發言，當我聽到該系新生發言代表「葉之行」三個字的時候，我心裡一震，垂下了雙手，那箱水砸下來，在木地板上發出一聲巨響。臺上的人全都側過身來看我，之行聽到響動，也轉過臉來——我們四目相覷。那個瞬間，我竟覺得我眼淚都快掉下來。

之行顯然十分鎮定，她回過頭去慢慢地把演講稿念完。台下又響起掌聲。我恍然間好像看到高一的新年晚會上，那個拉大提琴的女孩，頭上的花飾掉落下來，被我撿起……三年過去了，我們還是終於又重聚。

我知道你一定會來的，之行。

無論經歷多少波折，中間又相隔多少故事，這人世的橋，卻總是架著你我相見的路。我們相見，彷彿總是註定，因此只需默默無言。是因執念著你我的緣分深深，因此總能挑起這世事的榮辱，每每印記，共與擔當。我們生命的溪流便是這樣漸漸交匯成河，靜靜流過光陰的平野。

4

重新回到紹城，是在二十歲那年寒假。我帶著之行，想回故地走走。闊別了七年。我尋找童年時的房屋，帶她去看。房子還屬於廠區的宿舍，工廠破敗，沒有資金修繕，所以即使外面翻天覆地，這裡卻還是沒有被拆。我拍下了那些老地方的很多張照片。那兩扇像流淚的眼睛一樣的閣樓，童年時可以看見煙花的琉璃城堡，我和凱的小學，中學，暑假游泳的水庫。那夜下雪，冷得呵氣成冰，我們在紹城的一家小旅館房間裡抱在一起躺下。我告訴她，凱和我，從小便是這樣長大的。冬天的時候，我們在沒有暖氣的房間裡緊緊靠在一起取暖，入夢。爸爸媽媽吵架的那些晚上，我也跑到他家去過夜；在學校裡我一旦被人欺負，他必定站出來幫我，他第一次打架，也是為了我，在我睡著的晚上，他喜歡撫摸我的眉毛……之行，人長大了，真的什麼都不一樣了。我好想他。

我們從紹城回來，一起回家去看望凱。

那是之行第一次去看他。在監獄的會客室，凱與之行相見時的表情，十分複雜。我們坐下來說話，氣氛卻總是不對。凱剃著光頭，憔悴潦倒的樣子，一刀刀剜在我的肉眼上，叫我幾次忍不住要掉淚。但我又怎麼會不知道，此刻手上戴著鐐銬蹲大牢的，是他，比我更難的，當然是他。我怕他傷心，只敢露笑臉給他。到後來，大家都已經難過得說不出來話。之行把紹城老家的照片拿出來，讓獄警遞過去給他看，凱捧著那些相片，一張張看過去，眼淚刷刷地掉。一摞照片還未看完，他便當著我們兩個的面，不可自制地伏在檯面上放聲痛哭，看得我心如刀割。

之行雙手貼在玻璃上，淚流滿面地對他說，凱，堅持住，沒有什麼坎兒是過不去的，你一定要好好的，我們等著你出來。

5

在後來的多年當中，我們的生活，自然不過是平平淡淡的幸福。大學畢業之後，我回到南方，幫著父母經營他們的產業。之行比我晚了一屆畢業，我工作後相當賣命，為的是出錢供她到英國拿一個碩士文憑。她的父母因我的這份誠意，相當感動，原諒了我們年少時的過錯，當即同意了我們的婚事。

之行當年為了調整環境而轉學，高四複讀，舉家遷到了她父親的老家去。後來考上大學，父母搬回這裡來。結婚之後，我們也決意定居在南方，為的就是能照顧彼此父母，也為了能時時去看望凱。

那些年我不可想像，凱在牢獄中，過的是怎樣的生活。我所能做的，不過僅僅是每個月都給管他的獄警不少紅包，為的是能多關照著他，不被那些犯人欺凌。

那個世界的潛規則，也不過就是如此。我每週都去看他，當然不可能每週都在會客室見面，但我也會去他的監獄，讓獄警把帶去的東西給他。而每次見面，我都會看到凱的手臂上，又多了一些利器之傷。我不敢直接問凱，心裡卻非常驚恐，所以下來之後一再問獄警是不是有人欺凌凱，獄警告訴我說，放心，保證沒有犯人敢惹他，這些傷，都是他自殘，沒辦法。我們能做的都做了，他住單獨的牢房，牢房裡沒有任何可以傷人的利器，但是他還是要用私藏的刮鬍刀片，甚至陶瓷碗口的碎片自殘。有很多夜晚，他一個人在牢房裡痛哭。除了性格越來越自閉之外，凱處處都非常讓人省心，表現非常好。

他後來獲得了減刑，出獄的時候，之行還在外出差，於是只有我與父親母親去迎接。他從緩緩打開的鐵門中潦倒地走出來，身上只有一件薄襯衫，左手將那只黑色的行李袋子放下，定定地站住。眼睛不適應光線，伸手遮擋在眉骨上，神情複雜地望著我們。

他鬍渣潦草的鐵青的下巴，乾燥而凌亂的頭髮，一張抬不起來的臉，身形高大而憔悴。我只覺得一陣從胸腔底部湧起的酸澀不忍，幾欲落下淚來。我上前抱著他，緊緊地，拍著他的脊背，而他的雙手卻垂落著，似乎沒有力氣抬起來。

父親在一邊靜靜看著。凱的母親哭著急切地上前，拿出一件厚外套，絮絮叨叨地披在他身上。凱一直後退，淚水卻已經在眼眶打轉。我看到他隱忍的表情，心裡說不出的難受。這是在多年的生命空白之後，我唯一能有的心情。

該回家了，該回家了……

父親絮絮叨叨地，扶著哭泣的母親，拍拍凱的肩膀，輕聲說。他沉默地點點頭，躬身鑽進車廂。

6

凱在家閑了一段時間，暫時還未找到工作。他又很想自食其力，時不時痛哭著說他在監獄閑了那麼多年了，現在好不容易出來，真的想要做點事情。父親想到他連高中也沒有畢業，剛剛出獄也不能做什麼事，就給他買了一輛計程車，說，你先開開出租車，不求你賺個什麼錢，只是要憑自己本事掙飯吃。凱鄭重地點點頭。

他學開車很快，領了駕照之後，就開始開計程車。凱非常賣命，起早貪黑地出車，總說要把買車的錢掙回來還給老爸，才算是拿自己本事掙飯吃。

春節將至的時候，之行出差回來，她似乎心情好了很多，我們的關係也緩和不少。除夕的年夜飯，是那麼多年來頭一次全家團聚。之行一家人和我們一家人，還有剛剛回家不久的凱，大家喜氣洋洋地過了一個團團圓圓的春節。長輩們打趣著說要給凱尋一門親事，還要讓我和之行給他們添一個孫子……一家人逗起來，和和美美。

除夕夜的凌晨，之行睡下了。我起身來，走到凱的房間去。

如我所料，凱還未入睡，一個人竟大開著窗戶，赤裸上身，站在窗前抽煙。南方冬天並不蝕骨冰冷，卻也寒風陣陣。他轉過身來看看我，沒說什麼，便又背過身去抽煙。我像童年時那樣，跳過去倒在他的床上。

等他轉過身來的時候，他那被夜風冷卻下來的凍得發青的軀幹，像一樹冷杉一樣孑然地立在那裡，擋住了模糊不明的光線。寒風從他那冷兵器一樣堅硬的肩峰上滑過來，似在拋光他的身體輪廓。那線條有別少年時的單薄，卻依舊擔當著我多年的想念。一時間我覺得那軀體彷彿在逼視著我。我們就這麼一言不發地對視了些許時刻，然後眼看著他彎下身來撫我的頭，撥開我額前的頭髮。他的瞳仁在暗處閃亮，俯身摸摸我的眉毛，叫我的名字，紹城。

凱躺下來，他的手搭在我的胸膛上，額頭抵著我的肩。彷彿我們又回到少年時光。那夜我心底這樣感慨。一切有如舊日好時光。但如此的生活又能走多遠。

7

大年初一，凱早上睡了個懶覺，吃了午飯之後，又要去開計程車。我們都勸他，大過年的，別去了，他卻笑著自嘲說，勞動光榮勞動光榮，要好好表現爭取徹底改造。出獄之後，我難得見他這樣朗然的熟悉笑容，於是我走過去拍拍他肩膀說，准了！出去放風！他嘿嘿笑著，一臉高興地就開車走了。

誰知道那日他一去，就再也沒有回來。

那夜凱已經打算收車回家的時候，三個男子帶著一個年輕少女在路邊攔他的車。凱想多跑一趟生意也無妨，於是就讓他們上來。剛一上車，其中一個就說了市郊一個荒郊野地的地名，凱皺著眉，覺得這麼晚了不想跑這麼偏遠，剛想商議說能不能叫他們換一輛車，一扭頭，那個坐副駕駛位置上的流氓就比了刀子出來。走也得走，不走也得走。他說。

凱鎮定地回頭，見到後座上那兩個痞子，腰間都有刀，正把那女孩兒挾在腋下，那女孩兒怕得直抖，卻被緊緊捏著嘴不敢說話。那一刻，多年前葉之行被那三個男人帶走的同樣一幕場景清晰地出現在他眼前，他控制不住地血往上湧。痞子見他想悄悄打手機報警，便一把奪過他手機，匕首抵著他下巴說，殺了你我們自己開車過去也成，別給臉不要臉……凱只好見機行事，剛剛開出市區，他隱隱覺得不對勁，原來後面那兩個男人已經開始扒那女孩兒的褲子，竟然就在車裡，要強暴她……

他沉住氣說道，幾位大爺稍微忍忍，馬上就到，馬上就到，我這就再開快點兒。要是在車裡被交警逮到了不好。

後座一個男人說，操，深更半夜哪來的交警！一邊說又要動手。坐前面副駕位置的那個頭兒估計是心裡不平，便說，滾回去，著什麼急！都給我別動！

凱一路把車開到了那荒郊野嶺的地兒，下車前他求幾位把手機還給他。那痞子的頭兒想了想，把電池給摳了下來，還給他一個空手機，說，給你手機讓你報警啊，你可小心，我記著你車牌號碼，你要敢給我做什麼傻事兒，從今往後你吃不了兜著走！

他們下了車，推搡著那女孩兒往田地裡走，那女孩兒尖叫起來呼救，凱低頭想用車裡的無線電報警，可是太偏遠，破機器半天找不到信號，眼看著那個女孩兒被拖走，他便掉轉車頭，開車衝過去撞了其中一個男人，可他怕撞傷那個女孩兒，又想到當年之行的慘狀，便一時血往上湧，不管三七二十一跑下車來，撲過去和他們扭打在一起。

他寡不敵眾當即被按倒在地，刀子像雨點一樣落了下來，女孩兒嚇得尖叫不停，那幾人殺紅了眼，停下來的時候，才見惹出了人命，便又把他扔在田裡掩埋。開走了他的車……

接到別人報警的時候已經是第二天，我們撲到現場，只見他被裹屍布遮蓋著，揭開來，已沒有人形……隔夜的黑色凝血遍佈全身……

凱的母親當場暈厥，父親扶住她，我失去控制地撲在他身上哭嚎，發瘋一樣喊他的名字，一把把他抱起來，重重地拍著他的背……不停地求他醒過來，求他馬上給我醒過來……但是回應我的只有沉默，只有他無力垂落的手，他再也睜不開的眼睛……我緊緊抱著他的身體，跪在這荒田深處，撕心裂肺地哭喊著，淚流成河。

這冰冷破碎的身體，是從小為我遮風擋雨的哥哥，是陪伴我一路走來說好一輩子不離不棄的摯友，是深夜裡摸著我的眉毛說會為我的憂心而憂心的少年，是沉默地愛著我的，多年來獨自隱忍堅強過活的男人……我悲不自勝，抱著他躺下去，任誰拉扯也不肯起來……我只覺得他真的要離我而去了……

這是我生命中，目睹第二個親人的死去。

8

凱，現在過得好嗎？我和之行來看你了。

每年他的忌日，我都站在他墓前，這樣對他說。我放下一束潔白的紫羅蘭，看著他的墓碑。在人間一樣的陵園，在這陵園一樣的人間，我總覺得好像一回頭，他就還站在那裡，沉默無言地笑著。

我知道他其實沒有走，他好好地活著，一直都好好地活著。在我的夢中。在我至死不渝的想念裡。

這是我的少年。也是我自己。

被窩是青春的墳墓

作　　者 | 七堇年
發 行 人 | 林隆奮 Frank Lin
社　　長 | 蘇國林 Green Su

出版團隊
總 編 輯 | 葉怡慧 Carol Yeh
企劃編輯 | 鄭世佳 Josephine Cheng
封面裝幀 | 李怡美、曾國展
內頁設計 | 黃靖芳 Jing Huang

行銷統籌
業務處長 | 吳宗庭 Tim Wu
業務主任 | 蘇倍生 Benson Su
業務專員 | 鍾依娟 Irina Chung
業務秘書 | 陳曉琪 Angel Chen、莊皓雯 Gia Chuang
行銷主任 | 朱韻淑 Vina Ju

發行公司 | 悅知文化　精誠資訊股份有限公司
105台北市松山區復興北路99號12樓
訂購專線 | (02) 2719-8811
訂購傳真 | (02) 2719-7980
悅知網址 | http://www.delightpress.com.tw
客服信箱 | cs@delightpress.com.tw
ISBN：978-986-510-112-1
建議售價 | 新台幣330元　　　二版一刷 | 2020年10月

國家圖書館出版品預行編目資料

被窩是青春的墳墓／七堇年著. --
二版. -- 臺北市 : 精誠資訊, 2020.10
面；　公分
ISBN 978-986-510-112-1(平裝)

857.63　　109016801

建議分類 | 華文創作

本書台灣繁體版由四川一覽文化傳播廣告有限公司代理，經七堇年授權出版。

本書若有缺頁、破損或裝訂錯誤，請寄回更換
Printed in Taiwan

dp 悅知文化 Delight Press

線上讀者問卷

閱讀時眼睛舒服嗎？拿久了會覺得手痠嗎？
茫茫書海中，你能與這本書相遇，絕非偶然。
想知道你喜歡哪些內容？
小小聲問，喜歡這本書的包裝與封面設計嗎？(我們很喜歡)

悅知夥伴們有好多個為什麼，
想請購買這本書的您來解答，
以提供我們關於閱讀的寶貴建議。

請拿出手機掃描以下 QRcode
或輸入以下網址，即可連結至本書讀者問卷

https://bit.ly/3dZ8R0z

填寫完成後，按下「提交」送出表單，
我們就會收到您所填寫的內容，
謝謝撥空分享，
期待在下本書與您相遇。

被窩是青春的墳墓
七萬年・文